POISON
MORTEL

DU MÊME AUTEUR
chez le même éditeur

Tempête de neige en été
La Noyade de Polichinelle

SARAH DUNANT

POISON
MORTEL

roman

Traduit de l'anglais
par Augustine Mahé

CALMANN-LÉVY

Titre original
FATLANDS
(HAMISH HAMILTON)

ISBN 2-7021-2298-1

1

IL ÉTAIT SI TÔT que même le chauffage central n'avait pas recommencé ses gargouillements. Je jetai un coup d'œil à mon réveil et appuyai sur le bouton avant que la sonnerie ne m'explose aux oreilles. 5 h 24.

Je restai quelques instants les yeux grands ouverts dans le noir à écouter la nuit. Londres était aussi silencieuse que possible... Juste quelques oiseaux déboussolés confondant la lumière des lampadaires avec les lueurs de l'aube, et un ou deux ronflements de moteur. Noctambule attardé ou malheureux obligé de se lever tôt, comme moi?

Dans une petite ville à mi-chemin de la plaine du Wiltshire, une adolescente endormie rêvait, sans aucun doute, à sa future journée dans la grande ville. Je pensai à tous ces kilomètres entre nous, à tout l'argent qu'ils me vaudraient... et je sortis du lit.

La chambre était une véritable glacière. J'envisageai une douche brûlante, mais vu le manque d'eau chaude, mes bonnes résolutions s'arrêtèrent là. J'enfilai un jeans, un de ces ingénieux petits sous-vêtements isothermes, un pull et des chaussettes de laine. La styliste des Chiffonniers d'Emmaüs, c'est moi.

En passant près du téléphone, j'eus envie de faire le numéro de Constant et de laisser sonner une bonne vingtaine de fois, rien que pour lui faire prendre un peu d'avance sur son week-end. Mais il est plus malin qu'il n'en a l'air et devinerait qui l'appelle. D'ailleurs, qui d'autre lui ferait ce coup-là?

Sur le chemin de la cuisine, j'enjambai la tringle à rideau et le morceau de plâtre tout à côté sur le sol. Mais une aube nouvelle se levait, et je refusai de me sentir humiliée par le souvenir de mes erreurs d'antan..., de cet après-midi plus exactement alors que, un pied sur le radiateur et un autre sur un dossier de chaise, j'avais entrepris une opération périlleuse mais dont il fallait bien que quelqu'un se charge. Ayant parfaitement placé la vis en face de la marque sur le support de tringle, j'étais bien décidée à prouver que, depuis l'invention du tournevis électrique, hommes et femmes sont égaux en tout. Le téléphone retentit. Pas de panique, me dis-je, dans dix secondes j'aurai fini. J'appuyai sur le bouton. Le tournevis se mit à bourdonner comme une abeille affolée, la vis pénétra en tournoyant, sa tête s'arrêta en formant un angle un peu oblique, mais tout à fait guilleret, avec le mur.

Bien joué, Hannah! Une autre petite mais significative victoire dans la bataille de l'acquis contre l'inné.

J'étais presque en bas lorsque le patriarcat reprit ses droits : la vis jaillit du mur, entraînant la tringle et un grand morceau de plâtre. J'eus de la chance d'arriver indemne jusqu'au téléphone. En y repensant, je me dis que j'aurais mieux fait de faire la sourde oreille : un appel de Constant un vendredi soir, ce ne pouvait être qu'un week-end gâché.

— Il t'en a fallu du temps! Qu'est-ce que tu faisais?

— Débroussaillage d'aisselles à la pince à épiler...

— Eh bien, félicitations, tu as un rendez-vous galant!

Comme c'était lui qui payait le téléphone, j'eus envie de continuer cet échange de sornettes, mais je venais de lire dans un magazine féminin un article arguant que, la vie étant plus courte qu'on ne pensait, chaque rencontre devait apporter quelque chose.

— Excuse-moi, c'est important, ou bien je te laisse en tête-à-tête avec mon répondeur?

— Je croyais que c'était au répondeur que je parlais!... Écoute, il vient d'arriver une affaire, tu veux travailler demain?

— Ça dépend à quoi.

– Chaperon, dame de compagnie, le truc habituel... **Des** courses, un petit circuit touristique et, surtout, ne pas égarer l'ouaille au vestiaire.

Les boîtes huppées appellent ce travail « protection rapprochée », ça fait mieux. Les clients sont de formes et couleurs variées, mais les plus intéressants viennent de l'étranger. Plus précisément, des pays arabes. Je n'ai pas le gabarit pour les hommes, mais les femmes sont parfois épatantes. J'ai passé d'excellents moments à découvrir ce qui se passait sous un tchador. Remarquez, ça fait un bout de temps, maintenant. Les conséquences de la guerre du Golfe les ont tous consignés chez eux, sauf les plus riches. Et ceux-ci ne s'adressent pas à Constant. Cela fait un drôle d'effet d'avoir affaire à des Arabes pauvres, quoique leur pauvreté soit toute relative.

– Arabie Saoudite ou Émirats?

– Non, non... Heu. Celle-ci est anglaise.

– Pourquoi cette hésitation?

Pour un ex-flic, Constant a beaucoup de mal à garder certains détails pour lui.

– Pas de raison spéciale... C'est une chouette gosse, je sais que tu vas l'adorer.

– Qu'est-ce que tu veux dire par « une gosse »?

Avec Constant, il y a toujours un hic.

– Une gosse, quoi... Une ado... Mais très mûre pour son âge, quinze ans au moins.

Ce qui, si c'était mon jour de chance, voulait dire treize ans et demi.

– Oh! allons, Constant, tu sais bien que je ne connais rien aux enfants.

– Hannah, crois-moi, à ce prix-là, tu t'y connaîtrais en n'importe quoi.

– Combien? demandai-je, pensant tringle à rideaux et réfection de la peinture.

Il lâcha le morceau, je sifflai d'admiration. Cela commence toujours ainsi: je manque d'enthousiasme et Constant m'allèche en parlant gros sous.

9

– Bizarre... Pourquoi cette générosité?

– Tu travailles pour une agence hautement réputée, non?... Qui n'est pas du genre à se laisser intimider par une tentative d'enlèvement après divorce.

– Une tentative d'enlèvement?

– Juste une menace...

– ... d'enlever une enfant de quinze ans?

– Ouais, enfin... quatorze en fait.

– Ça ne change rien. Qu'est-ce qu'il peut faire, l'appâter avec une promesse de chaîne laser?

– Pas « il », elle.

– La mère? Raconte...

– Je t'ai écrit tout ça, j'envoie un coursier te l'apporter. Alors... tu veux l'adresse ou je téléphone à quelqu'un d'autre?

C'est un de nos petits jeux, de faire comme si Constant employait un personnel nombreux. Cela valorise notre travail, à nos propres yeux. J'avais déjà le stylo en main.

Il m'indiqua d'abord l'heure, puis la destination, comme ça il me fallut un instant de plus pour comprendre que je m'étais fait rouler.

– Oh, grand merci! Pourquoi ne me l'as-tu pas dit plus tôt?

– Parce que si je l'avais fait, tu n'aurais pas été d'accord! Hé, ne sois pas en retard, hein, Hannah?

5 h 55. J'avais du jus d'orange, mais il ne restait plus assez de lait pour arroser le muesli. J'ajoutai *lait* à la liste, déjà longue, sur mon pense-bête.

Si j'étais vraiment un détective privé hors du commun, j'aurais une cuisine digne de *La Maison de Marie-Claire*, bien pourvue en pain frais et fromages à point, et munie d'une rutilante machine à café. Ce qui prouve combien il est attristant d'être conformiste. Tant pis! Il me restait toujours la ressource d'un café au bord de l'autoroute.

Dehors, il faisait encore noir.

Le bilan de la nuit serait, une nouvelle fois, décevant pour l'Association de vigilance des habitants du quartier de Tufnell Park : je passai près de deux voitures, un break Ford et une 205 Peugeot aux vitres cassées et aux autoradios arrachés. Sous leurs tableaux de bord, un fouillis de fils électriques pendait, tels des boyaux d'éventré.

Je serrai contre mon cœur mon coûteux petit autoradio. Un peu plus loin, ma vieille Polo cabossée m'attendait fièrement sous un lampadaire, intacte. D'ici peu, elle aurait moins de valeur que mon autoradio. Rien de plus moral : le plus sûr moyen de combattre la délinquance est de ne rien posséder qui vaille la peine d'être volé.

Je glissai le boîtier à sa place et appuyai sur la touche. Radio 4, station culturelle, expliquait aux fermiers comment utiliser les aliments pour volailles, un sujet sur lequel on n'a pas envie de se documenter avant le petit déjeuner. La station musicale Radio 3 diffusait des parasites entrecoupés de quelques accords de musique classique. Quelques disc-jockeys moulinaient à l'autre extrémité de la bande, mais ils semblaient tous savoir que personne ne les écoutait. À une heure pareille, on a besoin de vieux amis. Les doigts d'Eric Clapton dansèrent sur les cordes, et sa voix suivit. C'était presque aussi savoureux qu'une bonne tasse de café.

Sortir de Londres si tôt le matin me fit voir le monde avec les yeux d'un chauffeur de taxi de nuit. Pas d'automobiles, pas d'embouteillages, rien qu'une vaste route vide tout autour du parc, puis des feux clignotants ou verts jusqu'au West Way. Si les feux sont avec vous, m'a-t-on dit, on peut aller de l'océan Pacifique à Beverly Hills sans s'arrêter une seule fois. Sunset Boulevard... Même les noms de rue sont en harmonie avec le rêve américain. Ici, en Angleterre, nous devons nous contenter de Marylebone Road.

Je remplaçai Clapton par Chuck Berry, et nous égrenâmes ensemble la litanie des quartiers traversés par le bus 66, tandis que je filai plein ouest, montai sur le toboggan, dépassant sans presque avoir le temps de les lire les panneaux indiquant Shepherd's Bush, Uxbridge et Acton.

Pourtant, lorsqu'on sait, par un beau matin, que quatre cents livres vous attendent au bout de l'arc-en-ciel, même la Grande-Bretagne fleure bon l'aventure. Prenez la M 25... (ce que je fis à grande allure), à cette heure-là, elle était vide, fière, féerique, en tout point semblable à une véritable autoroute et non à un gigantesque garrot de tension urbaine. C'était presque dommage de la quitter. J'abordai la longue courbe du raccordement à la M 3 avec toute la retenue d'un coureur du Mans à son dernier virage, et arrivai sur l'autoroute sans descendre au-dessous de quatre-vingt-dix. Je pris la voie du milieu et appuyai sur le champignon.

Conduire de nuit... rien de plus exaltant, surtout à l'approche du jour. J'allais m'engager sur la voie rapide lorsqu'un camion des hypermarchés Safeway arriva à mon niveau. Le chauffeur me gratifia d'un large sourire avant de faire ronfler son moteur et de me dépasser. Je le regardai s'éloigner, toute déçue, mais plus par le manque de puissance de mon moteur que par ma condition de faible femme. Deux minutes plus tard, le camion avait presque disparu à l'horizon lorsqu'une voiture de police endormie sur un pont enjambant l'autoroute bâilla, s'étira et démarra, tous feux clignotants, à la vue d'une proie. Je ralentis pour faire durer le plaisir. Quand je la dépassai trois kilomètres plus loin, ses occupants administraient une justice expéditive. Je fis un signe de main au héros déchu, mais il était trop occupé à concocter une excuse pour me remarquer.

Constant dit toujours que c'est un des problèmes avec les femmes : leur bon cœur les empêche de se venger. En fait, cette remarque fait partie d'une longue théorie sur les femmes battues et la violence au sein du couple. Comme la plupart des théories de Constant, elle n'est pas si idiote qu'elle en a l'air au premier abord, mais je ne vais pas vous l'infliger maintenant.

Je roulai régulièrement à cent. Aux environs d'Andover, l'aube apparut en douce derrière mon dos, et des traînées

12

roses cédèrent la place (contrairement à ce qu'on pourrait attendre au mois de mars) à un ciel bleu layette. Le lever de soleil était semblable à un hymne lorsque je descendis la longue colline d'où s'ouvre, en bas, une large vue sur Stonehenge, à quelque six cents mètres à droite. Vus de cette distance, les mégalithes ressemblaient aux pièces d'un jeu de construction, on pouvait presque s'imaginer pouvoir les prendre, les ranger un par un, les déplacer à sa guise. Ensuite, je songeai à l'autre version... les druides et le lent parcours des pierres traînées des carrières de la côte à la silencieuse plaine du Wiltshire... Et puis à Tess (avec un grand merci à Thomas Hardy et un tout petit à Roman Polanski)... Par une aube claire et solitaire du début de printemps, l'endroit était certes bien choisi pour servir de décor à une tragédie.

En réfléchissant à tout ce que pourrait être ma vie à cet instant... la même sonnerie du réveil me tirant chaque matin du sommeil à la même heure... le même métro jusqu'à la même station pour faire jour après jour le même travail... (pour le même salaire à la fin du mois, me susurra une petite voix mesquine qu'il me fut facile d'ignorer), je me sentis non pas euphorique, mais bien.

Sur le siège, à côté de moi, une enveloppe de papier kraft contenait les instructions de Constant. C'était clair, bien écrit. Il avait dû manquer aux gars de la Grande Maison, après son départ.

Ma pupille du jour s'appelait Mattie Shepherd et avait eu quatorze ans hier. Nom du père : Tom Shepherd.

Il s'agissait en fait d'un cadeau d'anniversaire : un week-end à Londres, avec toutes les gâteries *ad hoc*. Mais le travail paternel avait dérangé les projets, et j'étais promue ersatz de père. Mon travail consistait à aller la chercher, à la promener et à la conduire chez son papa à temps pour qu'ils aillent au théâtre. Une fois arrivée à l'école, je devais me présenter à la directrice-adjointe qui, à 8 heures précises, m'attendrait dans son bureau en compagnie de Mattie. Quant aux éventuels ennuis, tout ce que j'avais était un pré-

13

nom, Christine, et une brève description qui en faisait une madame tout-le-monde. Christine était, d'après Tom Shepherd, « très perturbée », et totalement incapable de s'occuper de sa fille. Peut-être celle-ci m'en dirait-elle davantage.

Si je ne mourais pas d'inanition avant. Toujours prêt à se manifester, mon estomac venait de se joindre à la conversation. Un kilomètre plus loin, une gargote d'autoroute apparut à l'horizon. Je me garai derrière un gros dinosaure rouge et allai au comptoir commander du bacon, des toasts et du café à emporter. Bacon, toast, café, O.K. « À emporter » était autre chose. Nous en discutâmes et je songeai un instant à rejouer le sketch de « Tenez-moi la mayonnaise » dans *Five Easy Pieces*. Mais un des problèmes rencontrés en vieillissant est que les serveuses se font de plus en plus jeunes et que ce genre d'hommage littéraire ne marche que si l'on est deux à le pratiquer. En fin de compte, j'abandonnai l'art pour le pragmatisme, coinçai le bacon entre les deux tranches de toast, versai le café dans un gobelet à eau, et sortis en laissant un pourboire calculé pour paraître subtilement mesquin.

Le bacon avait un parfum délicieux, on ne pouvait en dire autant de son goût... Quel goût, d'ailleurs? Bof! À chaque jour sa dose de cholestérol. D'ailleurs, qui a envie de vieillir? Surtout quand on est la seule à des kilomètres à la ronde à n'avoir rien prévu pour l'heure de la retraite.

Je fouillai dans la boîte à gants à la recherche d'une copie mal piratée des plus grands succès des *Who*. Plutôt crever que faire de la pub pour American Express.

Je quittai la A 303 et entrai dans Debringham avec vingt minutes d'avance. J'y étais déjà venue, à moins que cette ville soit exactement semblable à un certain nombre d'autres gros bourgs proprets, ruisselants d'esprit de clocher et d'agents immobiliers. Pas la moindre trace de boue ou de marché au bétail, la sorte d'endroit qui vous fait vous demander si la campagne a encore de vrais habitants ou bien si tout ceci n'est qu'un décor planté par Habitat. L'Angleterre-parcà-thème. Chacun y trouve ce qu'il y cherche... à condition de pouvoir s'en offrir l'entrée.

L'école (bien indiquée, on sentait qu'elle était l'orgueil de Debringham) se trouvait à la lisière du bourg. Deux énormes piliers à l'entrée, une large route goudronnée montant jusqu'à un bâtiment, bien entendu imposant et très néo-gothique. Selon un panneau fraîchement repeint, je me trou-vai devant l'*Institution de jeunes filles de Debringham, fon-dée en 1912*. Sans aucun doute la demeure « ancestrale » (et récemment acquise) d'un quelconque magnat de l'industrie victorienne, que des revers de fortune avaient, au grand dam de ses prétentions dynastiques, obligé à revendre.

Comme la petite ville, la façade de l'établissement avait un air de déjà vu. Peut-être le louaient-ils durant les vacances scolaires pour y tourner des films d'horreur... Le genre de chef-d'œuvre où les jeunes vierges souffrent d'inex-plicables maux jusqu'à ce que le beau Peter Cushing s'arrange, à force de cajoleries, pour les en guérir.

Dire que je détestai d'emblée ce bâtiment serait exagéré, mais en tant que rejeton de parents appartenant à la classe moyenne méritante, j'ai une instinctive horreur des serres où les riches vivent sous cloche. Préjugé d'ailleurs renforcé par trois ans passés dans une université dont la plupart des étu-diants mâles n'avaient été admis que grâce à leurs perfor-mances de rameurs, et se sentaient nettement plus à l'aise (et se montraient mille fois plus adroits) avec un ballon de rugby qu'avec une femme.

L'éducation reçue dans ce qu'on appelle à tort une *public school* est un des nombreux sujets propres à faire tourner à l'aigre toute conversation entre mon beau-frère et moi. D'autant plus que celui-ci n'appartient pas non plus à la caste, n'étant qu'un parvenu des années 80, bien décidé à montrer qu'il est plus riche que son père. Selon Kate, ma sœur, son mari et moi n'essayons pas vraiment de nous entendre, nous nous adorerions si nous pouvions un jour dis-cuter d'autre chose que de politique. Mais, comme chacun sait, parler de politique, c'est parler de soi.

15

O.K., Hannah, suffit! J'essuyai mes babines écumantes de rage, rangeai la voiture sur le bord de l'allée et entrai récupérer la donzelle.

À l'intérieur, un vaste hall renvoyait l'écho de mes pas tout le long d'un escalier solennel, jusqu'aux voûtes du plafond. Très *Mädchen in Uniform*.

8 h 00 à ma montre. Constant aurait été satisfait. Je cherchai quelqu'un à qui m'adresser lorsque la directrice adjointe apparut. Elle avait un peu trop de bouteille pour que vous en tombiez sur-le-champ amoureux, mais elle semblait O.K., juste plus tout à fait de première fraîcheur.

— Mademoiselle Wolfe?

— Mademoiselle Perkin?

— Madame..., corrigea-t-elle doucement avec une lueur d'humour dans l'œil. Vous êtes très ponctuelle.

— Je suis partie tôt, répondis-je avec un peu plus d'agressivité que je n'en avais eu l'intention.

— Je n'en doute pas. Mattie sera en bas dans un instant. Silence.

— Elle attend cette journée avec impatience.

— Tant mieux.

J'aurais bien aimé pouvoir en dire autant.

— Vous ne vous connaissez pas?

— Non.

Mlle (pardon, Mme...) Perkin sourit.

— C'est une fillette intéressante... Il se peut toutefois que vous la trouviez un peu contrariée par l'absence de son père. Nous ne l'en avons avertie que ce matin.

Sous-entendu : si elle l'avait appris plus tôt, elle aurait mis la baraque à feu et à sang. Génial! C'était assez humiliant d'avoir à jouer les nounous sans qu'en plus le petit monstre pique des colères. Bizarre que sa mère veuille la récupérer.

— M. Shepherd a mentionné son épouse, Christine, ajoutai-je. La mère de Mattie. Je me demandais si vous aviez parfois eu affaire à elle?

Mme Perkin m'évalua du regard, et sa réponse fut assez neutre pour me faire comprendre que j'avais raté l'épreuve.

16

– Elle est effectivement venue une fois à l'école...

Mme la directrice adjointe entretenait le suspense.

– Et que s'est-il passé?

– Mattie n'avait pas envie de la voir, alors le problème s'est trouvé réglé tout seul.

Son regard obliqua légèrement et j'entendis derrière moi le claquement de hauts talons. L'appel du devoir... Je me retournai pour saluer l'aube naissante.

Vous savez ce qu'on dit : notre passé est comme un pays étranger. Eh bien là, il aurait fallu un visa.

Quatorze ans avec l'air d'en avoir vingt-cinq, grande (un mètre soixante–cinq à soixante-dix), avec une épaisse chevelure sombre attachée par un de ces chouchous à la mode, tenue élégante, plutôt soignée, le genre de vêtements dont l'étiquette n'indique pas seulement les conseils de lavage... Mattie Shepherd, la confiance en soi incarnée, avec de jolies jambes en collant lycra. Exactement ce dont je mourais d'envie pour illuminer mon week-end : une journée en compagnie d'une future cliente de *Harvey & Nichols*, magasin B.C.B.G. par excellence. Pourtant... il y avait un soupçon de contradiction, car si l'apparence envoyait un message, la moue méprisante en transmettait un autre.

Je tendis la main... pour l'empêcher de trop se rapprocher.

– Salut! dis-je gaiement. Vous devez être Mattie...

Brillant, Hannah! Une réplique à la fois riche d'informations et très maîtresse d'école!

Elle me regarda comme si j'étais une crotte d'oiseau. Difficile de dire ce qui la répugnait le plus, mon visage ou ma personnalité. Puis, murmurant ce qui était de toute évidence un obligatoire « Bonjour madame! » en direction de Mlle – pardon, Mme – Perkin, elle me dépassa sans un regard et sortit dans le soleil matinal. Je regardai son mignon petit derrière ondulant traverser le hall. Heureusement qu'il y aurait toutes ces espèces sonnantes et trébuchantes! Mais la somme me parut soudain moins généreuse.

Mme Perkin eut pitié de ma main tendue et la serra avec une ombre de sourire.

– Eh bien, passez une merveilleuse journée, dit-elle gaiement. Transmettez mon bon souvenir au père de Mattie. Dites-lui que sa fille travaille bien, et que nous serons très heureux de le voir à sa prochaine visite.

Puis elle me regarda suivre la charmante Mattie, qui eut quand même la politesse d'attendre près de la portière de ma voiture. Je regardai par-dessus le toit du véhicule son petit visage hostile qui, je dois l'avouer, renforça mes pires préjugés.

– Je m'appelle Hannah, dis-je avec un accent tout droit venu d'une des écoles les moins cotées de la banlieue sud de Londres. Et je veux que vous sachiez que le programme de cette journée m'enthousiasme à peu près autant que vous.

La moue devint ricanement. J'ouvris les portières et nous nous assîmes. J'attachai ma ceinture de sécurité et enfonçai la clef de contact. Mattie ne bougea pas.

– Je crois que vous feriez mieux de boucler votre ceinture, chérie, la route va être longue.

Elle fixait le pare-brise, comme si elle ne m'avait pas entendue. J'attendis un peu, comptai en silence jusqu'à dix. J'aperçus du coin de l'œil Mme Perkin qui sortait sur le perron, prête à nous faire des signes d'adieu. Cinq mille livres de frais de scolarité par an, et ses élèves n'étaient même pas capables d'attacher leur ceinture de sécurité! On devrait bien le faire remarquer aux parents.

Je démarrai, passai la première, puis accélérai à fond en lâchant l'embrayage. La voiture bondit en avant, nous collant au siège arrière. Je pilai, la ceinture de sécurité me rentra dans la poitrine. Mattie s'était rattrapée au tableau de bord, mais avait quand même été assez secouée pour pousser un cri.

– Oh, pardon! m'excusai-je avec une gaieté non feinte.

Elle me fusilla du regard, mais décrocha sa ceinture de sécurité.

J'exécutai, à vitesse normale cette fois, un demi-tour de conducteur chevronné, et repris la direction de la grille. J'aperçus dans le rétroviseur Mme Perkin, debout sur le gravier, l'air un peu anxieux. Je lui fis un allègre signe de la main.

De 8 heures à 17 h 30... Neuf heures et demie... Interminable. Attends un peu, Constant Réconfort, tu ne l'emporteras pas en paradis, va !

2

LA PREMIÈRE HEURE fut catastrophique. Mais cela fait partie de mon travail de détective privé de trouver un plaisir pervers à ce genre de situation.

À côté de moi, la future cliente de *Harvey & Nichols* se changeait rapidement en sale gamine. Installée dans une position biscornue, une jambe repliée sous l'autre, la jupe remontée en haut des cuisses, elle rejetait la tête en arrière contre l'appuie-tête, comme si le monde extérieur était trop ennuyeux pour mériter l'aumône d'une seconde d'attention. Remarquez, elle n'avait pas tout à fait tort. La grand-rue de Debringham était en train de se pomponner pour une autre journée d'affaires juteuses. Et c'était du commerce haut de gamme : deux antiquaires, une salle des ventes et une librairie avec un étalage de Dorothy Dunnett et Kingsley Amis, (tiens, une bonne idée pour «Tournez manège!»), un vrai pousse-à-la-banqueroute pour des ados. Du moins si on les autorisait à dépenser leur argent de poche ailleurs qu'à l'école.

Cela valait-il la peine d'ouvrir le feu pour engager la conversation?

— Pittoresque petite bourgade, remarquai-je avec une ironie témoignant de ma perspicacité. On vous y lâche, quelquefois?

Elle marmonna, puis se décida à répondre.

— Le samedi matin et le dimanche après-midi.

— Qu'est-ce que vous y faites?

— On pique dans les boutiques!

Je trouvai la réplique parfaite, mais jugeai plus sage de dissimuler mon admiration.

Je m'arrêtai pour laisser traverser une vieille dame et son chien. L'animal marchait encore plus lentement que sa maîtresse, et le spectacle n'était guère euphorisant.

— Dois-je comprendre que vous ne vous plaisez pas ici?

— C'est un tas de merde!

Et toc! pour le look sérieux de Mme Perkin et la facture atterrissant chaque mois dans la boîte du père.

— Coûteux, toutefois.

Elle eut un reniflement méprisant.

— Il peut se le permettre...

— Vous en êtes sûre?

Nous sortions de la ville, maintenant, et les prétentieuses pseudo-chaumières laissèrent la place à la campagne, à des champs bien labourés ondulant sur des collines éclairées par le soleil matinal. Je me demandais vaguement ce qu'on y cultivait. D'après mon expérience, la vie rurale est, et reste, un mystère pour les authentiques banlieusards. Et il était inutile de perdre du temps à le demander à Mattie : ce qu'elle regardait n'était pas le paysage, mais les profondeurs de son grand sac où, la tête à demi enfoncée à l'intérieur, elle fourrageait frénétiquement. Elle émergea triomphalement en tenant d'une main un paquet non entamé de cigarettes Dunhill et de l'autre un mignon petit briquet Bic. À côté de moi, la Cellophane crissa et une flamme jaillit.

Je m'éclaircis bruyamment la gorge. Pas évident ce choix de fumer ou non. Je veux dire, tout détective privé qui se respecte se hâte vers la mort nimbé de fumée de cigarette, et j'avais bien longtemps entretenu le mythe. Puis j'avais rencontré un homme qui ne supportait pas la fumée, et la sensualité l'avait emporté sur le tabac. L'histoire serait plus émouvante s'il m'avait fallu six mois de timbres antinicotine et de barres Mars, mais j'étais moins accro que je ne le croyais – qu'il s'agisse des cigarettes ou de l'homme –, et je les avais abandonnés tous les deux. Et c'est vrai que maintenant, mes dents brillent dans le noir, ce qui signifie que quand je planque la nuit, j'ai intérêt à fermer la bouche. Et comme tous les nouveaux convertis, je ne brille pas par la tolérance.

Je toussai de nouveau, elle me tendit le paquet.

— C'est une manie répugnante, hein? Vous en voulez une?

Je repassai dans ma tête la litanie des horribles prédictions qui sont de mise dans ce cas.

— Non.

Est-ce que cela valait la peine d'essayer? Oui.

— Vous non plus, d'ailleurs.

— C'est mon propre corps, aboya-t-elle, encore au stade où l'on préfère mourir qu'avoir trente ans.

Je connais, j'y suis passée.

— Mais c'est ma voiture, objectai-je doucement, et je suis asthmatique. La fumée de cigarettes me déclenche des crises.

Elle me regarda fixement. Je voyais bien qu'elle ne me croyait pas, mais elle n'osait pas relever le défi.

Elle éteignit de mauvaise grâce sa cigarette dans le cendrier, puis la rangea soigneusement dans le paquet. Et soudain je me revis, moi, à quatorze ans.

— Toutefois, ajoutai-je, il y a de l'herbe dans la boîte à gants, si vous voulez rouler un joint. Je n'ai pas encore fumé, aujourd'hui.

Je vis ses yeux s'agrandir. Sans le froncement de sourcils et la moue méprisante, elle était presque jolie, avec une peau de pêche sans le moindre bouton d'acné, et une bonne ossature sous ses joues rondes. Elle allait faire tourner des têtes, dans quelque temps, si elle ne l'avait déjà fait.

Elle hésita, puis se pencha en avant et ouvrit brutalement la petite porte de la boîte à gants. Un plan de Londres lui dégringola sur les genoux, et, dans le fouillis restant, nous aperçûmes un tas de cassettes, un emballage de McDo, deux paquets de chewing-gums. Je fouillai un peu plus au fond, puis constatai tranquillement :

— Flûte, j'ai dû la laisser chez moi. Vous voulez un chewing-gum?

Elle secoua la tête et me lança un regard furibond. Progrès : néant. Je décidai d'attaquer de front.

— Vous savez, Mattie, nous allons passer au moins huit heures ensemble. De deux choses l'une : ou vous vous montrez plus polie, ou je le suis moins, ça m'est égal. Je n'ai pas plus envie que vous d'être ici.

Son visage resta sombre, mais une lueur d'intérêt s'alluma dans ses yeux.

— Alors, pourquoi vous avez accepté ce travail?

— Les sous, tiens!

— Il vous paie cher, alors?

— Plus que ça ne vaut, rétorquai-je. À part que, maintenant, je ne me trouve plus si bien payée!

— Ouais... (Elle eut un sourire amer.) C'est tout lui, ça!

J'attendis un bref instant avant de demander :

— Vous l'adorez, hein?

— Je ne sais pas, je ne saurais même plus le reconnaître!

— Et votre mère?

J'eus droit à un autre regard noir.

— Qu'est-ce qu'il vous a dit?

— Rien, sinon qu'elle cherche à vous récupérer.

— Pfeuh! Si elle voulait être avec moi, elle aurait commencé par ne pas partir, non?

Il y avait un chagrin sincère au fond de sa voix. C'est ça le problème, à quatorze ans : on veut être traité en adulte, et quand on l'est, ça fait mal. Je n'insistai pas. La tête tournée, elle fixait la route. Nous continuâmes sans un mot. Puis elle saisit avec irritation une tablette de chewing-gum, la développa et mit du temps à décider si elle allait oui ou non jeter le papier par terre. En fin de compte, elle le fourra dans le cendrier déjà débordant. Cela me fit plaisir, mais je me gardai bien de le montrer... à moins que ma satisfaction n'eût été plus évidente que je ne soupçonnais.

Devant nous, la A 303 annonça son intention de devenir la M 3 —pas de station-service avant trente-cinq kilomètres. Nous regardâmes ensemble le panneau et la dernière station-service défiler à toute vitesse sur le côté. J'étais sur la bretelle depuis trente secondes lorsqu'elle réclama de toute urgence un arrêt-pipi.

Bien joué!

Voilà ce que qui arrive quand on pavoise trop tôt, ma chère Hannah! me glissa Constant à l'oreille, d'un air suffisant. Rien n'est joué jusqu'au dernier but.

– Dur, dur! répondis-je aux deux. Vous n'avez plus qu'à attendre, Mattie.

À mon tour de bouder.

Lorsque nous arrivâmes à l'aire de services, l'atmosphère était nettement polaire. Elle bondit du véhicule avant même qu'il ne soit complètement arrêté, empoigna son sac, et traversa en hâte le parking jusqu'à l'entrée. Je la regardai faire. La suivre jusqu'aux lavabos et, comme il y a des endroits où même les chaperons n'entrent pas, monter la garde à la porte? Cette méfiance serait insultante. D'un autre côté, on me payait (bien trop cher) quand même pour jouer ce rôle. J'attendis qu'elle eut franchi la porte principale pour descendre de voiture. Quand j'arrivai, je ne la trouvai pas aux lavabos, du moins pas là où les portes étaient ouvertes. J'appelai, pas de réponse. Elle n'était ni au comptoir du bureau de tabac, ni au téléphone, ni en train de consommer un de leurs exorbitants cafés. Il ne restait plus que le pont enjambant l'autoroute, et menant du côté où la circulation se dirigeait en sens inverse. On ne peut pas dire que je courais, mais je ne marchais pas non plus.

J'adore ces ponts, ces couloirs de béton ne menant nulle part, il y a longtemps que je pense qu'ils seraient parfaits pour y filmer un ultime règlement de comptes, avec des balles ricochant sur les parois et d'innocents piétons se jetant à plat ventre. Ou bien un plan éloigné d'Hannah Wolfe sautant à travers une des fenêtres en verre dépoli pour atterrir sur la plate-forme d'un camion passant en dessous. Hélas! Aujourd'hui n'était pas le jour où s'accompliraient ces exploits. Et ce n'était pas l'endroit où je retrouverais ma cliente. Ou bien elle n'y était pas allée, ou bien elle était déjà partie. Je retraversai le pont au petit trot en direction de l'autre côté. Du bout du parking, j'aperçus une silhouette près de la voiture. Elle ne ressemblait pas à celle de Mattie, mais on ne sait jamais...

Au moins, elle eut l'honnêteté de prendre un air gêné. Quoique, à vrai dire, ce n'était pas son visage que je regardais avec intérêt. Je dois avouer que sa nouvelle tenue (caleçons troués, banane autour de la taille, tee-shirt sous le Perfecto et cheveux relevés en choucroute) lui allait bien mieux. Et cette belle jupe bien repassée, de chez Jaeger, devait maintenant être bouchonnée au fond du sac. Bof! Toujours est-il que Mattie, elle, paraissait plus... disons... plus semblable à elle-même.

Elle attendait mes critiques. Je la regardai, et me revis au même âge, avec des cheveux en crinière de chien de berger, une minijupe au ras des fesses, et de longs colliers de perles pendant sur une poitrine rondelette d'adolescente. Une petite banlieusarde rebelle, essayant désespérément de rattraper les années 60, alors que la décennie était déjà passée. En y repensant, je comprends qu'il s'agissait moins de mode que de quête d'identité. Et dire que je me trouvais si belle! Cela me fait encore un choc, quand je regarde de vieilles photos et me reconnais dans ce gibier de potence grassouillet. J'irais jusqu'au meurtre pour détruire les négatifs de ces photos!

Mattie attendait toujours ma réaction. J'essayai de marquer le coup, il le fallait bien, nous appartenions à deux générations différentes. Mais malgré mes efforts, je ne réussis pas à prendre un air offusqué. Je la regardai de haut en bas et hochai la tête.

— Vous êtes très bien comme ça, espérons que votre humeur va s'améliorer tout pareil. On y va?

Elle me fit un tout petit sourire réticent.

En voiture, nous étions Thelma et Louise. Elle attacha sa ceinture, et se jeta sur la boîte à gants. Pendant un instant, je crus que nous allions reparler de l'herbe, mais elle sortit toutes mes cassettes et en fit l'inventaire. Elle ne parut pas trop impressionnée par mes goûts musicaux et ne se pressa pas de choisir. Nous étions déjà sur la voie rapide lorsqu'elle demanda :

25

– Qui c'est, Bob Seager?

– Il accompagnait Frank Sinatra, expliquai-je avec révérence. Allez-y, écoutez-le un peu.

Elle glissa la cassette dans le lecteur et je mis le son, fort. Les premiers accords de *Blow me Away* firent décoller l'automobile d'au moins cinq centimètres au-dessus du macadam. Nous partageâmes le reste du chewing-gum et abordâmes le sujet de la famille par le biais de l'éducation, sur laquelle nous avions des vues identiques, quoique pour des raisons différentes.

– Les autres sont stupides, pour la plupart. De vrais bébés, même celles qui sont plus âgées que moi. La moitié d'entre elles en sont encore à baver sur Jason Donovan.

– Il ne vous émeut pas, alors?

– Vous charriez!

– Vous êtes là-bas depuis combien de temps?

– Cent-quatre-vingt-seize jours exactement, sans compter les jours fériés.

– Si vous détestez tant cette école, pourquoi ne demandez-vous pas à votre père d'en changer?

– Parce qu'il ne m'écouterait pas.

– Vous avez essayé?

Elle ricana, sa façon de me signifier l'inanité de ma question.

– Et où alliez-vous avant?

– Dans le Suffolk. Puis, quand nous sommes venus à Londres, j'étais externe dans une école d'Acton. Ça allait, là. Au moins, on en sortait à la fin de la journée.

– Et quand votre mère est partie, votre père a pensé qu'il n'avait pas assez de temps pour s'occuper de tout, c'est ça?

Elle se mordait l'intérieur de la joue.

– Il a peut-être pensé que ce serait mieux pour vous...

– Eh bien, il s'est trompé, non? aboya-t-elle. Mais il s'en moque... Pourvu qu'il puisse faire joujou avec ses souris blanches!

– Quel est son métier?

Je voyais bien qu'elle mourait d'envie de me le dire.

26

— Il fait de la recherche. Il essaie de sauver le monde du cancer.

Bien qu'elle ait craché ces mots, on sentait que, peu de temps auparavant, elle avait été très fière de son père.

— Mais il n'est pas si brillant avec sa famille, hein?

Je la laissai réfléchir, mais elle ne me renvoya pas la balle. Je fis une nouvelle tentative.

— C'est pour ça que votre maman est partie, parce qu'il travaillait tout le temps?

Elle haussa les épaules.

— Elle en avait juste assez de rester chez nous. Je ne peux pas le lui reprocher!

Cela faisait deux fois qu'elle noyait le poisson. Quelle que soit la raison, ou plus exactement la personne responsable du départ de sa mère, Mattie ne voulait pas m'en parler. D'après ce qu'elle avait dit et refusé de dire, c'était une histoire des plus banales : fille unique, elle avait joui de l'attention générale pendant si longtemps que quand ses parents s'étaient remis à penser l'un à l'autre, ils avaient découvert qu'il n'y avait plus rien entre eux. Alors papa avait compensé par le travail et maman... peut-être s'était-elle mise à bavarder avec le laitier.

— Mais il travaille toujours trop?

— Pourquoi ne le ferait-il pas? Il n'y a plus personne à la maison pour l'en empêcher, maintenant.

— Il est possible qu'ils se réconcilient, dis-je en pensant que c'était peut-être ce qu'elle avait envie d'entendre. Alors vous pourriez retourner chez vous.

— Vous voulez rire! Ils se moquent éperdument l'un de l'autre, et moi je suis le cadet de leurs soucis!

Elle enfonça le bouton du lecteur de cassettes.

— C'est nul, cette musique, je vais mettre autre chose...

En observant son visage de profil, je me souvins clairement de cette fureur, arrivant par-derrière et détruisant tout sur son passage. De quoi provenait la mienne? De ce que des parents trop aimants ne voulaient pas me laisser devenir adulte aussi vite que je l'avais décidé? Elle, au moins, avait

27

une vraie bonne raison d'être en colère : prête jusqu'au bout des ongles à mordre dans la vie, elle se retrouvait coincée entre le terrain de sports d'une école de filles et le *no man's land* d'une guerre conjugale. Seigneur, s'il pouvait exister quelque chose de pire que de vieillir, ce serait un lent retour vers l'adolescence.

Le panneau bleu indiquait que nous nous trouvions à moins d'une heure de Londres. Je cherchai quel autre sujet aborder mais elle fut plus rapide que moi.

— Quel âge vous avez?

Je choisis soigneusement les termes de ma réponse.

— J'ai plus de trente ans...

Voyant du coin de l'œil son air horrifié, j'ajoutai :

— Mais je me maintiens! Je fais des exercices quotidiens pour lutter contre la dégénérescence cérébrale...

Si elle trouva ma plaisanterie drôle, elle se garda bien de le montrer.

— Vous n'êtes pas mariée?

— Non.

— Vous avez couché avec combien d'hommes?

Bien fait pour moi! Je veux dire, on ne peut pas à la fois tenter d'établir des relations personnelles avec quelqu'un et s'offusquer ensuite de ses questions.

Je feignis de réfléchir. En fait, je savais la réponse : la liste des hommes ayant partagé mon lit est un de mes recours, le soir, lorsque compter des moutons se révèle inefficace. Je dénombre mes ex. Ou bien je cherche les noms des filles en classe terminale avec moi. Beaucoup plus difficile, d'ailleurs, elles étaient nombreuses.

— Dix-huit.

— Dix-huit!

Je devinai à sa voix que ma réponse l'avait impressionnée.

— Ouais, mais la plupart d'entre eux étaient du temps de la L.S.A.S.

— La L.S.A.S.?

— La Libération sexuelle avant le sida. Je suis beaucoup plus prudente, maintenant.

À moins que ce ne soit eux, pensai-je. Je ne le dis pas. Elle resta un instant silencieuse. Je ne l'avais quand même pas choquée?

— Mon amie Hélène a un amant.

— Il est mieux que Jason Donovan?

Elle renifla avec mépris en entendant le nom du chanteur, puis reprit avec un certain enthousiasme:

— C'est le jardinier de notre école.

— Très Lady Chatterley, non?... Vous connaissez Lady Chatterley?

— Bien sûr, j'ai lu ça quand j'avais dix ans.

— Parfait. Alors ils se rencontrent dans la resserre à pots de fleurs?

— Il a une chambre en ville, elle y va le samedi.

— Ah! oui, votre matinée de permission.

— Elle a plusieurs orgasmes à la suite.

— La veinarde! Et lui?

— Lui aussi.

— Tout va bien, alors.

Bref silence, puis:

— Vous n'êtes pas scandalisée?

— Non, je ne crois pas.

— Son père le serait, lui.

— Sans aucun doute.

— Il la considère toujours comme une enfant.

— Oui, bien sûr, c'est normal, non?

Elle me regarda brusquement pour voir si je ne me moquais pas d'elle. Je dus réussir le test.

— Alors vous ne trouvez pas qu'elle est trop jeune?

— Je ne sais pas... Quel âge a-t-elle?

— Treize ans.

Je lui jetai un coup d'œil.

— Vous voulez une réponse sincère?

Elle hésita, acquiesça. Je souris.

— Pour moi, à cet âge-là, cela aurait été beaucoup trop jeune. En fait, je sais que j'aurais été complètement paniquée. Mais peut-être est-ce le bon âge, pour elle. Cela dépend aussi de la façon dont le garçon la traite.

– Oh! il est gentil avec elle... Enfin, dans l'ensemble.

– Alors, c'est sans doute une bonne préparation à sa vie future.

Elle se tut. Je me demandai comment interpréter cette confidence.

Un autre panneau défila sur notre gauche. *Londres, 15 miles*. 9 h 55. Une longue journée nous attendait.

– Vous feriez mieux de prendre la M 25, remarqua-t-elle soudain, c'est plus rapide pour entrer en ville.

– Vous voulez que je vous passe le volant?

Elle fit la grimace.

– Parfait! Vous avez une destination précise en tête?

– Ouais, Knightsbridge.

Je haussai les épaules.

– Si vous avez l'argent, j'ai le temps.

Elle ouvrit sa banane et me montra une épaisse liasse de billets de banque. Dans les quatre ou cinq cents livres.

Je me demandai (ce n'était pas la première fois) combien son père pouvait être payé pour chercher un remède au cancer. Cette histoire de mère essayant de la récupérer pouvait n'être qu'un prétexte, sa vraie raison d'embaucher un détective privé étant peut-être la peur de voir sa fille se faire agresser et arracher son bas de laine.

– C'est une grosse somme d'argent, Mattie...

– Ouais. Mais c'est mon anniversaire, vous savez bien!

Une fois de plus, j'eus l'impression de parler avec quelqu'un de bien plus âgé.

3

En fin de compte, nous nous retrouvâmes devant les portes de *Harrod's*. Plutôt inattendu. Après la métamorphose sur l'aire d'autoroute, j'aurais plutôt pris Mattie pour une fan des boutiques branchées. Mais les petits modèles griffés noir et gris de *Joseph* l'avaient laissée de glace, elle ne s'était même pas donné la peine de regarder les étiquettes. À deux pas, le château de contes de fées, une des sept merveilles du monde de la consommation, nous faisait signe.

J'ai tout un baratin sur *Harrod's*, bastion du capitalisme occidental désormais tombé aux mains des Levantins. L'histoire, bien de notre temps, plaît aux Américains un peu parano, mais elle n'aurait guère intéressé Mattie.

Nous commençâmes par le rayon épicerie fine et, à sa suggestion, achetâmes à la viennoiserie des croissants au chocolat et aux amandes que nous mangeâmes avec les doigts. Je fus étonnée de voir Mattie en dévorer deux : cette indifférence aux hydrates de carbone n'est pas commune chez les filles de son âge.

Puis nous prîmes l'ascenseur pour *Way in*, la contribution de *Harrod's* à l'ado-culture. Il faisait si sombre là-dedans qu'il me fallut un moment pour m'apercevoir qu'il n'y avait rien d'intéressant. Mattie inspectait nonchalamment les cintres. Elle paraissait mal à l'aise, mais quand je lui demandai si elle avait une idée de ce qu'elle voulait acheter, elle redevint la Mattie-bas-les-pattes de tout à l'heure et me traita en vendeuse. Je la laissai à sa bouderie.

De l'autre côté de la boutique, une femme en tchador examinait un voyant étalage de bijouterie fantaisie. Elle semblait seule, mais l'accompagnateur/trice ne resterait pas à côté d'elle, n'est-ce pas? Effectivement, je l'aperçus de l'autre côté de l'allée, faisant de son mieux pour se fondre dans le décor au rayon des maquillages. Il n'avait pas l'air heureux, sans doute n'aimait-il pas travailler dans des conditions où il était si facile à repérer, à moins qu'il ne trouve cette mission indigne de lui. Quoi qu'il en soit, vous voyez maintenant pourquoi Constant me réserve certaines tâches. Je détournai les yeux; il attendit une fraction de seconde, puis me jeta un coup d'œil discret, juste pour s'assurer que je n'étais pas quelqu'un dont il devait se méfier. Je lui fis un clin d'œil, il feignit de ne pas me voir. J'eus envie de m'approcher pour le féliciter de sa compétence et de son adresse à se rendre invisible, mais je ne suis quand même pas si cruelle. Après tout, nous avions tous deux un travail à faire.

Lorsque je me retournai, Mattie avait disparu. J'explorai les rangées de cintres, les cabines d'essayage et le reste de l'étage. Après l'épisode de l'aire d'autoroute, j'étais plus vexée qu'anxieuse, ou bien juste déçue. Aussi, quand je finis par la découvrir devant les ascenseurs, prête à y monter, je crois que je perdis un peu la tête. Je lui empoignai le bras et la tirai en arrière. Nous étions en plein milieu du magasin. Il y a des endroits plus discrets pour une querelle, mais je n'avais pas le choix.

— Où est-ce que vous allez?

Sans daigner me regarder, elle releva la tête d'un air de défi, une vraie Scarlett O'Hara s'apprêtant, avec un ostentatoire manque de scrupule, à détruire un mariage de plus.

— Je descends.

— Allons, Mattie, vous connaissez le marché, si vous voulez aller quelque part, je vous accompagne.

Elle hocha la tête d'un air furibond.

— Vous n'êtes pas mon père, je n'ai pas à vous demander la permission.

— Oh, que si! Je suis payée pour veiller sur vous, vous le savez bien.

Elle ouvrit la fermeture à glissière de sa banane, saisit une poignée de billets de banque et l'agita sous mon nez.

— Payée combien? Je vous en donne autant pour me laisser tranquille!

Je soupirai. La petite assemblée attendant les ascenseurs se délectait. Qui croyaient-ils que nous étions? Quand même pas une mère et sa fille, Dieu m'en préserve! Je repoussai sa main.

— Rangez ça! Rangez ça, Mattie! répétai-je plus fort.

Je sentais tout ce que j'avais réussi à faire durant le trajet devenir nul et non avenu. Baissant la voix, je dis calmement :

— Écoutez, je sais que vous n'appréciez pas la situation. Moi non plus, mais mettez-vous un peu à ma place : s'il vous arrivait quelque chose, ce serait de ma faute.

Elle ferma les yeux, serra les paupières, plus boudeuse que furieuse, maintenant.

— Je vous ai expliqué, ma mère ne veut pas de moi, elle est trop occupée par ses amours, ça lui fait une bonne raison. Ce n'est pas pour me protéger que mon père vous paie, c'est pour se déculpabiliser de préférer son travail à sa fille. Votre argent est un baume pour sa conscience, comme le mien.

Par-dessus sa tête, j'aperçus le garde du corps de tout à l'heure. À demi caché par le voile de sa cliente, il souriait d'un air supérieur.

Je revins à Mattie. Pauvre gosse, qui se sentait abandonnée au point de n'avoir pour se quereller qu'une quasi-inconnue! Je lui posai la main sur l'épaule, et, cette fois, elle ne se dégagea pas.

— D'accord, murmurai-je, d'accord, votre père est un salaud. Alors, allons dépenser son argent.

Elle pinça les lèvres, acquiesça. Je lui pris le bras et nous entrâmes ensemble dans l'ascenseur. Les curieux nous regardèrent partir. Je m'approchai des boutons et me tournai vers elle d'un air interrogateur.

— Deuxième étage, marmonna-t-elle.

Je levai les sourcils, elle haussa les épaules.

– Rayon lingerie, expliqua-t-elle d'un air de défi.

Plus tard, il me vint à l'esprit qu'elle avait agi plus par besoin de solitude que par désir d'indépendance. Et je dois avouer que la maturité de ses goûts en matière de sous-vêtements m'impressionna : à son âge, je ne connaissais que les dessous en coton de *Marks & Spencer*. Les choses avaient quand même bien changé... à moins que l'institution de Debringham ne soit qu'une couverture pour une pépinière d'hôtesses et de call-girls, avec Mme Perkin dans le rôle de sous-maîtresse. Je lui en fis la suggestion ; elle me regarda comme si j'étais un cafard sorti de sous une serpillière, mais avec une ombre d'affection.

– Vous ne trouvez pas que c'est le genre de lingerie qui me convient, hein ? demanda-t-elle (elle me regardait à travers une découpe stratégiquement placée sur un confetti de satin signé d'un grand nom). C'est un cadeau pour Hélène.

Bien sûr, Hélène et son jardinier.

– Ah ! je vois... C'est un spécialiste d'art topiaire...

– De quoi ?

– Rien... C'est juste que, de mon temps, les culottes bouffantes en serge grise des écolières faisaient partie de leur charme.

Elle daigna sourire, mais il était clair qu'à ses yeux il s'agissait d'un achat sérieux. Et coûteux : le prix était inversement proportionnel à la taille du sous-vêtement. Je pensai à D.H. Lawrence, trop obnubilé par la force vitale pour se préoccuper du prix de la lingerie. D'ailleurs, est-ce que les hommes prêtent vraiment attention à ces luxueux chiffons, du moment qu'ils s'enlèvent ? Il devait être là, mon problème : je ne dépensais pas assez pour mes dessous. La dernière fois que j'avais mis les pieds au rayon lingerie d'un grand magasin, c'était un stratagème pour vérifier que je n'étais pas suivie. Une idée de Constant, d'ailleurs, pas de moi. Et je n'avais rien acheté du tout.

Mattie, elle, entassait son butin. Elle se décida finalement pour six microscopiques créations et puis (c'était presque touchant) cala à la dernière minute, au moment de payer. Je fus chargée des trophées, ainsi que d'une liasse de billets de banque. La caissière, afin de les défroisser avant de les plier, leva haut chaque sous-vêtement. Son visage resta impassible. De toute façon, c'était sans doute moins gênant à vendre que des préservatifs... « Madame veut-elle le *Poids Plume*, ou bien préfère-t-elle notre *Spécial Folle Chevauchée*? »

Je fourrai les sacs marqués *Harrod's* dans mon propre sac et retournai vers Mattie qui m'attendait, mi-satisfaite mi-amusée. À mon grand étonnement, la voir si détendue me fit vraiment plaisir. Je souris.

– Eh bien, espérons qu'ils rempliront leur office!

Elle me prit le bras et me poussa vers la sortie.

L'après-midi fut plus facile. Les emplettes érotiques terminées, Mattie parut contente de redevenir une fillette de son âge. Ce fut elle qui choisit d'aller visiter le Musée d'histoire naturelle, où elle s'efforça de m'éblouir par ses connaissances. C'est un fait qu'être capable de désigner par leur nom tous les dinosaures fait partie des joies de l'enfance, mais sa culture en ce domaine allait bien au-delà. Il s'agissait surtout de connaissances en biologie, avec assez de science pure pour que je sois larguée dès la première demi-heure. Ou bien l'établissement de Debringham était d'un bien meilleur niveau que son élève ne l'avait dit, ou bien celle-ci était vraiment très brillante. Était-elle brillante en tout, ou bien avait-elle cultivé son intelligence dans le sens le plus propre à plaire à son père? Je n'arrivais pas à croire que celui-ci ne se soit jamais posé la question.

Quant à l'aspect « sécurité » de ma mission, je résolus de garder la tête froide et l'œil ouvert, mais personne ne parut s'intéresser à nous, et il est probable qu'à la fin de l'après-midi je me méfiais moins. Je ne crois pas que cela ait rien changé à ce qui arriva plus tard, mais c'est à vous d'en juger.

Nous partîmes vers 17 heures pour aller « chez mon père », comme elle s'obstinait à dire. La maison se trouvait dans

Sutherland Avenue, une de ces anciennes maisons bourgeoises ouvrant à l'arrière sur un square privé. Du temps où j'étais étudiante, une de mes amies louait une chambre dans ce quartier. C'était l'époque du violeur de Notting Hill, et tout ce dont je me souviens, c'est des barreaux aux fenêtres de la cuisine et de notre appréhension en sortant tard le soir. Mais maintenant, le quartier semblait prospère, moins menaçant. Et ne pas avoir peur fait partie de mon travail.

En arrivant, Mattie refusa de descendre de voiture. J'attendis un peu en faisant semblant de ne rien remarquer, mais son humeur agressive remplit le silence, qui devint insupportable. Je posai doucement la main sur sa manche.

– Allons, venez!

Elle se dégagea et ouvrit la portière. Je la suivis. Au sommet du perron, nous nous trouvâmes devant un impressionnant assortiment de serrures, et je la regardai d'un air surpris.

– Il est parano, depuis qu'il s'est fait cambrioler.

Elle sonna. La gouvernante ouvrit la porte. Le vestibule menait à un magnifique escalier en spirale, avec une rampe d'acajou bien astiquée, sur un fond de peinture d'un blanc éclatant. La maison tout entière avait l'air bien léchée, sans le moindre grain de poussière, et aucun signe ne trahissait qu'elle était habitée, sinon, de temps en temps, par la gouvernante. Celle-ci était une femme d'un certain âge, assez sympathique, un peu forte, avec un visage décidé et des cheveux gris argent permanentés serré, style « tarif réduit spécial troisième âge ».

Elle serra Mattie dans ses bras, d'où la jeune fille fit de son mieux pour se dégager, mais il était visible qu'à un certain moment, elles avaient été proches.

Mattie se dirigea dignement vers le salon, une vaste pièce donnant sur le jardin, et jeta son manteau et son sac en vrac sur le sofa, comme si elle cherchait délibérément à mettre du désordre, puis s'écroula sur eux.

La douceur du foyer... Même ses gestes étaient redevenus raides, hostiles. Nous la contemplâmes du seuil de la porte, puis Mme Dayley partit en direction de la cuisine. Je la suivis.

Sur la table immaculée, un plateau était posé, avec du thé, des gâteaux, et un somptueux service moderne en porcelaine. La vaisselle de famille n'était pas de la camelote, dommage qu'il n'y ait plus de famille.

— Elle a maigri..., remarqua la gouvernante en s'affairant avec la bouilloire.

— Comment le saurais-je? Je l'ai vue pour la première fois aujourd'hui.

Elle eut un petit reniflement de mépris, comme si c'était de ma faute.

— Tout s'est bien passé?

Je devinai qu'elle faisait allusion aux huit heures en compagnie de Mattie.

— Ça dépend de quel point de vue on se place.

Puis je regrettai ma dureté.

— ... Non, elle a été bien, elle est très intéressante.

— Tant mieux. Le Dr Shepherd sera en retard.

— Ah!...

— Il a téléphoné et m'a demandé de vous attendre pour vous avertir.

— Très en retard?

— Il a dit qu'il rentrerait vers 19 heures, à temps pour le théâtre.

Génial! C'en était fini de mon début de soirée. Puis une autre pensée me vint, bien pire.

— Qui va le lui annoncer?

Elle me regarda d'un air de dire que j'étais certainement mieux payée qu'elle, mais j'avais eu toute la journée pour m'entraîner à ne pas me laisser faire.

— ... Vous la connaissez mieux que moi, ajoutai-je.

Elle prit le plateau et pinça les lèvres. Avant qu'elle ne quitte la cuisine, je posai une dernière question.

— Madame Dayley?... La mère de Mattie... je veux dire... comment s'est passé son départ?

Je lui fournissais l'occasion rêvée de me faire payer ma couardise.

— On ne peut plus mal, répondit-elle sèchement en sortant.

J'attendis dans la cuisine. J'entendis dans la pièce voisine un murmure de voix, un bruit de vaisselle maladroitement cassée. C'est le problème avec les services de prix, cassez une pièce et tout est fichu. Mieux vaut boire dans les tasses données en cadeau contre les points accumulés à la pompe à essence.

Quelques instants plus tard, la gouvernante entra. Elle avait enfilé son manteau.

— Pauvre petite..., remarqua-t-elle à voix basse. (Puis, plus fort :) C'est vraiment dommage, c'est sûr.

Elle fila sans me laisser le temps de lui demander ce qui était vraiment dommage. J'entendis la porte d'entrée claquer derrière elle.

Au salon, Mattie, la télécommande sur les genoux, se vautrait sur le canapé. La télévision braillait en face d'elle, un vieux film en noir et blanc avec Bette Davis, le front dégarni et le cou entouré d'une fraise ressemblant à un napperon empesé... Elisabeth, la reine vierge, séduisant le comte d'Essex.

— Vous savez, ce n'est qu'une heure de retard, dis-je. Il sera là à temps pour le théâtre. (Elle m'ignora avec ostentation.) Qu'est-ce que vous allez voir ?

— Une pièce de théâtre.

Sa voix était assez semblable à celle que prendrait un peu plus tard Bette Davis pour mettre plus bas que terre l'ambassadeur d'Espagne.

— Très bien.

Vexée malgré moi, je m'assis et me versai une tasse de thé. Comme exaspérée par cette bruyante activité, elle monta le son. L'aveu passionné d'Errol Flynn retentit à travers la pièce. Même à ce niveau de décibels, il était clair qu'il n'avait pas une chance ; c'était moins une question de désir que de politique. Changez-les tous deux de sexe, et tout aurait été parfait. Elisabeth, comme son père avant elle, aurait pu faire toutes les galipettes qu'elle voulait. Mais elle était une femme : une reine portait la couronne et dormait seule.

Sur le canapé, Mattie donnait une imitation convaincante du spectateur captivé, mais sa colère remplissait la pièce. À regrets (j'adore Bette Davis), je m'arrachai à l'écran pour la regarder.

En fait, elle était sans doute plus malheureuse que furieuse. La pauvre gamine était tellement tiraillée d'un côté et de l'autre, elle essayait si fort de s'en moquer, qu'elle était aussi vulnérable que soupe au lait. Peut-être était-ce pourquoi personne, à commencer par son père, n'avait fait l'effort de briser le mur.

– Mattie... Il y a peut-être une autre explication... Je sais qu'il a l'air de ne pas vous aimer, mais il se peut qu'il ait peur de montrer son affection... Il craint peut-être d'être repoussé s'il s'approche trop. Quand les familles se défont, c'est si pénible que tout le monde en souffre.

Je me tus. Elle fixait toujours l'écran, mais je savais qu'elle m'écoutait. Et qu'avais-je à perdre?

– ... Je sais bien que les grandes personnes sont censées mieux savoir s'en sortir que les enfants, mais croyez-moi, il y a des cas où être un adulte n'aide en rien.

Certes, c'était un peu pompeux, mais ce n'est pas à cause de ça que tout a raté, c'est à cause de mon choix de mots : « les enfants ». Impardonnable de ma part ; à quatorze ans je n'étais plus une enfant, sinon aux yeux des adultes étourdis.

– Merci. Vous devriez offrir vos services à un magazine féminin !

D'après Kate, plus les gens ont d'affection pour vous, mieux ils savent trouver les mots qui blessent. *Ergo*, Mattie me trouvait sympathique. Et ça m'avançait à quoi?

Malgré moi, je laissai transparaître ma déception. Elle me regarda fixement, baissa les yeux en se mordant les lèvres. Elle hésitait... Allait-elle m'accorder sa confiance? Mais elle avait depuis trop longtemps l'habitude de rentrer dans sa coquille. Elle se retourna vers l'écran, j'en fis autant. À travers une fenêtre grillagée, un échafaud se montait. Vous connaissez la théorie selon laquelle Elisabeth était plus veuve noire que reine vierge. Quoi qu'il en soit, pauvre vieil Errol !

Quelques instants plus tard, Mattie se leva et jeta la télécommande sur le canapé.

– Je monte dans ma chambre.

Je songeai à lui demander de rester, mais elle se sentirait peut-être mieux toute seule, loin du regard de l'autre. Je l'écoutai grimper l'escalier, une porte s'ouvrit et se referma, j'entendis de la musique, une basse insistante rythmant le silence de la maison. 6 h 15, la lumière du jour commençait à baisser. Quelque chose me tracassait, à propos de ce soir, mais quoi? Dans ce cas, plus on cherche, moins on trouve, mieux valait attendre que ça me revienne.

Elle était là-haut depuis un quart d'heure (Errol avait été décapité et Bette Davis cachait crânement son chagrin) quand le téléphone sonna. Je pris la télécommande et coupai le son, mais de la chambre de Mattie ne parvenait qu'un bruit de percussions, ponctué de temps en temps par des onomatopées de musique rap. Le téléphone était posé près de la fenêtre. J'eus envie d'écouter pour savoir qui appelait, mais ce n'était pas à strictement parler mes affaires, et je craignais qu'elle m'entende décrocher. Je remontai le son, regardai défiler le générique de fin, puis, lassée des pubs, décidai d'aller voir ce qu'elle faisait... On ne sait jamais. Je montai sans bruit l'escalier. La musique provenait de derrière une porte du premier étage. Je frappai. Pas de réponse, alors j'entrai.

Aucun doute possible, c'était la chambre de Mattie, mais une chambre plus jeune qu'elle, figée en pleine enfance. Housse de couette volantée et poupée de chiffons-range-pyjama, surmontées d'un poster de Jason Donovan (on ne brûle bien que ce qu'on a adoré). À côté, bureau encastré avec sous-main et plumier de luxe. Rien d'autre, et le tout impeccable, évidemment. La stéréo était mise sur position *repeat*. Entendues pour la seconde fois, les paroles de rap étaient déjà moins provocatrices.

Je dois admettre que j'eus un instant de panique... La soudaine vision d'une fenêtre ouverte... un escalier de secours... une brève lutte rendue inaudible par la énième répétition de

Niggers with Attitudes. Mais en vérifiant la fenêtre, je constatai qu'elle était fermée de l'intérieur et ne donnait sur aucun escalier de secours. Je ressortis sur le palier.

J'entendis quelque chose à l'étage au-dessus, comme un bruit de voix très étouffé. Je montai à pas de loup. Le son venait de derrière une porte bien cirée, rutilante, comme toutes les autres, avec un bouton de porte et une plaque de propreté en porcelaine peinte. La poignée était froide.

J'attendis une seconde; j'entendais sa voix en conversation animée, mais je ne pouvais distinguer les paroles. J'ouvris sans bruit et entrai.

Le spectacle était pour le moins surprenant. Ce bureau-là, aux murs tapissés de livres et de classeurs, n'était pas de la frime. Une grande table de travail en chêne faisait face à une fenêtre en façade. À côté d'elle, deux hauts fichiers métalliques béaient, des dossiers à demi sortis. La pièce semblait avoir été dévastée par une tornade de quatorze ans. Même le tapis avait été soulevé sur toute une partie du sol. Le téléphone à la main, Mattie était devant le bureau, le dos à la porte, entourée de papiers éparpillés. Elle semblait à la fois excitée et irritée.

– Écoute, bien sûr que je l'ai fait! Tu crois peut-être que je ne sais pas ce que je cherche... (Silence.) Alors qu'est-ce que tu veux que je fasse? (Autre silence tandis que son interlocuteur lui répondait.) Oui, oui... O.K., oui, je sais... Je te dis que...

Puis elle sentit ma présence, se tourna d'un coup, fit un bond en me découvrant derrière elle.

– Oh, vous m'avez fait peur! dit-elle gaiement. Non, pas toi, continua-t-elle dans l'appareil. Écoute, il faut que je raccroche... À tout à l'heure... je veux dire, tu ne seras pas en retard, hein? O.K.! Au revoir!

Elle raccrocha. J'attendis sans un mot, lui laissant l'initiative.

– C'était papa!

– Ah bon?

Elle eut un geste d'exaspération.

41

— Surprise, surprise! Il ne trouve plus les tickets! Il pense qu'il les a oubliés quelque part dans ses tiroirs.

Elle me brava du regard, puis baissa les yeux et déplaça quelques papiers sur la table.

— Oui... euh... pardon de m'en être prise à vous tout à l'heure... Vous savez, en bas...

Elle se tut, eut un petit mouvement désemparé, continua.

— Hélène dit que c'est le meilleur moyen de perdre des amis que je ne me suis pas encore fait!

Je soupirai. Me tendait-elle le rameau d'olivier, ou était-ce sa façon de détourner ma curiosité?

Donc, Mattie fouillait dans les documents de son père en son absence. Y cherchait-elle pourquoi il préférait son travail à sa fille? Espérons qu'elle ne tomberait pas sur un magazine pornographique... Quoi qu'il en soit, les secrets de Tom Shepherd me regardaient encore moins que sa fille.

— O.K., on descend?

— J'arrive... (Elle jeta un coup d'œil autour de la pièce.) Il est très maniaque, en ce qui concerne son bureau...

Et c'est ainsi que, un peu malgré moi, je la laissai seule. Elle me rejoignit peu de temps après. Au salon, le thé avait refroidi, mais elle s'en versa quand même une seconde tasse. Elle prit sur l'étagère, sous la petite table, l'exemplaire, bien plié, de *The Independent*, le feuilleta pour y chercher quelque chose, me regarda.

— Je n'arrive pas à trouver la bonne page.

— Que cherchez-vous?

— La rubrique des spectacles. Les tickets sont pour le *Garrick*, mais je ne sais pas où c'est.

— Allons, Mattie, votre père va arriver...

Elle secoua la tête.

— Vous ne comprenez pas, ça s'est déjà produit la dernière fois. J'ai été obligée de prendre un taxi et nous sommes arrivés au milieu, expliqua-t-elle avec amertume.

Nous restâmes quelques minutes silencieuses. Puis elle se leva et alla dans la cuisine. Je l'entendis ouvrir un placard, je perçus un cliquetis. Elle revint, un trousseau de clefs à la main.

– Écoutez, je vais dans la voiture de papa chercher son guide, pour y trouver l'adresse du théâtre. J'en ai pour un instant.

Je réfléchis, puis me levai pour la suivre.

– Vous n'avez pas besoin de venir, se hâta-t-elle de protester. Je vous promets que personne ne va m'enlever. Et je ne me sauverai pas.

Je la regardai.

– C'est sûr, Mattie?

Silence. Elle hocha la tête.

– Et où irais-je? Je n'ai que quatorze ans, je ne sais même pas conduire.

Elle regarda ses pieds en fronçant les sourcils, releva les yeux vers moi.

– Écoutez, Hannah, je suis contente que ce soit vous et non une autre qui soyez chargée de veiller sur moi. Mais c'est toujours la même chose, vous comprenez. Partout où je vais, il y a quelqu'un pour veiller sur moi, les vieilles chouettes à l'école, Mme Dayley ici, mon père... et maintenant vous. Je veux juste aller jusqu'à la voiture, prendre le guide et revenir aussitôt. Vous pouvez me regarder par la fenêtre, si vous vous faites du souci. D'accord?

Pour être sincère, je dois dire que je n'avais aucun désir de la voir y aller seule. Mais j'étais prise au piège parce que, bien sûr, je voulais aussi qu'elle se rende compte que je n'étais pas comme les autres grandes personnes dans sa vie. Elle avait autant, sinon plus, besoin d'une marque de confiance que d'un chaperon.

Hannah chérie, souviens-toi, tu es détective privé, pas assistante sociale...

Cher vieux Constant! À moi le boulot, à lui les conseils. Mattie n'était peut-être pas la seule à être excédée par les gens veillant sur elle.

– D'accord, je vous attends là.

Elle eut alors une réaction tout à fait inattendue: elle s'approcha de moi, passa son bras autour de mes épaules, et me serra contre elle, très brièvement. Puis elle attrapa son

43

blouson sur le canapé, et sortit. J'entendis la porte s'ouvrir, cogner en se refermant : elle avait tourné le bouton pour l'empêcher de se verrouiller.

Je m'approchai de la fenêtre. Mattie était sur le trottoir. Elle leva les yeux, m'aperçut, eut un petit sourire en coin, agita le doigt, feignant le reproche. Puis elle parcourut une quinzaine de mètres, s'arrêta près d'une Rover bleu marine, ouvrit la portière, se glissa derrière le volant.

Je n'ai pas vraiment vu ce qui suivit... Il me semble qu'à l'instant où la portière claqua derrière elle, elle se penchait vers la boîte à gants. Cela a dû se passer ainsi, car je n'ai pas entendu le démarreur. Non, je ne l'ai pas entendu... mais il y a eu aussitôt tellement d'autres bruits que je ne peux pas en être certaine.

L'explosion parut se produire en deux temps. Une petite déflagration soudaine, comme si quelque chose à l'arrière de la voiture avait pris feu, puis, immédiatement, le tonnerre retentit et le ciel se déchira en une grande plaie rouge et noir, tandis que de la voiture, de la rue, et même du lampadaire, montait un geyser de flammes.

4

COMPRENEZ-MOI, je n'avais jamais été en contact avec l'horreur pure. Cela faisait environ deux ans et demi que je travaillais pour Constant, et, durant tout ce temps, j'avais dû prendre sur le fait une douzaine de voleurs à la tire, j'en avais rattrapé deux qui se sauvaient, et j'avais été agressée par un mari furieux de me découvrir en train de prendre des photos devant le domicile de sa maîtresse. Mais c'était ma première rencontre avec la véritable violence, celle qui change tout. Parmi les affaires dont je m'étais occupée, il n'y avait eu mort d'homme que dans un cas, et bien que je n'aie pas été indifférente, je n'avais pas connu la victime de son vivant. Et elle n'était pas sous ma responsabilité quand c'était arrivé. Ce qui fait que, vous le voyez, rien ne m'avait préparée à ce qui venait de se passer.

Pour moi comme pour tout le monde, l'explosion d'une voiture était un trucage de télévision ou de cinéma, avec un tas de flammes et de fumée, avant de passer au plan suivant. Et, je m'en rends compte maintenant, c'est généralement le méchant qui est envoyé *ad patres*, alors peu importe. On ne tue pas l'héroïne, à plus forte raison si celle-ci est une enfant.

Car, bien entendu, j'ai compris tout de suite qu'elle était morte, je savais avant de l'avoir vue qu'il ne pouvait en être autrement. Pas tant à cause de la force de l'explosion qu'à ce serrement au creux de mon ventre, comme si on m'en avait arraché un morceau sans anesthésie.

Je hurlai, je sortis en courant, trébuchai sur un océan de verre brisé, et l'appelai encore et encore, le visage brûlé par la chaleur du brasier et les yeux ruisselants de larmes provoquées ou non par la fumée. Mais je n'ignorais pas que je ne pouvais rien faire, et ce n'était pas une question de courage : le mur de flammes m'empêchait purement et simplement d'approcher.

Il y avait des gens autour de moi, je m'en souviens... un homme en imperméable me criant de reculer, des fenêtres qui s'ouvraient, des voix, puis, au bout de quelques minutes, les sirènes de la police et des pompiers, retentissant comme dans une tragédie en stéréo, d'abord dans une oreille, puis dans l'autre, de plus en plus proches.

Maintenant, la situation était moins confuse. Le panache de fumée noire était en train de se dissiper et, à travers les flammes, je pouvais distinguer les restes de l'automobile, la courbe d'une portière, la forme tordue d'un capot. De l'acier, du fer, déformés mais assez solides pour supporter le choc, comme dans les publicités. Ce qui n'est pas le cas d'un être humain. La silhouette sombre sur le siège n'était pas humaine non plus. C'était un moignon, un objet informe, il en manquait une partie.

Je n'ignore pas que vous n'avez aucune envie de le savoir, mais il me faut quand même vous le dire parce que c'est arrivé, et parce que tout ce qui a suivi en était, d'une façon ou d'une autre, la conséquence.

Mattie Shepherd fut déchiquetée vive lors de l'explosion du réservoir à essence. Telle fut la conclusion de l'enquête, et c'est exactement ce que je vis.

Vous savez, comme moi, que c'est généralement le cas lors d'une explosion, nous l'avons lu dans les descriptions d'épaves d'avions accidentés, entourées sur un rayon de plusieurs kilomètres de débris humains éparpillés sur la neige, le sable du désert ou dans la forêt... selon le lieu de la catastrophe.

Mais c'était arrivé dans Sutherland Avenue, et point n'était besoin d'aller voir sur un rayon de plusieurs kilomètres. Dès que les flammes moururent et que je pus m'approcher, je le vis (et lorsqu'une voiture de police s'arrêta

46

dans un grand crissement de pneus, et que deux hommes en sautèrent pour me tirer en arrière malgré mes protestations, je n'avais pu me résoudre à le quitter des yeux...) au milieu de la route... un morceau de blouson de cuir, avec un bras dedans...

Ils me ramenèrent à la maison de Tom Shepherd, et la seule pensée cohérente dont je me souvienne est de m'être dit, tandis qu'on me faisait entrer dans la maison, qu'il devait être terrible de perdre un parent dans un accident d'avion : on ne vous remet jamais un corps à serrer contre soi, à pleurer, à garder dans son souvenir, juste une collection de fragments dans un sac, comme un puzzle d'être humain.

Puis la bureaucratie entra en jeu, les procédures d'enquête dans lesquelles je fus aussitôt impliquée. Il leur fallut quelque temps pour revenir sur leur opinion de moi, une bonne femme hystérique, mais il faut reconnaître que l'erreur était excusable.

Quand j'eus cessé de trembler (et ce ne fut pas grâce à leur thé trop sucré, un scotch sec eût été plus efficace), je me présentai. Ils ont dû appeler Constant, et lui ou eux ont ensuite appelé Tom Shepherd. Quand on en vint à l'interrogatoire, ils avaient compris qui j'étais : un détective privé avec un client, une mission et un cerveau en état de marche, sans parler d'une sacrée histoire à raconter. Je la relatai plusieurs fois, d'abord à un grand frisé d'inspecteur qui faisait l'important et dont j'oubliai aussitôt le nom, puis, avec davantage de détails, à un autre, de toute évidence son assistant.

Si tout s'était déroulé dans les règles, ils auraient dû, à ce moment-là, m'emmener au plus proche commissariat (dans ce cas, cela tombait bien, celui de Paddington, également siège de la brigade antiterroriste) pour prendre ma déposition. J'y aurais sans doute encore été le lendemain matin. Mais Constant avait dû intercéder en ma faveur, parce que, pour une fois, on me garda sur place.

Je fus un vrai petit ange : je dis à l'inspecteur Winter tout ce qu'il croyait avoir besoin de savoir, et si j'omis quelques détails (ce que je peux aussi bien avouer avoir fait), je vous jure que ce n'était pas par désir de le tromper.

De toute manière, cela n'avait guère d'importance. L'affaire était totalement incompréhensible, ce qui, d'une certaine manière, l'éclaircissait. Je veux dire que comme, de toute évidence, il ne s'agissait pas d'une tentative d'enlèvement ratée, cela ne laissait guère le choix. Certes, je n'avais jamais vu de bombe exploser, aussi j'ignorais quelles pouvaient être ses caractéristiques, si elle en avait. Mais à l'expression de l'inspecteur Winter, je vis bien que lui, il savait. C'est à cet instant de mon récit, avec le fracas de la seconde explosion résonnant dans ma mémoire, que j'entendis un autre bruit, plus proche. Des pleurs, des sanglots, des gémissements plus animaux qu'humains. Ma première réaction fut la panique : c'était moi, qui geignais ainsi? Je me tus, tendis l'oreille, et compris que les plaintes montaient d'en bas.

L'inspecteur hésita, lui aussi, se figea un instant, puis se remit tranquillement à parler, m'obligeant à me concentrer sur le sujet qui nous occupait. Les sanglots continuèrent, plus ou moins audibles, mais, en vrais pros, nous les ignorâmes.

Enfin, ils m'autorisèrent à partir. Je refusai leur offre de me raccompagner et descendis l'escalier. Dans le vestibule, une porte était entrebâillée. Je m'arrêtai et regardai à l'intérieur. Un homme était assis sur le canapé occupé par Mattie quelque temps plus tôt. Il me tournait le dos, la tête dans les mains. Il ne pleurait plus. En face de lui, sur le bord du fauteuil d'où j'avais regardé Bette Davis, je vis le policier prétentieux de tout à l'heure. Il avait l'air déterminé d'un homme qui pense au travail à faire, et maintenant que mon cerveau s'était remis à fonctionner, je devinai qu'il occupait un grade élevé dans la brigade antiterroriste. Après tout, ce serait à eux d'élucider cette affaire.

Quant à Shepherd, qu'en dire? Sinon qu'il est difficile de voir sans ressentir de la pitié un être aussi accablé de chagrin. Le flic jeta un coup d'œil à la porte, regarda fixement dans ma direction comme s'il ne me voyait pas, puis se leva et, avec un discret signe de tête à l'agent en tenue à côté de la porte, me ferma celle-ci au nez. Le salaud!... Retrouver une de mes rancunes habituelles m'aida à me sentir un peu mieux.

Ma voiture était garée à environ cinquante mètres en face. Les pompiers étaient partis, mais pas la voiture de police ni l'ambulance. L'épave était cachée derrière un paravent. Des policiers, autour, empêchaient les curieux d'approcher, mais quelqu'un murmura mon nom, et on me laissa passer.

Je sortis mes clefs, les mis dans la serrure, m'assis derrière le volant, fermai la portière, comme des millions de personnes l'avaient fait des milliers de fois... Toutes, sauf une. Je restai quelques instants à contempler le tableau de bord, puis tendis la main pour retirer la radio. À cet instant, mon estomac se contracta, j'essayai en vain de retirer la clef de contact et n'eus que le temps d'ouvrir la portière avant de vomir sur le trottoir.

Et c'est ainsi que je laissai un peu de moi-même avec Mattie Shepherd dans Sutherland Avenue.

Finalement, n'ayant plus rien à laisser derrière, je rentrai chez moi. Je fus surprise de voir combien les rues étaient désertes, jusqu'à ce que je remarque l'heure : 11 h 47. Cela faisait déjà cinq heures que... mais elle ne s'occupait plus du temps qui passait.

Je tournai au coin de ma rue, rien n'avait changé et tout paraissait différent, comme si j'avais été si longtemps absente que mes souvenirs étaient vagues. Quand je sortis de la voiture, j'étais exténuée au point d'avoir du mal à tenir debout. Dans mon épuisement, je fermai la porte à double tour au lieu de l'ouvrir. Mais je savais qu'il me suffisait d'entrer, je pourrais me coucher et tout oublier jusqu'au lendemain.

Seulement, en poussant la porte, je me sentis soudain si tendue que ce fut presque un choc physique : il y avait là dedans quelque chose qui n'allait pas. Je m'immobilisai,

49

retins ma respiration, et essayai de voir d'où provenait ma peur. Alors j'entendis, venu du salon, un cliquetis régulier, une fois, deux fois, trois fois, le bruit d'un fumeur essayant d'allumer son briquet et, aussitôt je vis Mattie. Assise, vêtue de son blouson de cuir, elle tenait d'une main un long mégot de cigarette Dunhill, et appuyai de l'autre sur la molette de son mignon petit briquet.

Je tremblais si fort que je dus me retenir au mur. Je tournai la poignée et entrai.

La pièce était dans l'obscurité, à part la lueur des lampadaires à travers la fenêtre sans rideau et une petite lumière verte sur ma chaîne hi-fi. L'amplificateur était branché, et un disque tournait à vide. Le disque tournant à l'infini... cela faisait deux fois, ce soir...

Je me retournai, et aperçus la silhouette allongée sur le sofa, un coussin derrière la tête, les chaussures sur le sol, à côté. Alors, tout ce que j'avais complètement oublié me revint : c'était le week-end sans enfants de Nick, et nous avions décidé de passer la soirée ensemble.

Je m'approchai pour le regarder. Il dormait sans un bruit, le visage un peu crispé, avec ce léger froncement de sourcils qui m'était si familier. Par terre à côté de lui, une bouteille de vin vide et un verre à pied à demi plein. Nick choisit toujours les plus beaux verres, il dit qu'ils améliorent encore le goût du vin.

Le disque sur la platine était le requiem de Mahler. Je vis à côté une pochette inconnue, ce devait être un enregistrement spécial, sa dernière manœuvre dans sa campagne continuelle et bon enfant en faveur de la « musique adulte », à laquelle je refusai de me laisser convertir. Je tournai le bouton, le bras se souleva doucement, et Mattie rangea son briquet jusqu'au prochain cauchemar.

Je regardai une autre fois Nick et faillis tendre la main pour le réveiller. Mais... qu'allais-je lui dire? Et comment m'arrêter de pleurer une fois que j'aurais commencé mon récit? Je ne pus supporter la perspective de craquer une seconde fois.

Je pris une couverture dans la commode et l'étendis doucement sur la forme endormie. Il ne bougea pas. Je sortis du
salon, fermai la porte.

Je me brossai les dents pour me débarrasser du goût de
bile dans la bouche, mais sans allumer : je ne voulais pas voir
mon visage.

Puis je me laissai tomber sur le lit et me réfugiai dans le
sommeil.

5

QUAND JE ME RÉVEILLAI, je découvris une autre journée splendide et le pire était passé. J'avais dormi douze heures. À côté de moi, comme la courbe du corps, là où aurait dû être blotti un amant, un petit mot : *Laisse-moi deviner... le boulot a encore une fois gagné, hein?*

Ce brave Nick, pas du genre à changer une tragédie en conflit domestique...

Je me levai, allai à la salle de bains. Mon visage, à l'instar de mes vêtements, dans lesquels j'avais dormi, était fripé, et mes yeux avaient ce regard porcin de ceux qui ont trop pleuré. Étrange... je n'avais pas versé une larme.

Je remplis le lavabo d'eau froide pour y plonger la tête. La thérapie de l'électrochoc. En cherchant à tâtons une serviette, je fis tomber la suite du feuilleton, un petit papier roulé dans le verre à dents : *Hypothèse numéro deux : tu en as assez de l'amour sous latex?*

Dans le salon, les restes du repas de la veille avaient été rangés, et le Mahler était posé, négligemment, en évidence, sur la table. Je lui fis un petit salut, mais ce n'était pas le bon matin pour écouter un requiem. Je mis la radio. L'émission « The World this Week-end » ne se préoccupait que de l'Ukraine et de l'éventualité d'une autre catastrophe nucléaire due aux vieux réacteurs soviétiques décatis. Peut-être avait-on déjà parlé de Mattie aux informations, ou bien la police ne laissait rien filtrer tant qu'elle n'aurait pas d'explication à donner.

Je branchai la bouilloire et furetai à la recherche de quel-

2

que aliment à me mettre sous la dent : je n'avais rien mangé depuis le petit déjeuner de la veille et le croissant de *Harrod's*. Je ne m'attendais pas à trouver grand-chose et le frigo fut comme la marmite d'or au bout de l'arc-en-ciel : sur une de mes belles assiettes posée sur l'étagère supérieure m'attendait, soigneusement recouvert de papier transparent, un quart de poulet nappé de sauce crémeuse, entouré d'un demi-cercle de pommes de terre nouvelles et de quelques têtes de brocoli disposées avec art. Au-dessus, la suite et fin du roman : *Du moment que ce n'est pas moi qui avais fait la cuisine! Appelle-moi lundi si on est toujours ensemble. Nick.*

Cette fois, j'ébauchai un sourire.

Je retirai le papier et plongeai l'index dans la sauce. Humm... Même froide, elle était meilleure que tout ce que j'aurais pu préparer. Je l'irradiai soixante-dix secondes au four à micro-ondes (cadeau d'une mère ayant fini par renoncer à me convertir aux joies des activités ménagères) et m'installai à table, à côté du Mahler. Je vous le demande, quelles sont les choses importantes de la vie? La nourriture, le sexe, la mort, le cinéma... Pas nécessairement dans cet ordre, d'ailleurs... Et si je retournais au lit regarder le film du dimanche après-midi?

Je mangeai lentement, savourant chaque bouchée. La nourriture m'aida un peu à retrouver une plus juste perspective.

J'imagine que j'aurais dû penser une fois à Nick, me demander s'il m'en voulait, et vous avez sans doute des questions à poser à son sujet. Mais ce n'est pas le moment, avec Mattie si présente à mes côtés. Nous reparlerons de lui et je vous raconterai tout, c'est promis. Pour l'instant, sachez seulement qu'il est gentil, qu'il a le sens de l'humour, qu'on s'entend bien au lit (quand on arrive à s'y rencontrer), et que je suis folle de ses petits plats. Nous ne sommes pas Heloïse et Abélard, mais, en ce moment, ça me convient.

Après avoir mangé, je décidai de me mettre au travail. Telle n'avait pas été mon intention, mais, en fin de compte, je me sentais trop déboussolée pour être à l'aise dans mon nid douillet. Et je n'avais pas tellement le choix des lieux où me réfugier. Nick, même si j'avais désiré sa compagnie, était allé remplir son rôle de père affectueux dans le sud du pays, et Kate, ma brave sœur Kate, était avec Colin. Déguisés en bonshommes Michelin et coiffés de bonnets à pompon, ils dévalaient les pentes alpines et ne seraient pas de retour avant une quinzaine.

Je pris la voiture et me garai devant un parcmètre qui, en semaine, m'aurait coûté vingt pence les dix minutes. M'éloigner dédaigneusement du cadran où l'aiguille, dans le rouge, indiquait *infraction* me procura un bref mais intense plaisir.

Avant de vous faire entrer dans l'agence, je ferais mieux de vous préparer. Pour une rue proche de la gare d'Euston, celle-ci n'est pas trop mal. À une centaine de mètres, les propriétés prennent de la valeur, mais c'est comme la trace d'une grande marée sur le sable, on sait bien que les flots ne monteront jamais si haut.

Tout le quartier sent le provisoire, à croire que la proximité de deux des plus grandes gares de Londres a déteint sur lui, le changeant en un lieu d'éphémère et de mouvement.

Constant prétend avoir choisi cet emplacement parce qu'il se trouve en ville sans être dans la ville (remarque fort poétique, venant de lui), mais, à mon avis, c'était le seul local à portée de sa bourse, et il comptait sur la proximité des gares pour lui amener des clients.

La plaque annonce *Constant Réconfort, surveillance et sécurité* en très jolis caractères. Il y a un interphone à la porte, ce qui fait très bien, mais le choc en entrant n'en est que plus grand. Le vestibule et l'escalier sont des parties communes, alors ce n'est pas entièrement de notre faute. Quand Constant s'est installé là, vers la fin des années 80, l'industrie des médias était en plein essor, et deux jeunes loups avaient loué les bureaux au-dessus de nous et fait un lifting général, y compris une moquette neuve. Mais, avec la récession, le sentiment d'échec a commencé à salir le tapis et à tacher les murs. Entre le nom sur la porte et l'état de l'escalier, un des rameurs de mes années de fac prendrait facilement la boîte pour la couverture d'une officine sado-maso. Notre clientèle ne se compose pas non plus de séduisantes vamps en jupe fendue jusqu'à mi-cuisse, racontant leur histoire à travers des volutes de fumée de cigarette, tandis que l'éclairage projette sur le mur des ombres dignes d'un film noir. Nos clients nous arrivent par l'intermédiaire d'agents d'assurances ou d'anciens collègues du patron. Je me demande souvent si ces derniers touchent une commission, mais comme Constant ne me dirait jamais la vérité, je ne me suis pas donné la peine de lui poser la question.

Quant au boulot, eh bien, à part la gloire du titre, être détective privé n'est guère amusant ces temps-ci, et la multiplication des contrats de surveillance n'arrange rien. Bien sûr, nous avons de temps en temps un cas juteux : une entreprise où le livre de comptes n'arrive pas à s'équilibrer parce que quelqu'un (en l'occurrence le fils du patron) empoche les recettes, ou bien une demande de dommages et intérêts après un incendie qui, découvre-t-on, est moins une manifestation divine en faveur d'une P.M.E. qu'un cas de bidon d'essence considéré comme un investissement. J'ai passé quelques bons moments à regarder, grâce à des rideaux de dentelle et de fausses réservations d'hôtel, des messieurs (et des dames) donner des coups de canif dans le contrat de mariage, mais dans ce genre d'affaire, la différence entre nécessités de l'enquête et voyeurisme est douloureusement ténue, et Constant préfère embaucher des contractuels. Il me réserve les missions plus ordinaires, comme escorter de riches douairières (ou de toutes jeunes filles...) venues passer la journée en ville. Parce que, selon lui, je m'entends bien avec ces clients-là, ils se sentent à l'aise avec moi. Un talent digne d'envie, non?

Je me dis parfois que j'aurais mieux fait de mettre mes idéaux politiques dans ma poche et de tourner casaque. Qui sait? Avant que je sois prête à commencer à prendre du galon, la police aurait peut-être commencé à comprendre le sens de l'expression *À travail égal salaire égal* ? En tout cas, j'aurais pu faire joujou avec un plus gros ordinateur. Remarquez, comme je le dis souvent à Constant, s'il était moins pingre et n'avait pas acheté un Amstrad au lieu d'un PC, je serais maintenant à même de pirater leur ordinateur central (allons, même les filles ont leurs fantasmes technologiques), alors qu'il est toujours obligé de s'en remettre à la bonne volonté de ses ex-potes.

D'un autre côté, si j'étais entrée dans la police, il est probable que cela aurait été après le départ de Constant, et je crois fermement que la rencontre de certaines personnes est écrite dans le ciel.

En haut, la porte du bureau n'était pas fermée à clef, et le patron était debout près de la table, me tournant le dos et essayant, d'après le bruit, d'extraire les derniers vestiges d'une boîte de lait en poudre.

— Je croyais que c'était ton tour d'en acheter, grogna-t-il en m'entendant entrer, comme s'il était tout à fait normal de nous retrouver tous les deux au bureau un dimanche après-midi.

Avec un soupir, j'allai en chercher une boîte neuve dans le placard.

— Merci! dit-il d'un ton fort peu reconnaissant. Tu en veux?

— Oui, je veux bien.

Il grommela encore et partit en traînant les pieds chercher une autre tasse.

Je quittai mon manteau et en drapai le dossier de ma chaise, près de ma table, un peu moins grande et un peu mieux rangée que celle de Constant.

— Tu as eu mon message? demanda-t-il du recoin que nous appelons pompeusement cuisine.

— Non...

Je savais bien, à mon réveil, que la lumière clignotant sur le répondeur indiquait un appel de sa part, mais je n'avais pas voulu entendre ce qu'il avait à me dire. Pourtant, maintenant que j'étais venue au bureau, j'étais contente de l'y trouver.

Je le regardai. Constant fait plutôt négligé... Je ne me souviens pas avoir vu sa brioche s'installer, mais elle n'était certainement pas là deux ans plus tôt. Le menton aussi s'est étoffé. Si je voulais être méchante, je dirais qu'il ressemble exactement à ce qu'il est, un ex-flic monté en graine. Dans son cas, l'apparence est trompeuse, Constant est loin d'être bête, il n'est pas non plus ripoux ou intéressé. Ni d'ailleurs le chevalier sans peur et sans reproche des romans de Chandler. Il flirte un peu avec les *ismes* de la vie (surtout ceux qui concernent le sexe et la race), mais il est juste de préciser qu'il aboie plus fort qu'il ne mord. Et je suis bien placée pour savoir qu'il tente systématiquement de truander le fisc. Je suppose qu'au fond de lui, il se considère comme un raté, et cette conviction, plus qu'une modestie innée, le préserve du péché d'orgueil. Mais il en sait davantage que quiconque sur l'art et la manière d'exercer le métier de détective, et partage sans réticences ses connaissances.

Aussi, quand tout va mal, comme c'était le cas cet après-midi-là, c'est à lui que je me confie le plus facilement. Toutefois, l'étiquette régissant nos rapports veut que je feigne de ne pas le reconnaître.

— Qu'est-ce que tu fais là, Constant? Je croyais que l'Arsenal jouait contre Manchester?

— C'était hier, voyons, Hannah. Combien de fois devrai-je te répéter que les coupes se disputent le samedi?

Il s'assit, posa les pieds sur le bureau.

— Ginny a organisé des retrouvailles avec ses collègues du cours d'espagnol. Il y a vingt-trois personnes dans mon salon en train de manger des tapas et de parler de Guernica. J'ai pensé venir mettre mes comptes à jour...

Il avala une gorgée de café. Inutile de préciser que Constant n'a jamais, de sa vie, été à jour dans ses comptes, mais c'était gentil de sa part d'avoir trouvé une si bonne excuse.

— ... mais puisque tu es là, on pourrait peut-être travailler. Qu'est-ce que tu en penses?

— Je pense que ça vaut mieux que de rester pleurer au coin du feu..., essayai-je de plaisanter.

La boutade tomba à plat. Constant approuva de la tête.

— Brave fille! Je commence ou à toi l'honneur?

En fin de compte, ce fut moi qui apportai le plus d'eau au moulin commun, mais cela montre seulement combien on lui avait, au départ, donné peu d'informations.

L'affaire était tombée au dernier moment, à 18 h 15 vendredi soir. Par téléphone. L'homme s'était présenté sous le nom de Tom Shepherd, et il n'y avait aucune raison de douter de sa parole. Il devait aller chercher sa fille à la pension le lendemain matin, mais un travail urgent allait l'en empêcher. Pourquoi Constant m'avait-il confié cette mission? À vous de choisir : cela semblait plutôt un travail de femme et il savait que j'avais besoin d'argent, ou bien une de ses équipes de foot favorites avait réservé son samedi après-midi.

Ensuite, je lui racontai mon côté de l'affaire. Il écouta, grogna de temps en temps, et, quand j'en arrivai au passage douloureux, posa quelques questions précises pour m'obliger à poursuivre. Et nous en vînmes à l'enquête.

— Un grand type, hein? Avec des cheveux bruns frisés, et ce n'est pas le tact qui l'étouffe?

— Ouais, c'est lui. Je n'ai pas bien entendu son nom.

— Don Peters. L'un de ces petits génies bardés de diplômes censés faire une bouchée de l'IRA.

— Donc, c'était bien la brigade antiterroriste.

— Qui veux-tu que ce soit? Tu me parles d'une voiture piégée, non?

— Pas nécessairement par l'IRA.

— Évidemment, vu que, dans ce domaine, la brigade antiterroriste n'a plus aucun rôle à jouer. Et même si ce n'était pas le cas... Allons, Hannah, tu n'es pas désespérée à ce point-là, sers-toi un peu de ta matière grise. Quelle est la différence entre une bombe de l'IRA et celle-ci?

— Euh... Les bombes de l'IRA... puissantes, élaborées, généralement bourrées d'explosifs plastiques importés plutôt que locaux, du Semtex la plupart du temps.

Il acquiesça.

— Tu vois bien... S'il s'agissait d'une bombe de ce type, il suffisait de tourner le contact et boum !... une grande explosion droit vers l'enfer, ou tout autre endroit destiné aux hérétiques. Mais ce n'est pas ce que tu as vu, hein ?

J'essayai de me rappeler sans visualiser mes souvenirs.

— Non... non, euh... il y a eu deux explosions, une petite, et ensuite une plus grosse. La seconde devait être le réservoir d'essence.

— Exact. Et la première était aussi de l'essence, une bombe incendiaire. Ce n'est pas le procédé le plus élaboré, mais ça marche. Et ce ne serait pas la première fois qu'ils l'utiliseraient.

— Bristol 1990, murmurai-je. Le propriétaire de l'automobile était indemne, mais l'explosion a arraché les doigts d'un bébé qui passait par là.

Je m'en souvenais clairement : Amy, ma nièce, était d'âge à aller en poussette, à cette époque, mais Kate avait insisté pour la porter dans le kangourou pendant trois semaines, sous prétexte que, si elles mouraient, au moins ce serait ensemble. Sa réaction m'avait paru plutôt mélodramatique, mais je m'étais bien gardée de le lui faire remarquer.

Constant s'était mentalement replongé dans ses archives.

— Ouais, bien que dans ce cas, justement, ils se soient servis pour la première fois d'explosifs plastiques. Mais l'année précédente, lorsqu'ils s'en étaient pris à l'université de Bristol, ils avaient utilisé une bombe incendiaire, on en a eu la certitude. Ça marche plutôt contre les biens que contre les gens. Placé dans un magasin de fourrure ou un grand magasin, ça met le feu au stock, ensuite les extincteurs achèvent de le détruire. On peut faire beaucoup de dégâts avec une petite bombe de la taille d'un paquet de cigarettes.

— Et pendant ce temps-là, Tom Shepherd était trop occupé par ses souris blanches pour fêter l'anniversaire de sa fille, murmurai-je, mentalement assise dans ma voiture à contempler les champs baignés de soleil du Wiltshire.

— Quoi ?

59

– Rien... Juste quelque chose qu'elle m'a dit.

Étrange, ni l'un ni l'autre n'avions nommément mentionné ce à quoi nous pensions, cette émanation d'une passion qui n'ose pas s'appeler ainsi, d'un amour monstrueusement exacerbé pour les animaux.

– Tu crois que c'est la Société pour la défense des droits des animaux ?

Il haussa les épaules.

– Sous la forme du Comité de lutte pour la libération des animaux. Qui d'autre vois-tu ?

– Mais... je veux dire... ils ne tuent pas les gens, quand même !

– Maintenant, si. Quand on se met à piéger des voitures, ça arrive forcément un jour ou l'autre.

– Mais si c'était une bombe incendiaire, il aurait fallu la relier au contact, non ?

– Peut-être que oui, peut-être que non. Il faudra que tu attendes le résultat de l'enquête... s'il reste assez de débris pour une expertise. Pourquoi ?

– Je ne me souviens pas d'avoir vu Mattie tendre la main vers le démarreur. Elle ne savait pas conduire.

– Alors peut-être était-ce un bidouillage quelconque, ce sont des amateurs, pour la plupart. De toute façon, ça a marché.

– Mais pourquoi Shepherd ? Je sais qu'il faisait de la recherche sur le cancer, mais ils sont des centaines dans cette branche.

– C'est elle qui t'a dit ça ?

La gorge nouée, j'acquiesçai.

– Elle ne t'a pas précisé pour qui il travaillait ?... Vandamed, le plus gros institut privé de recherche sur le cancer du pays. Shepherd est le patron. Beaucoup d'argent, beaucoup de prestige et un tas d'animaux. Une cible de choix.

– Mon Dieu...

– Et il y a mieux : il avait reçu des menaces de mort.

– Quoi ! Bon Dieu, Constant, pourquoi ne m'as-tu pas...

– Parce que je n'en savais rien, tout simplement !

Pour la première fois, je perçus combien il était, lui aussi, en colère.

— Je n'en savais pas plus que toi, continua-t-il. Un type qui téléphone pour qu'on s'occupe de sa fille, c'est tout. Seul problème possible, une ex-épouse un peu givrée.

— Alors comment l'as-tu appris?

— Certainement pas grâce à Don Peters! Nous ne nous sommes jamais bien entendus, même quand j'étais assez haut placé pour lui chier dessus.

Il eut un petit sourire oblique, mais j'étais trop absorbée pour le féliciter, trop occupée à repasser les événements dans ma tête, à voir comment ça aurait dû se passer. Ce matin-là, Tom Shepherd aurait dû, comme je l'avais fait moi, se lever avant l'aube et prendre sa voiture en pensant au long trajet qui l'attendait. Sauf que son voyage aurait été beaucoup plus lointain. Ainsi, Mattie aurait perdu son père mais serait encore en vie. Et je n'aurais pas cette douleur me rongeant un coin de l'âme.

Je secouai la tête : je devais penser aux vrais responsables de ce gâchis, et ne pas me tromper de coupable. D'accord, Tom Shepherd préférait son travail à sa fille, mais ce n'était pas un crime. Seigneur, que pouvait-il bien fabriquer avec ses souris blanches, pour être susceptible d'être rayé du monde des vivants par une explosion? Et s'il se savait menacé, pourquoi n'en avait-il rien dit?

Bonne question.

— Je n'en ai pas la moindre idée. Mais je parie qu'on le lui a demandé un certain nombre de fois, maintenant.

— Ouais, mais pas moi.

Nous entendîmes tous les deux ma décision dans ma voix. Constant me regarda longuement.

— Et à quoi crois-tu que ça pourra servir?

— A moins m'en vouloir, pour commencer.

Il secoua la tête.

— Hannah, rien ne te fera moins t'en vouloir, et tu le sais. Mais supposons qu'il accepte de te répondre, et après?

— Eh bien, je pourrais essayer de trouver ceux qui ont fait le coup...

61

Il sourit.

— Deux ans passés à attraper des voleurs à la tire, et la voilà qui se prend pour Columbo!

En temps normal, son imitation d'une mère juive me fait pouffer de rire. Il peut être très drôle... en d'autres circonstances.

— Hannah, elle est morte. Les copains ne portent pas la Société pour la défense des droits des animaux dans leur cœur, tu sais, alors, maintenant qu'ils ont un macchabée sur les bras, ils vont se remuer le cul pour trouver les types qui ont fait ça. Il y aura cent flics là-bas, tous mieux formés et informés que toi!

— Et alors? Moi j'ai Constant Réconfort. S'ils ont des renseignements, on peut les trouver aussi. C'était notre mission, au départ, ils comprendront... Tu me parles toujours de leur code de justice personnel. Et si j'appartenais au Comité de défense des droits des animaux, je préférerais être arrêtée par moi que par eux.

Je lisais dans son regard ce qu'il pensait : ma nature féminine reprenait le dessus. Dans les idées de Constant, ça arrive même aux meilleures. Émotion contre raison... à moins que ce ne soit passion contre indifférence.

— Ouais...

— Constant...

— Hannah, je sais ce que tu ressens, mais c'est un trop gros morceau pour toi... Et crois-moi, même si ça ne l'était pas, ce serait trop douloureux de t'en occuper.

Je le regardai.

— Et de ne rien faire, comment crois-tu que ce sera? murmurai-je.

Il soupira, ouvrit un tiroir, me tendit une enveloppe. Une grande enveloppe en papier kraft, bien remplie. Je savais ce qu'elle contenait mais demandai quand même.

— C'est l'argent qu'il te doit.

Je pris l'enveloppe et l'ouvris. Un coussin de billets de banque, et pas des coupures de cinq livres. J'ai beau être moins futée que Constant, j'en voyais quand même bien plus qu'il n'aurait dû y en avoir. Je levai les yeux.

– C'est un bonus, expliqua-t-il calmement. De sa part, pas de la mienne. C'est arrivé par coursier ce matin. Je crois que ça signifie que ta mission est terminée, Hannah.

Je pensai à la banane de Mattie, pleine à craquer de billets destinés à tranquilliser la conscience de son père.

– Ouais... Eh bien dans ce cas, ce n'est pas assez!

6

LE DÉBUT DE L'ENQUÊTE fut d'une simplicité enfantine : le centre de recherches londonien de la compagnie de produits pharmaceutiques Vandamed était dans l'annuaire, et le numéro personnel de Tom Shepherd dans la fiche de renseignements fournie par Constant. Au domicile de Shepherd, j'eus, comme prévu, un policier au bout du fil. Tom Shepherd était absent, au travail. Une manière de noyer son chagrin, j'imagine. Je demandai à mon interlocuteur si l'attentat avait été revendiqué, mais il refusa de répondre et me renvoya à l'inspecteur Peters. Brave père Constant, il connaît son Gotha.

Le centre de recherches était à l'autre bout de la ville, mais la circulation était fluide, et je trouvai même une place sur le parking. Je ne m'attendais pas à être autorisée à entrer, je ne fus donc pas surprise du refus. Je traversai la rue, appelai d'une cabine et obtins les services administratifs. Le téléphone sonna longtemps, et quand Tom Shepherd décrocha, je perçus l'anxiété dans sa voix, comme s'il craignait d'autres mauvaises nouvelles. C'était peut-être le cas. Il était clair qu'il n'avait pas la moindre envie de me voir, mais quand je lui eus appris que j'étais sous sa fenêtre, et décidée à y attendre jusqu'à ce qu'il sorte, il n'eut plus tellement le choix.

Cette fois-ci, on me laissa entrer et on me confia à un des gardes. Il me conduisit au bâtiment consacré à la recherche, et me quitta à la porte de l'ascenseur.

Tout ce que j'avais, la veille au soir, vu du savant accablé de chagrin, c'était une tête dans les mains et une brosse de cheveux poivre et sel. Maintenant, j'avais devant moi un homme de trente-cinq à quarante ans, athlétique, avec un visage aux traits bien dessinés et des joues mal rasées. Très sortable, mais sans la beauté qu'aurait eu Mattie d'ici peu. Remarquez, il était difficile d'en juger, avec les cernes qu'il avait sous les yeux. Il ressemblait à un homme ayant refusé de dormir malgré les sédatifs. Dieu seul sait de quoi avaient été faits ses rêves éveillés !

Il me mena à un petit bureau et ferma la porte. Il ne s'assit pas : il n'avait pas la moindre envie de me parler, et maintenant que j'étais confrontée à son chagrin, je ne savais plus trop quoi lui dire.

— J'ai reçu votre argent, commençai-je, merci, mais la somme est bien trop élevée.

Il fronça les sourcils, comme s'il ne comprenait pas ce que je disais. Et je devinai qu'il allait avoir du mal à s'empêcher de craquer, ce qui était bien la dernière chose que je voulais.

— Je suis venue vous voir car j'ai pensé que vous aimeriez me rencontrer. Je veux dire... peut-être auriez-vous des questions à me poser... J'ai été la dernière personne à...

Il secoua la tête.

— Je ne vois pas ce que vous pourriez m'apprendre... Merci, ajouta-t-il après un temps de silence.

Il avait une belle voix, grave et nette. Je voulais l'entendre encore, y rechercher les intonations et les maniérismes de langage de sa fille, mais je n'arrivais pas à trouver mes mots. Sauf les seuls qu'il n'avait pas envie d'entendre, et que je finis par prononcer :

— Eh bien, il y a quelque chose que vous, vous pouvez m'apprendre...

— Et c'est quoi ?

— Pourquoi ne nous avez-vous pas parlé des menaces dont vous aviez été l'objet ?

Il me regarda froidement.

— La police, insistai-je, dit que vous avez reçu des menaces de mort de la part du Comité de lutte pour la libération des animaux. Vous auriez dû nous en parler, j'aurais dû en être informée.

Il me regarda fixement, et l'idée me vint qu'il devait en avoir plus qu'assez des femmes bouleversées. En tout cas, je sentis nettement la colère remplacer le chagrin. Mais quand il parla, sa voix, absolument dénuée d'expression, ne laissait transparaître ni l'un ni l'autre.

— Et quelle différence cela aurait-il fait?

Oh! guère, sinon que j'aurais inspecté la voiture, c'est tout.

J'essayai de trouver une façon diplomatique de formuler ma réponse.

— Cela signifie que je ne me méfiais pas de ce qu'il fallait.

— Vous voulez dire que vous l'auriez sauvée?

Cette fois, sa colère était évidente, comme la mienne, d'ailleurs.

— Je veux dire que j'aurais dû être prévenue.

Il eut un petit geste agressif de la main, comme pour repousser une stupidité aussi crasse.

— Savez-vous combien de chercheurs reçoivent des menaces du C.L.L.A.? Rien que dans ce bâtiment, combien parmi nous ont reçu des lettres d'insultes à un moment ou à un autre? Presque tous. Multipliez ça par le nombre d'établissements de ce genre dans le pays, cela fait du monde!

— Mais la police dit qu'il y a eu une campagne dirigée contre vous.

— J'ai reçu plusieurs lettres de menace, c'est exact, mais pas au point d'être victime d'une campagne. Et aucune violence. Ni pierre dans mes fenêtres, ni lames de rasoir dans mon courrier, rien d'extraordinaire. Quand on travaille avec les animaux, on est la cible du C.L.L.A., c'est inévitable, il faut faire avec. Si vous vous laissez saper le moral, ils ont déjà gagné. Je ne vous en ai pas parlé pour la même raison que je ne regarde pas chaque matin sous le capot de ma voiture : parce que je me refuse à leur donner la satisfaction de m'effrayer.

Bon argument. Sauf que...

– Sauf que cette fois-ci, ils ne plaisantaient pas.

– Apparemment...

– Pour quelle raison, alors? Je veux dire, qu'avez-vous de plus que les autres chercheurs?

– Je l'ignore, répondit-il avec lassitude, sans doute pour la énième fois.

Il eut une autre flambée de colère et contre-attaqua.

– Pourquoi n'allez-vous pas le demander à ceux qui l'ont fait?

– Parce que c'est à vous que je le demande!

J'avoue que j'aurais dû me montrer plus compréhensive car il était très malheureux. Mais il était en vie, lui, et avait déçu sa fille jusqu'au bout. Et il savait que je m'en étais rendu compte.

– Regardez autour de vous, répliqua-t-il en cachant à peine son exaspération. Nous sommes le plus important établissement de recherche du pays, et j'en suis le patron.

– Ouais, mais vous travaillez sur le cancer... C'est absurde! Si le C.L.L.A. a décidé de faire sauter des chercheurs, il ne va pas choisir comme cible un savant travaillant dans un domaine aussi bien vu.

Il eut un reniflement de mépris.

– Vous ne savez pas grand-chose du C.L.L.A., hein, mademoiselle Wolfe? Peu leur importe mon travail, à leurs yeux les savants sont tous des monstres, quel que soit leur domaine. Le but de mes recherches est le cadet de leurs soucis. On pourrait dire que nous ne sommes pas branchés sur la même longueur d'onde : je sais que tout progrès médical est impossible sans cobayes, et pour le C.L.L.A. toute expérience impliquant de la souffrance est la négation même du concept de progrès. Il n'y a aucun terrain d'entente possible.

Beau petit discours. Et il ne se trompait pas : je ne savais pas grand-chose sur l'idéologie du C.L.L.A., en dépit de toute leur publicité.

– Alors comment justifient-ils la souffrance qu'ils causent, eux?

– Je n'en ai aucune idée. Si vous mettez la main sur les coupables, vous pourrez toujours le leur demander!

L'entrevue touchait à sa fin. Tom Shepherd se passa la main sur les yeux. Je le regardai : tout son visage était tendu, la mâchoire raidie, comme pour se blinder contre l'émotion. Il paraissait osciller entre l'épuisement et la colère, mais, plus tard, je n'obtiendrai pas de lui davantage qu'il ne m'en dirait maintenant.

— Vous n'auriez pas, par hasard, une de ces lettres de menace à me montrer?

Il me répondit d'une voix lente, en articulant, comme s'il s'adressait à un enfant.

— Non, je les ai données à la police.

Il était temps de prendre congé. Je passai la bandoulière de mon sac par-dessus mon épaule. Si on sait y faire, il arrive que la dernière réplique soit la plus révélatrice.

— Il me reste à vous remercier d'avoir accepté de me recevoir, ajoutai-je.

Il hésita, me serra la main. La sienne était froide et humide. J'essayai de m'imaginer à quatorze ans avec cet homme au centre de mon univers, mais ça ne marcha pas. Il ne faisait pas assez âgé pour être père d'une adolescente, il devait être très jeune à la naissance de sa fille, ving-cinq ans, ou même moins. Peut-être n'avait-il pas accepté de vieillir et poursuivait-il sa jeunesse au milieu des tubes à essai et des laborantins... Ce n'était pas une pensée bien charitable, mais quelque chose me déplaisait en lui... Non, le mot est trop fort, une impression de malaise plutôt... Mais, dit-on, le chagrin peut altérer complètement la personnalité de ceux qui perdent un être cher, les parents surtout, le père et la mère. Comment allaient-ils procéder pour les obsèques : les organiser en deux sessions, avec des horaires différents pour la dernière visite à la défunte? La défunte... J'essayai de chasser cette idée de ma pensée, il restait beaucoup d'autres questions à poser. Je tirai le premier coup de la salve d'adieu.

— La mère de Mattie...

Il m'interrompit.

— Il n'y a rien à en dire. Mon ex-épouse est une femme profondément troublée et instable. Cela fait plus d'un an que nous ne nous sommes pas vus.

– Troublée, instable..., répétai-je. Mais elle n'est pas violente?

Il cligna des yeux.

– Que veut dire cette question?

– Rien de particulier... Je cherche qui a tué votre fille. Comme, de toute évidence, c'est vous qui étiez visé, je...

– Seigneur, vous ne pensez tout de même pas que ça pourrait être Christine?

Il rit, mais son rire n'était pas vraiment gai.

– Non, elle tire bien plus de satisfactions de me savoir en vie. De toute façon, ce n'est pas son genre. Elle ne saurait même pas changer une prise de courant, alors piéger une voiture...

Imparable. Quoique... Il faut parfois s'y mettre à deux pour être nul en bricolage, il pouvait être du genre d'homme à tout vouloir faire lui-même. Mais dans ce cas, il ne pouvait appartenir à la catégorie des savants distraits qui égarent les billets de théâtre. Je revis Mattie dans le bureau de son père, le téléphone à l'oreille, se tournant brusquement vers moi. Une dernière question...

Je la formulai avec soin, car, à cet instant, seules la personne qui avait appelé et moi étions au courant de ce coup de téléphone, et cela me paraissait suffisant. Je lui demandai donc quand il avait parlé à sa fille pour la dernière fois. Il interpréta ma question comme une critique implicite faisant allusion à sa négligence plutôt qu'à son affection paternelle. Ce qui était peut-être exact.

– Je ne vois pas en quoi cela vous regarde! Maintenant, si vous n'y voyez pas d'inconvénient, je vous prie de m'excuser. J'ai beaucoup de travail...

Ben voyons! Il avait intérêt à trouver un remède contre le cancer avant que sa culpabilité refoulée ne le rende lui-même malade. Les probabilités n'étaient pas nulles.

– Bien sûr... Excusez-moi.

Je marchai jusqu'à la porte, puis me retournai:

– Oh! un dernier détail... Mattie semblait croire que c'était moi qui avais les billets, hier soir. Je n'étais pas censée les avoir, n'est-ce pas?

Il me regarda comme si je déraillais complètement.

— Non, ils étaient au théâtre. Pourquoi?

Je haussai les épaules.

— Je voulais m'assurer que je ne vous devais rien.

En fin de compte, je regagnai l'agence. Non parce que j'avais à y faire, mais parce que c'était plus tentant que de rentrer chez moi. Constant était retourné vers les restes de tapas et les échos de sonorités espagnoles. Un de ces jours, je ferai la connaissance de sa Ginny. Leur vie conjugale n'allait pas si mal, après tout, du moins ils n'étaient pas à couteaux tirés.

Bien entendu, je ne croyais pas une seconde que la mère de Mattie ait été derrière cet attentat, je voulais juste provoquer Shepherd pour le faire parler. En y repensant, cet interrogatoire n'était pas une de mes grandes réussites. Mauvaise technique ou mauvais contact avec le sujet? Disons, cinquante-cinquante. Une idée toutefois me consolait : ça m'aurait étonnée que la police ait fait mieux.

La sonnerie faillit me faire sauter au plafond : les coups de téléphone sont rares, à l'agence, le dimanche soir. Constant avait branché le répondeur, je n'eus qu'à écouter.

— Tu passes ton dimanche en famille, maintenant, Constant? demanda d'un ton familier une voix masculine. Je croyais qu'y couper était un des attraits du métier, pour toi. Écoute... j'ai pensé que ça t'intéresserait de savoir qu'on a fait la causette avec Ben Maringo. Il assure qu'il ne voit pas qui ça pourrait être, mais prétend que, ces temps-ci, personne ne l'ouvre. Il nous a quand même donné quelques pistes, je te préviendrai dès qu'on bougera. Salut... Oh! à propos... Don pense que ta nana est super-canon!

Veinarde, Hannah : un cadeau des flics, c'est gentil, ça. Gentil aussi de la part de Ben Maringo d'avoir un nom si original, et encore plus de ne pas être en liste rouge.

Sûr, ces gâteries du destin n'ont pas illuminé la soirée de dimanche, mais, au moins, j'avais quelque chose à attendre du lendemain.

7

J E SERAIS ARRIVÉE à destination plus tôt si ma voiture n'avait pas eu un malaise qui m'obligea à attendre le dépanneur de l'Automobile Club. Je ne parvins donc qu'en milieu d'après-midi à la petite maison en bordure de Hackney Heath. Elle datait du début du siècle, et sa façade avait besoin d'un sérieux coup de pinceau.

Toute crainte de m'être trompée de Maringo se dissipa en voyant l'affiche collée à la fenêtre : une photographie d'un chien terrorisé, reculant devant une main armée d'un scalpel, surmontée de ces mots : *Non aux expériences sur les animaux.*

Si Ben Maringo était fiché à la police, son casier judiciaire n'était pas vierge, et s'ils s'étaient donné le mal de venir lui rendre visite, ses antécédents devaient être chargés. De toute évidence, les conséquences de ses précédentes initiatives n'avaient pas modifié ses convictions.

La sonnette ne fonctionnait pas, mais il n'y avait rien de délictueux à cela. Je frappai avec le heurtoir. Une jeune femme blonde aux cheveux coupés à la diable ouvrit la porte en hâte et un chat se glissa dehors par l'entrebâillement. Elle leva la main et fronça les sourcils.

— Chut! Le petit dort.

— Oh! je vous demande pardon... Ben est là?

— Oui.

— Je peux le voir?

Elle ouvrit la porte sans hésiter. Il devait recevoir beaucoup de visites, ou alors elle ne savait pas grand-chose de Ben.

L'étroit couloir menait à deux pièces sur la droite. En tant qu'amie de Ben, j'étais censée savoir où le trouver, mais dans ces vieilles maisons, on ne risque guère de se tromper. J'ouvris la porte de ce qu'on appelait autrefois le salon de devant. La pièce était chichement meublée d'un canapé, de deux chaises et d'un grand tapis de couleur sombre sur le plancher non ciré. Et elle était occupée par un lapin.

Une fois qu'on l'avait vu, il était difficile d'en détourner les yeux. C'était un gros lapin blanc et, au premier abord, il semblait empaillé. Mais le petit mouvement nerveux de son nez le trahissait, un tremblement saccadé qui suggérait qu'il revenait d'un voyage au bout de l'enfer. Je m'arrachai à la contemplation du rescapé pour chercher son sauveur.

Les animaux n'étaient pas le seul amour de la vie de Ben Maringo, qui était assis près du feu, à côté d'un berceau dans lequel dormait un petit bébé. Je ne sais pas pourquoi, je sus immédiatement que c'était son premier enfant. Une tardive paternité, il devait avoir dans les quarante-cinq ans, avec un visage marqué et des cheveux blonds déjà clairsemés.

Il leva les yeux vers moi. Il avait l'air fatigué, mais avec un nourrisson, les nuits sont parfois dures.

– Bonjour Ben!

– Qui êtes-vous?

J'avais plusieurs possibilités de réponse, mais, après une visite de la brigade antiterroriste, il apprécierait la vérité.

Il ne répondit pas, se leva et alla regarder le bébé, puis borda les couvertures autour de la petite forme endormie.

– Comment m'avez-vous trouvé?

Question un peu délicate.

– Je... je ne peux pas vous le dire, m'excusai-je.

– C'est bien la peine que la loi garantisse l'anonymat, remarqua-t-il, plus résigné qu'amer.

La porte s'ouvrit et la jeune femme passa la tête dans la pièce.

– Ben, si ça ne te dérange pas, je vais faire un saut jusqu'à la pharmacie. Je pense qu'il va dormir jusqu'à mon retour.

J'aperçus une tache plus sombre sur son tee-shirt. Elle

nourrissait, et une mère avec un bébé au sein est toujours en train de courir, dit Kate, qui est bien placée pour le savoir.

— Ouais, d'accord. Et... Martha, achète des ciseaux à bouts ronds, je ne peux pas retrouver l'autre paire.

— Quel âge a-t-il? demandai-je dans le silence qui suivit le départ de la jeune mère.

— Cinq mois.

— Il fait ses nuits?

— Pas vraiment, il mélange encore un peu le jour et la nuit.

— Ma sœur dit qu'il faut essayer de leur faire comprendre le plus vite possible.

— Ouais, mais lui et moi venons tout juste de faire connaissance. J'étais ailleurs lorsqu'il est né... éloigné à la demande de Sa Majesté.

— Qu'est-ce que vous aviez fait?

— J'ai fait faire une promenade à quelques animaux. Ils avaient été souffrants et avaient besoin d'air frais. Malheureusement, j'ai eu quelques ennuis pour ouvrir leurs cages.

Je jetai un coup d'œil au lapin. Pièce à conviction nº 234, ou trophée d'une précédente expédition? Ni Ben ni le lapin ne jugèrent utile de me le dire.

Si Maringo venait juste de faire la connaissance de son fils, il avait dû passer un an en prison, après avoir écopé d'une peine d'environ trois ans. Ce qui voulait dire qu'il ne s'était pas contenté de démolir des cages et qu'il était un vrai pro. Pas étonnant que la brigade antiterroriste lui soit aussitôt tombée dessus. D'un autre côté, s'ils avaient eu quelque chose de solide contre lui, il ne serait pas là au sein de sa petite famille.

— Ça m'étonne que la police ne vous l'ait pas dit.

— Ce n'est pas par eux que je vous ai trouvé.

Ce n'était qu'un demi-mensonge.

— Ah bon!... mais vous voulez la même chose.

Je ne répondis pas.

— Vous savez, je suppose, que le C.L.L.A. a nié toute responsabilité.

– Non, je l'ignorais.

– Mais, bien sûr, personne ne les croit.

– Cela vous étonne?

Il poussa un soupir exaspéré.

– Toujours ces airs supérieurs, accompagnés de la même ignorance!... (Pour la première fois, il oublia le bébé endormi et éleva la voix.) Vous ne comprenez rien, hein? Je suppose que vous n'y avez même pas réfléchi!

D'abord Shepherd, maintenant lui, je commençai à en avoir assez de me faire sermonner. J'eus envie de lui rétorquer que je savais une seule chose, ce que j'avais vu dans Sutherland Avenue, ce soir-là. Ça le ferait peut-être sortir de ses vertueuses indignations.

Mais le problème était qu'il avait raison : je ne comprenais pas. Et si je devais trouver le responsable de la mort de Mattie, j'avais intérêt à essayer d'y voir un peu plus clair. Ou à faire comme si.

– Eh bien, pourquoi ne m'expliquez-vous pas?

– Parce que ça ne vous empêcherait pas de continuer à nous prendre pour des cinglés... (Il hocha la tête.) Je le sais parce moi aussi j'ai pensé ça, autrefois. C'est ça le malheur, on se persuade qu'on mène toute cette action pour obliger les gens à réfléchir, à penser à toute cette souffrance, à toute cette cruauté, cette immoralité. Mais comme personne n'accepte de nous écouter, nous finissons par agir exactement comme ceux que nous condamnons, à utiliser nous aussi la violence pour faire passer notre message. Avec pour résultat de rendre les gens encore plus sourds.

Pour prouver qu'il avait raison, il me regarda.

– Moi, j'écoute, murmurai-je.

– Vraiment? J'en doute. Que se passerait-il si ce que vous entendez bouleversait toute votre vie, à vous aussi? Vous ne voulez pas, vous avez trop à perdre. Comme tout le monde. C'est d'ailleurs comme ça que ça marche. Même quand on fait la Une, personne ne se donne la peine de rapporter notre point de vue. Y a-t-il jamais eu un éditorialiste pour se demander ce qu'est la vie des animaux sous la tyrannie des

74

hommes? Ou bien quel effet exerce un tel pouvoir sur nous?... Juste des bêtes..., ajouta-t-il avec une soudaine véhémence.

Du coin de l'œil, je vis le lapin bouger, s'approcher un tout petit peu de nous. Réagissait-il à ce qu'il venait d'entendre?

Allons, Hannah, ton attention s'égare... Écoute ce que cet homme a à dire.

— Ils ne sont pas comme nous, hein? continua-t-il. Nous avons une âme, nous, nous sommes intelligents, sensibles. Eux, ils n'ont que des instincts, l'instinct de vie, la pulsion de s'unir, le désir de s'occuper de leurs petits... Vraiment différents de nous, hein? Et puis il y a ce qu'ils ressentent, le plaisir, la faim, l'angoisse, la peur... Oh! et puis la douleur physique. Ils sont particulièrement doués pour la douleur physique. Alors, en un sens, heureusement qu'ils ne sont pas comme nous! Parce que si on faisait sur des humains les expériences qu'on pratique sur les animaux, tout le monde trouverait ça obscène, un crime contre la nature.

Sa pause fut brève, plutôt un arrêt pour reprendre sa respiration qu'une invitation à lui répondre, mais je réussis à placer ma question.

— Et si leurs souffrances servent à sauver des vies humaines?

Il sourit.

— Vous voulez dire que cent d'entré eux valent un seul d'entre nous? Un bon argument, à première vue. Mais au fond, ça n'a aucun rapport. Nous ne torturons pas des animaux pour sauver des vies, ou pour mettre au point un nouveau détergent, ni même parce que nous apprécions le goût de la viande. Vous connaissez la véritable raison? C'est que nous refusons de prendre en compte leur souffrance. Exactement comme il y a cent ans : il ne venait pas à l'esprit des Blancs de prendre en compte la souffrance des Noirs. Parce que, bien sûr, ils n'étaient pas « comme nous ».

C'était un épilogue convaincant et il le savait. Savait-il aussi combien la différence est ténue entre raisonnement philosophique et racisme? J'eus envie de le lui demander, mais

75

son expression me fit changer d'avis. À sa façon, il parlait bien et, comme tous les bons orateurs, commençait par se convaincre lui-même à chaque discours. Pas facile à vivre, pour lui. Il hocha la tête.

— Et pourtant, c'est vous qui nous qualifiez de sauvages!

Dans son berceau, le bébé remua un peu. Son père se pencha et lui effleura la joue. L'enfant serra les poings et se rendormit.

Je réfléchis à ce que je venais d'entendre. Cela me rappelait maintes autres harangues, maints autres exemples d'oppression et de cruauté. Le genre de scandale moral qui nous détruirait complètement si nous nous y impliquions.

Où les gens placent-ils la cruauté envers les animaux? Plutôt vers le bas de la liste, pour la plupart. Qu'aurais-je fait si j'avais vu quelque part un lapin relié à une douzaine d'électrodes et souffrant le martyre? Est-ce que les derniers mots de Maringo allaient m'empêcher de commander un sandwich au jambon? Je ne voulais pas m'y attarder, ce qui était juste ce qu'il venait de dire. Il reconnut mon silence, il l'avait souvent rencontré.

— Vous pouvez oublier tout ce que je viens de dire, vous ne seriez pas la première.

— J'ai une question à poser : Savez-vous qui l'a tuée?

Il sourit.

— La question est mal formulée. Ce serait plutôt : Vous le dirais-je, si je le savais?... (Il secoua la tête.) Ça n'a jamais été mon truc, même avant qu'il y ait Dominique. Je n'ai jamais délibérément voulu faire de mal à quiconque, sauf peut-être à ce maniaque de chasse au renard que j'ai fait tomber de cheval... Et maintenant, j'ai rejoint les cohortes de ceux qui ont trop à perdre. J'ai passé une grande partie de ces dernières années en prison et, à part le sauvetage d'une centaine d'animaux, je n'ai rien accompli. Je ne crois pas avoir, en tout ce temps, converti une seule personne à ma cause. À part Martha, mais c'est différent. Et maintenant, il y a quelque chose que je veux absolument, c'est voir grandir mon fils. Et pour y arriver, je suis bien obligé de pactiser avec cette saleté de société. Je ne prendrai aucune part à ces cruautés, je ne mangerai, ne boirai, ne porterai rien qui soit obtenu en tuant, mutilant ou blessant un animal, mais je n'irai pas me mettre la loi à dos pour empêcher les autres de le faire.

— Mais vous connaissez néanmoins des gens qui sont prêts à le faire ?

Nous nous affrontâmes un instant du regard.

— Vous êtes différente de la police, alors je vous dirai ceci : le C.L.L.A. que je connais n'a pas placé de bombe sous l'automobile de Shepherd. Il y a trois ans, juste avant l'accident du bébé de Bristol, notre mouvement a été la proie de violents conflits internes. Ce sont les extrémistes qui ont gagné, les partisans de la nécessité d'un choc pour obliger les gens à nous écouter. Et ils ont commencé à piéger des voitures. Mais un bébé a été blessé, le public s'est mis à nous confondre avec l'IRA et, une fois de plus, personne ne nous a écoutés. Alors nous en avons tiré la leçon, du moins la plupart d'entre nous, tous à ma connaissance.

« Toutefois, notre mouvement est très déstructuré, sans hiérarchie, sans chefs, c'est là sa force. Nous fonctionnons par petites cellules dispersées dans tous les coins du pays, dont l'action est quasi autonome. Je ne connais aucun membre qui ait pu placer cette bombe sous la voiture de Shepherd, et si quelqu'un l'a fait, il ne peut, selon mes critères, être considéré comme un défenseur des droits des animaux. Pas après ça.

Je me demandai la part du petit Dominique dans ce changement de position. Les initiés disent que l'arrivée d'un bébé modifie complètement le paysage mental des parents, effaçant certains traits positifs aussi bien que négatifs de la personnalité. Au point de changer les choix éthiques ?

— Vous avez donné des noms à la police ?

Il sourit.

— Je leur ai indiqué quelques personnes qui avaient des alibis en béton. Ils les connaissaient déjà.

— Vous les avez menés en bateau...

– Je leur ai fait perdre un peu de temps, eux m'en ont fait perdre beaucoup.

Je lui rendis son sourire.

– Une autre question : savez-vous quelque chose sur le travail de Shepherd qui puisse le différencier des autres chercheurs ?

Il y avait déjà réfléchi.

– Tous les laboratoires de recherche doivent, pour justifier leur existence, trouver sans cesse de nouveaux remèdes. Et Shepherd dirige le plus grand. La découverte de tout nouveau médicament implique un maximum d'essais mettant en danger la vie d'un maximum d'animaux. À part ça... Shepherd a une réputation d'ambitieux, il occupe l'un des postes les plus importants de tout le pays dans ce domaine, et il a grimpé très vite. Il n'a peut-être pas les mains très propres.

Exprimé ainsi, tout semblait s'emboîter parfaitement.

– On pourrait vous poser la même question...

– Vous savez, c'est très gratifiant de se sentir le sauveur de l'humanité. Il ne serait pas le premier à confondre altruisme en faveur de la science et vanité. Comme je vous l'ai dit, on a tous beaucoup à perdre.

Je dois avouer qu'il était plus convaincant que Tom Shepherd. Mais son enfant à lui était vivant.

Constant prétend que c'est mon talon d'Achille : je consacre trop de temps aux brebis égarées. Mais, ajoute-t-il, j'ai au fond autant de préjugés que ceux que je méprise parce qu'ils font le contraire. Je me dis parfois qu'il a sans doute raison. Surtout en période de doute, comme à ce moment-là, par exemple.

– Et vous ne savez rien d'autre ?

La porte d'entrée s'ouvrit, se referma. Le bébé se réveilla en sursaut et commença à pleurer, comme s'il sentait la présence de son père.

Maringo le prit sans ses bras et le tint contre son épaule. J'aperçus le petit visage aplati et rougeaud qui se serrait contre lui en reniflant, cherchant quelque chose qu'un homme ne pouvait lui donner. Martha entra, tendit les bras.

La tache sur son tee-shirt s'était étalée. Je me levai et les laissai à leurs occupations.

Sur la table de l'entrée étaient étalés des prospectus, à l'intention des visiteurs. J'en pris quelques-uns en sortant.

J'étais resté longtemps chez Maringo, il était trop tard pour entreprendre autre chose aujourd'hui. Me souvenant qu'il n'y avait rien à manger chez moi, je m'arrêtai au supermarché. En y repensant, je me rends compte que c'était bien la dernière chose à faire. Je passai dix minutes devant la découpe de volailles à me demander quelle était ma position vis-à-vis des poulets. Je savais déjà ce que je ressentais lorsqu'il s'agissait des lapins et des chiens – les photos et les descriptions dans les documents ramassés chez Maringo étaient très précises. Mais je ne m'apprêtais pas à manger du chien. Je pris deux cuisses de poulet. Du point de vue de la cruauté, Mattie était encore plus victime que les poulets, mais ceux-ci n'en étaient pas responsables. Je reposai le paquet et me dirigeai vers le rayon des lentilles. La perspective d'une vie entière passée à manger des légumes secs fit paraître l'avenir encore plus sombre. Alors je transigeai en achetant du poisson. Pauvres bestioles, victimes à la fois des Japonais et des végétariens mal informés. Elles ont la vie dure (et brève).

C'était déjà le soir quand j'arrivai chez moi. Je me garai et regardai la fenêtre sombre de l'appartement. Il semblait trop solitaire, trop vaste pour moi et mes pensées. Et, de toute façon, je n'avais aucune idée de ce qu'il fallait faire à du cabillaud pour le rendre mangeable.

La rue où habite Nick est plus chic. Je me garai derrière sa Volvo et l'appelai à l'interphone. J'attendis. Peut-être était-il absent...

– Ouais? grésilla une voix.

– Salut, c'est moi!

– Enfin! répondit-il (ou une phrase de ce genre).

Il ouvrit la porte, j'entrai et montai lentement l'escalier en pensant aux explications qu'il allait falloir donner. Des événements que je n'avais pas la moindre envie de raconter. Il m'attendait sur le seuil de la porte.

— Je suis désolée, j'avais l'intention de t'appeler...

Horrifiée, je sentis que j'allais fondre en larmes. Il me posa la main sur l'épaule.

— Ne t'en fais pas, Hannah, j'ai appelé Constant, tout ira bien.

Je me souviens avoir pensé, en lui tombant dans les bras, combien j'étais soulagée de le revoir. Et que ne pas être amoureuse de lui était vraiment une sale plaisanterie du destin.

8

− ENCORE une goutte?
    − Non merci.

Nick remplit son verre, posa la bouteille sur la table, et arrondit le bras pour que je m'y blottisse. Au pied du lit, la télé ronronnait doucement, une énième histoire poignante de détective, héros solitaire s'affairant à remédier aux maux de la société tandis que s'effritait son univers personnel.

Il n'était même pas 11 heures du soir, et j'avais déjà envie de dormir. Nick s'était brillamment occupé du cabillaud, puis nous nous étions occupés l'un de l'autre. Contrairement à ce que je pensais, nos ébats m'avaient réconfortée... On se sent vivant, du moins si on arrive à se laisser aller. J'avais du mal à y parvenir, autrefois, je suppose que j'étais effrayée en me demandant où cela risquait de me mener. Mais avec Nick, je sais toujours où j'en suis; c'est notre force mais aussi notre faiblesse, et je pense, je suis sûre même, qu'il en est encore plus troublé que moi.

Nick est non seulement bon amant, il sait aussi écouter. C'est en partie à cause de son travail : il est éducateur spécialisé auprès d'enfants en difficulté. Vous ne vous attendiez tout de même pas qu'il soit courtier en Bourse, hein?

Nous parlâmes de Mattie, du désolant gâchis d'une si jeune vie fauchée, de mon désespoir et de ce que devait être celui de ses parents. Une fois de plus, je m'en voulus d'avoir été si dure avec Tom Shepherd.

− Ne t'en veux pas, il s'est probablement senti soulagé d'avoir une bonne raison de se mettre en colère. Comme toi.

– Et toi, Nick, tu étais très en colère?

Il fit un geste fataliste.

– Pas après la première bouteille. Cela peut t'étonner, Hannah, mais je savais déjà que ma maîtresse était une accro de son travail.

– Tu veux que je change de métier?

Il feignit d'y réfléchir.

– Ouais... Pourquoi pas avocate? J'ai toujours eu un penchant pour les avocates.

– C'est une attirance sexuelle ou c'est parce que ta mère t'a toujours dit de te trouver une femme exerçant une profession libérale?

– En tout cas, ma mère n'avait aucune foi dans les techniques de psychothérapie. Elle pensait que c'était à chacun de résoudre ses propres problèmes.

Sur l'écran, un homme aux traits burinés méditait au-dessus d'un verre de whisky. Dans trente secondes, une blonde à longues jambes allait entrer dans sa vie et remonter son score à l'audimat. Seigneur!

– Tu crois que tu aurais pu l'aider?

– Qui, ma mère?

– Tu sais bien que non!

Il haussa les épaules.

– Difficile à dire. Cela dépend depuis combien de temps elle se sentait négligée par ses parents. Mais d'après ta description, elle avait assez de ressort pour s'en sortir. Tout le monde est, un jour ou l'autre, déçu par ses parents. Parfois, plus c'est tard, plus c'est dur.

Je revis le petit visage fermé, les poings serrés, prêts à la bagarre.

– Elle t'en aurait fait voir, tu sais.

– C'est mon boulot.

Le sien, pas le mien. Le mien, c'est de ramener les clients chez eux en bonne santé. Ça semble facile, à première vue.

– Allons, ce n'est pas de ta faute, murmura-t-il.

– Ah bon? Et la faute de qui, alors?

Il me regarda longuement.

— Que s'est-il passé? Tu t'es reconnue, en cette petite?

Qui accuse l'autre d'être une accro du boulot? Je feignis un geste de défense.

— Tu me fais un prix?

Je pensai un instant qu'il allait continuer le jeu, mais heureusement ce furent ses instincts lubriques qui l'emportèrent.

— Seulement si je peux coucher avec la patiente, rétorqua-t-il en glissant la main sous le drap.

Une bonne idée si le lit n'avait pas été jonché de miettes des pâtisseries du dessert. Règle trente-trois de notre liaison : celui qui reçoit s'occupe de mettre de l'ordre.

— Ne t'endors pas avant que je revienne, hein?

Je bâillai, juste assez pour le faire s'activer un peu, puis m'appuyai sur les oreillers et le regardai sortir.

J'ai un faible pour les corps masculins vus de dos, ces épaules larges et charnues s'amenuisant en hanches et fesses étroites, je trouve cela attendrissant. On pourrait lire dans cette préférence toute une symbolique : j'éprouve du plaisir à regarder les hommes s'éloigner de moi.

Nous étions ensemble depuis six mois. Plus court que quelques épisodes précédents, plus long que bien d'autres.

Je remuai les pieds, allongeai les jambes et fis, ce faisant, tomber mon fourre-tout par terre. Tout le contenu s'éparpilla sur le sol. Je me levai pour le ramasser et aperçus un coin du petit sac marqué *Harrod's*. Je le pris, et les souvenirs furent comme un coup de poing dans le plexus solaire : je revis le sourire malicieux de Mattie me regardant devant le comptoir, les soyeux spécimens de « lingerie de charme » à la main. Un par un, je les sortis du sac. Je les tenais encore lorsque Nick revint de la cuisine. Il les regarda, puis chercha mon regard avec une satisfaction mêlée d'une ombre de gêne.

— Qu'est-ce que c'est que ça? C'est là où te mènent tes convictions néoféministes?

Je hochai la tête. Il regarda mieux.

— Allons, Hannah, qu'est-ce que c'est?

Ainsi, Helen n'avait jamais eu son cadeau. J'avais été si

absorbée par mon propre chagrin que je n'avais pas eu une pensée pour celui des autres. Pourtant, la mort, c'est la mort, qu'on ait quatorze ou trente-trois ans. Et perdre sa meilleure amie est encore pire que perdre un client. Je remis le petit sac dans le mien.

— Désolée de te décevoir, la vendeuse de chez *Marks & Spencer* s'est trompée de paquet. Où est le réveil?

— Pourquoi? Tu veux chronométrer nos câlins?

— Il faut que je me lève tôt.

— Tu ne veux pas me dire où tu as l'intention d'aller? Le ton était un peu moins affectueux.

— Si, je retourne à l'école.

Je ne vous décrirai pas le voyage, vous l'avez déjà fait. Et ce n'était plus le même soleil, ni le même paysage, ni l'euphorie d'une nouvelle mission.

J'arrivai juste après 10 heures et demandai Patricia Parkin. Elle vint me parler, mais me dit que la décision de me laisser voir Helen ne lui appartenait pas, et que je ferais mieux de m'adresser au chef d'établissement. Madame la directrice siégeait dans la plus belle pièce du pensionnat, entièrement lambrissée, inondée de soleil et chargée d'histoire, vivant exemple destiné à encourager les élèves à grandir et à devenir adulte. Elle était plus jeune que je m'y attendais, et bien plus coriace.

— Je suis désolée, mais c'est tout à fait hors de question. La fillette est bouleversée, nous le sommes toutes, et vous voir ne ferait que la perturber davantage.

— Je ne vous demande que quelques instants d'entrevue. Mattie lui avait acheté un cadeau que j'aimerais lui remettre.

— Laissez-le-moi, je le lui ferai parvenir...

Diablement tentant d'obtempérer, rien que pour voir sa tête en ouvrant le sac.

— Non, ça non.

Elle hésita un instant, puis se leva.

— Je suis désolée, mais je ne peux pas faire mieux. Je sais que vous avez fait un long trajet et je comprends vos scrupules, mais je dois aussi songer à mes élèves.

Et au prix payé par leurs parents pour que rien ne dérange la sérénité des petites chéries..., pensai-je méchamment (mais cela me soulagea).

Nous nous serrâmes la main, elle m'accompagna en haut du perron et me regarda partir, exactement comme Mme Parkin le premier jour. Je me mis au volant et me tournai vers Mattie pour vérifier qu'elle avait attaché sa ceinture de sécurité... Un grand vide à côté de moi... De nouveau, sa disparition me frappa comme un événement intolérable, scandaleux. Quand on n'a jamais perdu de proche, on met du temps à explorer les différentes étapes de la prise de conscience de la mort. Je ferais peut-être bien d'appeler mes parents, juste pour leur dire que je les aime... On ne sait jamais...

Je quittai l'école et me garai dans la grand-rue, puis y retournai à pied et me postai dans le parc, sur le côté, entre le bâtiment principal et l'un des dortoirs. Lorsque j'aperçus une élève ayant à peu près le même âge que Mattie, je m'approchai et lui dis que je cherchais Helen. Elle était en récréation, me dit sa condisciple, rien de plus facile que d'aller la prévenir. Tout simple. Je l'attendis, le cœur battant de plus en plus fort.

Helen ne ressemblait en rien à la vamp que j'avais imaginée. Elle était blondasse, tavelée de taches de rousseur, et bien moins mince que Mattie. Elle n'aurait jamais pu entrer dans les coquins petits dessous achetés par son amie.

Je me présentai, en précisant que j'étais là en cachette. À mesure que je parlais, son visage s'assombrissait, et elle regardait obstinément ses pieds. Je commençai à comprendre le point de vue de la directrice du pensionnat, mais il était trop tard pour faire machine arrière.

— J'aurais pu vous envoyer son cadeau, mais je crois qu'elle aurait préféré que je vous l'apporte.

Je lui tendis le petit sac marqué *Harrod's*, elle le prit du bout des doigts.

— Vous n'êtes pas obligée de l'ouvrir maintenant...

Au moment où je prononçai ces mots, la lumière se fit, le voile se déchira, je compris tout de A à Z. Bon Dieu, je me demande bien pourquoi Constant accepte encore de travailler avec moi! Brave Mattie Shepherd, elle n'avait certes pas froid aux yeux.

Helen ouvrit le paquet, et regarda avec stupéfaction ce qu'il contenait.

— Ce n'est pas grave, dis-je, vous comprenez, elle m'avait raconté que vous étiez la maîtresse du jardinier. Mais c'est faux, n'est-ce pas?

Elle secoua la tête, les joues toutes roses sous les taches de rousseur.

— Depuis combien de temps durait leur liaison? insistai-je.

Au début, elle ne voulut pas répondre à mes questions, et je dois avouer que je lui ai un peu forcé la main. Après tout, garder ce secret avait été le grand rôle de sa vie, du moins avec Mattie. Puis elle déballa tout d'un seul coup. Certains secrets sont vraiment trop lourds à porter.

— Toutes les filles lui couraient après, surtout les élèves de terminale. C'est vrai qu'il est très beau. Mais dès qu'il a vu Mattie, il n'a plus eu d'yeux que pour elle. Je lui ai bien dit de faire attention, mais elle s'en moquait. Elle le rejoignait la nuit dans le parc. Elle disait que c'était le grand amour, et que quand elle quitterait l'école l'an prochain, ils vivraient ensemble.

— Et lui?

Elle haussa les épaules.

— Tony? Aucune idée... Il ne parlait qu'à Mattie. Je suppose qu'il ne voulait pas plus qu'elle ébruiter leur liaison. Je ne l'aimais pas trop, je le trouvais un peu...

— Un peu comment?

— Je ne sais pas, bizarre, prétentieux...

— Et ça durait depuis quatre mois?

— Depuis novembre. C'est moi qui ai remplacé Mattie à toutes les répétitions des cantiques de Noël, elle en profitait pour le rejoindre.

86

Pauvre Helen... J'espère que cette liaison par procuration lui avait donné un peu de plaisir. Une nouvelle fois, elle s'absorba dans la contemplation de ses pieds.

– Je ne l'ai pas revu, pas depuis que...

– O.K... Écoutez, merci beaucoup de m'avoir aidée. Vous étiez sa meilleure amie, elle parlait beaucoup de vous.

Son visage s'éclaira.

– C'est vrai?

– C'est vrai. En fait, je crois que vous devriez garder son cadeau, elle l'aurait sûrement voulu et, on ne sait jamais, ça peut toujours servir.

Elle rougit encore en serrant le paquet contre elle. À l'arrière-plan, une voix l'appela.

– Vous feriez mieux d'y aller...

Elle acquiesça, s'éloigna sans me regarder. Je pensai au parc. Après ces révélations, je savais bien n'avoir aucune chance d'y trouver le séducteur, mais je pouvais toujours y jeter un coup d'œil.

Derrière les courts de tennis et les terrains de hockey, la végétation devenait dense, avec des arbres serrés et un sous-bois broussailleux. Par respect pour la nature, peut-être. En tout cas, je ne m'y sentais pas trop à l'aise. Rien de particulier, juste une légère nostalgie des paysages urbains. Je suis une citadine, moi. Alors quand j'entendis du bruit derrière moi, je faillis avoir une crise cardiaque.

Aucun doute, l'homme n'était pas celui que je cherchais, pourtant c'était bel et bien un jardinier, avec des cheveux semblables à un nid d'hirondelle et un visage buriné par le soleil et le vent. Et pas un iota de ressemblance avec Jason Donovan.

Je lui expliquai que j'étais à la recherche de Tony, et il me rétorqua qu'il était dans le même cas. Il n'eut pas l'air surpris de voir Tony recherché par une femme. En fait, il ne fallut pas attendre longtemps pour que Chevelure d'Argent en vienne à admettre qu'embaucher le jeune homme avait été une erreur, malgré des références impeccables et un bon tour de main pour la taille des rosiers. Sa conscience professionnelle laissait beaucoup à désirer, et à son retour son patron se ferait un plaisir de l'informer qu'il était licencié.

Avait-il l'adresse de son employé? Tony, me dit-il, louait un logement en ville, et, selon sa propriétaire, était parti vendredi soir en laissant sa chambre rangée en prévision d'une longue absence. Ah bon, quelle surprise!

En sortant discrètement par la grille, je vis Helen qui m'attendait près du portail, errant négligemment parmi les arbres en essayant d'avoir l'air de ne pas être là. Pas facile, avec son gabarit. Je pensai à ces photos de moi à quatorze ans, boudinée dans des robes fourreaux qui me faisaient ressembler à un polochon trop rembourré, et j'eus envie de lui dire quelques mots encourageants. Mais si, à son âge, on avait abordé ce sujet devant moi, je serais sans doute morte de honte.

Elle me tendit une grande enveloppe de papier kraft, et, à la minute où je l'eus entre les mains, mon cœur se serra.

– Qu'est-ce que c'est?

– Mattie m'avait demandé de la lui garder dans mon casier. On échangeait toujours nos papiers personnels, les autres filles font parfois des descentes dans les casiers.

J'avais oublié combien les filles peuvent se montrer méchantes entre elles. Qu'est-ce que Mattie pouvait bien avoir confié à Helen? Et que lui avait remis celle-ci en échange? Pas grand-chose, j'imagine.

Helen avait des doutes, elle n'était pas sûre d'avoir bien fait en gardant l'enveloppe de Mattie, et encore moins en me l'apportant.

– Merci, murmurai-je. Que dois-je en faire?

Elle fronça les sourcils.

– Je ne sais pas...

Trop de responsabilités, envers un vivant et une morte, sur ses jeunes épaules.

– Écoutez, Helen, si j'ai l'impression que le contenu est important, je la ferai parvenir à qui de droit. Et je ne parlerai pas de vous. D'accord?

– D'accord, merci.

Elle se tourna pour partir, mais j'avais une ultime question. Un point de détail.

— Oh! Helen, une dernière chose... Le soir où... Le soir où elle est morte, vous ne l'auriez pas par hasard appelée chez son père? Vers 18 heures?

— Non...

Des cachotteries de filles? On y est toutes passées.

— Vous en êtes sûre?

— Tout à fait, on n'a pas le droit de téléphoner avant 19 heures, ici.

— Très bien, merci beaucoup.

Elle disparut. Je pris la direction de la grand-rue, serrant l'enveloppe contre mon cœur. Mais je décidai d'attendre pour l'ouvrir d'être dans un endroit que Mattie avait partagé avec moi, afin qu'elle soit témoin. Une fois derrière le volant, je déchirai soigneusement l'enveloppe et en explorai le contenu. Une liasse de feuillets grossièrement imprimés me tomba sur les genoux, et je reconnus la photographie sur le premier : un lapin aux poils à demi arrachés, avec une brûlure d'acide sur la chair. Pas besoin de lire les explications pour comprendre comment ma dernière crème à bronzer avait contribué à l'incinération d'un millier d'animaux. Les autres feuillets donnaient d'autres exemples d'atrocités tout à fait propres à révolter une jeune fille sensible, et à lui faire détester son père. J'étais si absorbée par leur examen que je faillis manquer le dernier cadeau de l'amoureux. Il était coincé dans le coin de l'enveloppe et j'eus du mal à l'en sortir, mais je fus payée de mes peines : j'avais sous les yeux une photographie en noir et blanc d'un jeune homme, de trois quarts, avec des cheveux brossés en arrière, un regard boudeur et une cigarette au bec. Je reconnus vaguement derrière lui le parc du pensionnat. Cela ressemblait à un instantané pris à la sauvette, à moins qu'une rédactrice de mode n'ait passé des heures à lui donner cette apparence.

En regardant la fumée de cigarette, je pensai à l'ironie de cet imbroglio, entre les recherches de Tom Shepherd pour soigner le cancer des poumons et les accusations de cruauté envers les animaux. Mais je me posai surtout des questions sur le Roméo. Quel âge pouvait-il avoir? Vingt ou vingt-cinq ans, un peu plus peut-être, c'était difficile à dire. Une chose était évidente : même photographié de trois quarts, il était très beau. Aucun doute possible, Mattie avait décroché le gros lot. Dommage que son amoureux ait professé de telles opinions.

9

— IL ESSAIE de ressembler à James Dean.
— Matt Dillon, plutôt...
— Qui ça?
— James Dean quarante ans plus tard. Pour l'amour du ciel, fais un effort, Constant, nous sommes dans une société de jeunes.
— Je ne vois pas pourquoi je le ferais. Mes parents ne l'ont jamais fait... (Il reposa la photo sur la table et avala une gorgée de thé.) Quoi qu'il en soit, il ne se précipite pas pour être photographié.
— Eh bien, c'est quand même un peu compromettant, non?
— Peut-être...
Il prit les imprimés, les feuilleta avec une moue écœurée, et me regarda.
— Alors, que penses-tu avoir découvert?
Je pris ma respiration.
— Que Mattie Shepherd était la maîtresse d'un militant de la Société pour la défense des droits des animaux, qui se faisait passer pour un aide-jardinier. Et que c'est par elle qu'ils ont trouvé ce qu'ils savaient sur son père.
— Hou la la!... (Long soupir.) Et moi, je pense que tu as une imagination délirante.
— Allons, Constant, je sais que tu n'es pas d'accord avec ce que j'essaie de faire, mais ne me prends pas pour une idiote.
— Hannah, si je te prenais pour une idiote, je ne t'aurais

pas laissé une copie personnelle des messages enregistrés sur le répondeur depuis dimanche soir. Ben Maringo, ça ne te rappelle rien? Oui... merci. J'apprécie que tu aies la décence d'être gênée. Il t'a été utile, au moins?

— Tout à fait, merci, rétorquai-je, sur la défensive.

Je lui rapportai ce que Maringo m'avait dit du cloisonnement des cellules du C.L.L.A. et de leur éventuel extrémisme.

— Et tu crois que ce gars en fait partie?

— Les dates concordent. Shepherd a commencé à recevoir des menaces dès le début décembre, un mois après les premières visites de Mattie à la resserre à pots de fleurs. Et si le jardinier n'avait rien à voir avec ça, il n'aurait pas quitté son travail. Et qui d'autre aurait pu lui donner ces prospectus?

— Je ne sais pas... un travail de recherche dans le cadre de son école?

— Constant, tu as regardé ces documents?

Il grommela quelque chose, puis demanda :

— Tu crois qu'elle aurait mouchardé son père?

— Tu sais, elle lui en voulait énormément de toujours faire passer son travail avant sa famille. Ça ne me paraît pas impossible qu'elle ait voulu le lui faire payer.

— Pas au point de le faire assassiner, quand même?

— Bien sûr que non.

— Et qu'est-ce qu'elle faisait, à ton avis, ce soir-là, dans son bureau? Elle fouillait ses tiroirs?

— En tout cas, ce n'était pas les billets de théâtre qu'elle cherchait.

— Il y a un hic : si son copain appartenait au C.L.L.A., il était au courant pour la bombe. Dans ce cas, c'était un peu tard pour la faire fouiner dans les affaires de son père.

— Peut-être ne le lui avait-on pas dit...

— Allons, Hannah, aucun groupe extrémiste n'a un cloisonnement aussi étanche que ça.

Je réfléchis.

— O.K. Alors peut-être n'était-elle pas censée être là.

C'est la technique du bébé qui apprend à marcher, on progresse pas à pas. D'abord les mouvements élémentaires, puis on complique.

– La police n'a aucun moyen de savoir quand la bombe a été posée, c'est ça? ajoutai-je

– Exact.

– Mais comme on ne peut guère s'amuser à ça en plein jour, elle a sans doute été placée la veille au soir ou pendant la nuit. Et quels étaient les projets de Shepherd pour le matin? Se lever à l'aube et aller chercher sa fille en voiture au pensionnat. Et qui était au courant? Mattie, et donc son Roméo. Mais à la dernière minute, son père a modifié ses projets. À quelle heure exactement?

– 18 h 15, 18 h 25, j'allais partir.

– Et il n'a prévenu que toi?

– Non, il a appelé l'école.

– Juste. Mais Mattie, ils se sont bien gardés de l'avertir le soir : ils savaient bien qu'elle le prendrait mal. Patricia Parkin me l'a dit elle-même. Et à ce moment-là, le séducteur avait filé depuis longtemps, personne ne l'a vu à Debringham depuis vendredi après-midi. Autant qu'il sache, et c'est vrai aussi pour ses acolytes, rien n'était changé au départ matinal de Shepherd vers l'au-delà.

– O.K. Alors quand ont-ils découvert l'anicroche?

Il se régalait, cela devait lui rappeler les jours d'antan, les copains en cravate dénouée, divaguant sur des questions de vie ou de mort. Pour être honnête, c'était aussi un de mes rôles favoris, le collègue en jupon.

– Quand quelqu'un de la bande est passé en voiture et a vu que la Rover était toujours devant la maison, j'imagine. Mais à ce moment-là, que pouvaient-ils faire? Pas question d'approcher de la voiture et d'enlever la bombe. Mais ils ont bien dû penser que la prochaine fois que Shepherd se mettrait au volant, il ne serait peut-être pas seul, qu'en fait il y avait de grandes chances pour qu'il soit avec sa fille.

– C'est vrai...

La conclusion était angoissante. Tuer un chercheur fou était une chose, s'en prendre à une innocente adolescente en était une autre. Constant haussa les épaules.

– Alors, toi qui prétends qu'ils ont des principes, dis-moi pourquoi son Roméo ne l'a pas avertie...

De nouveau j'entendis dans ma tête la sonnerie du téléphone de Tom Shepherd, et je revis Mattie dans le bureau de son père le récepteur d'une main, des papiers dans l'autre, en grande discussion avec quelqu'un à l'autre bout du fil. La conclusion était facile à tirer : l'appel ne provenait ni de son père, ni d'Helen, alors de qui sinon de Tony ? Et dans ce cas, pourquoi ne l'avait-il pas prévenue ? À moins qu'il ait essayé et n'ait pu y arriver, parce que je les avais interrompus.

« Écoute, il faut que je raccroche... À tout à l'heure... Je veux dire, tu ne seras pas en retard, hein ? »

À tout à l'heure où ? À l'école, ou bien ailleurs et plus tôt ? La recherche du guide des spectacles n'était peut-être qu'un prétexte pour monter dans la voiture et filer. Quoi qu'il en soit, elle avait raccroché sans lui donner le temps de répondre.

Constant me regardait, et j'eus envie de lui avouer mes doutes, mais cela n'aurait servi qu'à me démoraliser encore plus.

– Je ne sais pas..., murmurai-je.

– Tu ne veux pas écouter ma version ?

Je souris.

– J'ai le choix ?

– Quand on en sait si peu, on est obligé d'inventer tout le reste. Tout ce que tu as, c'est une photo d'un garçon, sans doute un amant, qui est, ou non, en rapport avec le C.L.L.A. Tout le reste n'est que pure spéculation. Un excellent exercice intellectuel, mais il faut s'en méfier.

Ce bon vieux Constant, toujours à la rescousse à l'instant critique.

– Alors, qu'est-ce que je dois faire ?

– Eh bien, à mon avis, chercher Bob Dylan.

– Matt Dillon.

– Matt Dillon, je sais. (Il ricana.) *I just want you to know I can see through your lies...*

Je mis un instant à comprendre. C'est que je n'étais pas là à la grande époque du Maître, moi !

— Chapeau, monsieur Dylan!

— Eh oui, il y en a parmi nous qui sont assez âgés pour se souvenir du festival de l'île de Wight. Je ne l'ai plus aimé dès qu'il s'est mis à l'électrique. Et maintenant, qu'as-tu l'intention de faire avec ça? ajouta-t-il en désignant l'enveloppe kraft.

— Rien.

— Rien? Et les flics?

— Tu l'as dit toi-même, je n'ai aucune preuve. Ce serait leur faire perdre leur temps.

Je pris bien soin d'éviter son regard.

— Hannah?

— Quoi?

— Regarde-moi.

— Oui patron.

— Tu ne leur as rien caché, n'est-ce pas?

— Bien sûr que non. Je...

Le téléphone sonna. Je vous jure, ils savent quand on parle d'eux. Il décrocha, mais sans me quitter des yeux.

— Ici *Constant Réconfort, surveillance et sécurité.* Qu'est-ce que vous voulez? aboya-t-il.

On ne peut plus courtois au téléphone, Constant. Si j'avais des ennuis, sûr que je me précipiterais dans ses bras.

— Oui, c'est exact. (Pause.) Oui, effectivement, mais je ne suis pas certain qu'elle soit ici en ce moment. Puis-je savoir de la part de qui? (Son ton de voix changea.) Ne quittez pas, s'il vous plaît, je vérifie si elle est là... (Il posa la main sur le récepteur.) Elle dit qu'elle s'appelle Christine Shepherd et qu'elle veut te voir.

Merci Christine.

Son adresse n'était pas aussi bonne que celle de son ex-mari. Elle habitait un immeuble derrière Shepherd's Bush Green, avec un de ces jardinets dont personne ne s'occupe si ce n'est les chiens du voisinage. Son appartement était au cinquième. L'ascenseur était moins sale que le jardinet, mais pas exactement une réussite esthétique. Chaque porte de l'étage était peinte de couleur différente et munie d'une sonnette. On avait l'impression d'un bâtiment administratif reconverti en logements particuliers.

La porte fut ouverte par un double plus âgé de Mattie : même superbe crinière, même petit nez droit, même bouche aux coins relevés. Mais un sourire forcé, qui ressemblait tout à fait à celui de Tom : elle et son ex-mari avaient beau être à couteaux tirés, ils avaient plus en commun qu'ils ne le pensaient. On aurait aimé que ça se finisse moins mal.

« Une femme profondément troublée et instable... », avait-il dit texto. Ma première impression ne correspondait pas du tout à cela. Nous nous serrâmes la main, et elle s'effaça pour me laisser entrer. Le salon était propre et décoré avec goût, malgré des moyens limités. Quelqu'un s'affairait dans la cuisine, derrière. Ainsi, le second compagnon de Christine était bien différent du premier. Peut-être était-ce elle qui réparait les prises électriques, maintenant. Elle s'assit, moi aussi. Nous ne savions ni l'une ni l'autre comment commencer. « C'est vous qui avez vu ma fille brûler vive... » Le choix des mots n'allait pas être facile.

— Merci d'être venue.

— Je vous en prie...

— Vous avez vu Tom aussi ?

J'acquiesçai. Ses mains serrées l'une contre l'autre se contractèrent.

— Comment est-il ?

— Bouleversé et furieux.

Les mots étaient inadéquats mais je n'en trouvai pas d'autres.

— Furieux contre moi ?

— Contre tout et tout le monde, je crois. Contre lui-même en premier chef, peut-être, s'il voulait se l'avouer.

— S'il voulait se l'avouer..., répéta-t-elle tout bas. C'est tout à fait ça. Il vous a parlé de moi ?

— Non, pas grand-chose.

Un mensonge bien véniel.

– Je vois...

J'attendis en examinant le tapis, un plaisant exemple de travail artisanal, du genre d'objet que plus on regarde plus on aime. À la fin, je me sentis obligée de l'aider. Qu'auriez-vous fait à ma place?

– Madame Shepherd, vous ne voudriez pas me dire ce qui s'est passé exactement?

Elle leva les yeux mais ne répondit pas. Les femmes, bien sûr, pleurent plus facilement que les hommes, leurs larmes ne signifient pas toujours que leur désespoir est plus profond. Le sien n'en était pas moins pénible à voir. Elle fit un petit signe de tête, alors je pris mon courage à deux mains et lui appris ce qu'elle voulait savoir.

Je ne suis pas sûre de l'avoir réconfortée... Comment un tel récit menant inexorablement à la mort de sa fille aurait-il pu le faire? J'y mis autant de précautions que possible, j'insistai sur l'optimisme, le courage et l'humour de Mattie, comme si ces qualités pouvaient d'une façon ou d'une autre la faire revivre. Et je m'attardai très peu sur son amertume, bien que nous sachions toutes deux ce que j'omettais de dire.

Elle continua à pleurer sans bruit, en m'écoutant, hochant de temps en temps la tête et s'essuyant les yeux puis quand, vers la fin de mon récit, les larmes furent trop abondantes, elle se cacha le visage dans les mains et resta immobile. J'attendis.

Je tournai le dos à la porte de la cuisine, où les bruits de vaisselle avaient cessé, mais je n'avais pas entendu la porte s'ouvrir. Une intuition me fit me retourner. Une femme était debout sur le seuil de la porte, j'ignorais depuis combien de temps. Elle était grande, très belle, avec des cheveux roux bien coupés et un visage ouvert aux traits bien dessinés. Mais ce qui la trahit fut la façon dont elle regardait Christine.

Elle traversa la pièce et s'assit sur l'accoudoir du canapé, sa cuisse effleurant le bras de son amie, et lui posa douce-ment la main sur l'épaule. Et, dans la manière dont elle le fit, ce geste révéla que leur affection était bien plus que frater-nelle. Christine ne leva pas les yeux, elle posa seulement sa main sur celle de sa compagne. Et, petit à petit, ce contact physique la ramena vers le monde des vivants.

Bien sûr, maintenant que je savais, cela ne me semblait plus bizarre du tout, c'était évident au contraire. Et presque rassurant, ou bien je confondais avec mon propre soulagement de comprendre enfin le pourquoi de la férocité du comportement de Mattie et de son père, leur intense douleur, leur violente colère. Que peut-on ressentir d'autre devant une épouse qui ne veut plus de mari, devant une mère qui semble préférer une autre femme à sa propre fille?

Par-dessus la tête de Christine, sa compagne me fit un discret salut.

— Veronica Marchant, dit-elle d'une voix nette et claire, comme son visage. Enchantée...

Je fis un petit signe de tête, elle me regarda, fronça légèrement les sourcils.

— Vous ne saviez pas, pour nous?

Inutile de mentir.

— Non...

Christine regarda Veronica, puis moi.

— Tom ne vous a rien dit?

— Non.

— Mattie non plus?

Je secouai la tête. Cette découverte sembla lui faire autant de mal que le récit juste entendu.

— Elle ne vous a pas parlé de moi?

— Pas beaucoup... mais vous lui manquiez.

— Elle me manquait aussi. (Elle soupira.) Mais elle n'a jamais compris. Peut-être est-ce incompréhensible.

Ce n'était pas à moi d'en juger.

— Je crois qu'il ne serait pas inutile d'expliquer à Mlle Wolfe ce qui s'est passé, Chris, intervint Veronica en me regardant.

Un homme se serait-il exprimé en ces termes, ou bien le fait d'être deux femmes qui s'aimaient changeait-il toutes les perspectives?

Et c'est ainsi que j'appris l'histoire de la vie conjugale des

Shepherd, un petit conte bien moral sur la vie privée d'un couple dans notre monde moderne. La rencontre d'un spermatozoïde et d'un ovule venue cimenter une liaison qui aurait sinon suivi le chemin de toute chair. Tous deux étaient jeunes (Christine à l'École normale, Tom étudiant de troisième cycle), ils hésitaient devant l'avortement et leurs parents les poussaient à se marier. D'après ce que me dit Christine, il était difficile de juger s'ils cédèrent aux pressions ou furent le jouet des circonstances.

Les premières années avaient été difficiles, à cause des problèmes d'argent : les contrats de recherche se faisaient rares. Quand leur situation s'arrangea, après la nomination de Shepherd au poste de directeur du développement de la section élevage des laboratoires Vandamed, certaines anciennes failles affectives commencèrent à s'élargir. Leur vie sexuelle n'avait jamais été heureuse, même au début, bien que Christine ait réussi à le cacher, à elle-même la première. Mais une fois Mattie devenue grande, sa mère n'eut plus l'excuse du surmenage, et tous deux durent s'avouer ce qu'ils avaient probablement toujours su. Bien que, de la façon dont elle le raconta, tout ne se passa pas de façon aussi simple. D'ailleurs, est-ce jamais le cas?

— Il y a une chose sur laquelle je veux insister. Veronica n'a pas détruit notre couple; Tom et moi nous en sommes chargés. Et ce fut autant de sa faute que de la mienne. Certes, j'aurais pu être une épouse plus passionnée, mais je ne me suis jamais refusée, et s'il n'avait pas déserté, je serais sans doute encore là-bas.

— Déserté?

Ce reproche ne faisait pas partie de tous ceux dont Mattie avait accablé son père.

— Je ne veux pas dire qu'il a fait sa valise et pris la porte. Mais vu son comportement, il aurait aussi bien pu le faire.

Elle était en colère, maintenant, et son irritation lui donnait des expressions de sa fille.

— J'aurais sans doute dû m'y attendre, ajouta-t-elle. Il a toujours été passionnément intéressé par son travail, plus que par moi... C'est probablement pourquoi il a pu refuser d'y voir clair pendant si longtemps. Et si je l'acceptais, c'est parce que d'une certaine manière, nos rapports en étaient plus faciles. Et depuis la naissance de Mattie, il s'était toujours arrangé pour consacrer du temps à sa famille, jusqu'à ce qu'il ait ce poste à Londres. Directeur de recherches... (Elle rit amèrement.) Ce dont il rêvait. Mais peut-être était-ce aussi un problème : je me dis parfois qu'il craignait de ne pas être à la hauteur ou qu'il y en ait d'autres plus qualifiés que lui. Je ne sais pas... À moins que le travail n'ait rien eu à y voir, et que ce soit à cause de moi. Quoi qu'il en soit, il s'est juste éclipsé. Il revenait rarement à la maison, Mattie et moi le voyions à peine, sa famille a paru perdre tout intérêt à ses yeux. Il a abandonné toute relation sexuelle bien avant moi, et a passé bien plus de nuits dans son laboratoire que dans le lit conjugal. Et quand nous nous rencontrions, nous ne faisions que nous quereller. Je suis restée avec lui aussi longtemps que j'ai pu, mais en fin de compte, il n'y avait plus rien à sauvegarder. Et puis j'ai fait la connaissance de Veronica...

Elle se tut, j'attendis, nous attendîmes. Au bout de quelques instants, sa compagne lui caressa les cheveux, très légèrement, juste pour rappeler sa présence auprès d'elle. Christine pencha la tête dans sa direction, comme un aveugle tendant l'oreille. Leur entente était presque pénible à voir. Je me demandai où elles s'étaient connues, et combien de temps il leur avait fallu pour comprendre. Et j'avais bien d'autres questions sans réponses, qui le resteraient.

— Et Mattie ? murmurai-je parce que je n'avais pas le choix.

— Si j'avais pu, je l'aurais emmenée avec moi, répondit-elle avec véhémence. Mais elle me jugeait déjà responsable de l'absence de Tom, et je ne savais pas comment lui expliquer. D'ailleurs, à ce moment-là, j'avais déjà tant de difficultés que venir avec moi aurait été encore pire, pour elle. Je me suis absentée deux semaines, non, même pas, treize jours. Treize jours après treize ans... (Elle eut un sourire amer.)

Personne n'a paru remarquer la disproportion, mais bien sûr c'était tous des hommes. Pour préparer le jugement, Vanda-med a lancé à nos trousses une meute d'avocats et de détectives privés, nous n'avions pas une chance. Et de toute façon, les jeux étaient faits d'avance : Mattie avait clairement déclaré son désir de rester avec son père. J'imagine que c'était sa façon de me punir.

Elle avait sans doute raison. Voir sa mère quitter la maison pour un homme est une chose, mais pour une femme... Moi-même, j'avais du mal à accepter cette idée, alors une fille de quatorze ans... Pas étonnant qu'elle ait si précocement fait des galipettes dans l'herbe avec son beau jardinier. À cet âge, seules des mesures draconiennes pouvaient la persuader que les préférences de sa mère n'étaient pas héréditaires.

— Mais après le procès, vous n'avez pas tenté de récupérer Mattie?

Elle soupira.

— Je suis allée une fois la voir au pensionnat, mais ils ont refusé. Sur ordre de Tom, je suppose.

Erreur. Mais inutile de la chagriner davantage en le lui disant.

— Et vous n'avez jamais essayé de l'enlever?

Pour la première fois, elle rit d'un vrai rire.

— Vous m'imaginez essayer d'enlever Mattie? C'est Tom qui vous a raconté ça?

J'acquiesçai vaguement.

— Bah, il n'est pas le seul à me considérer comme une menace pour le monde civilisé. Pauvre Tom.

À plaindre peut-être, mais pas idiot à ce point. Jusqu'où les problèmes sexuels peuvent-ils démolir un homme?

« Profondément troublée, instable... » Ces mots commençaient à s'appliquer mieux à lui qu'à son ex-femme. Les menaces de mort l'avaient peut-être plus touché qu'il ne voulait l'admettre. Pauvre Tom, pauvre Mattie, pauvre Christine. Encore une histoire dans laquelle tout le monde souffre, avant même que l'un des héros ne meure dans une voiture piégée... Une image horrible qui s'obstinait dans ma tête. Mais au moins, elle me rappela la raison de ma visite.

101

Quand nous en vînmes à des précisions sur le travail de Shepherd avec les animaux, je fis chou-blanc. Et quand j'essayai de savoir ce que Mattie en pensait, je fis encore plus chou-blanc. Tom Shepherd n'avait pas dit un mot sur le sujet depuis au moins deux ans, sa fille et Christine avaient fini par s'abstenir de lui poser des questions. Mais cette dernière me fit une suggestion.

— Vous pourriez toujours aller voir ses patrons... du moins s'ils acceptent de vous recevoir.

Je refusai de rester prendre un café, je sentais qu'elles avaient bien plus besoin d'être ensemble qu'avec moi.

10

Pour une citadine, je passais décidément beaucoup de temps à la campagne. Mais enfin, un travailleur doit aller où le travail se trouve, et, selon sa secrétaire à Londres, le directeur général des laboratoires Vandamed passait le plus clair de son temps à leur Q.G. de l'East Suffolk. C'est un comté bien peu prestigieux pour le siège d'une multinationale, mais il devait y avoir des raisons. L'immobilier était sans doute meilleur marché à la campagne, et, à cette distance de Londres, on pouvait espérer que personne ne viendrait voir ce qu'on y faisait aux animaux.

J'aurais dû y arriver tout droit, et les indications fournies par la secrétaire me conduisirent bien jusqu'à Framligham, mais, à partir de là, l'expédition commença à se gâter. Après être passée pour la troisième fois devant une usine de croquettes pour chien à la sortie du village, je me dis que mon informatrice devait confondre sa droite et sa gauche. Le chemin opposé, au moins, me fit sortir du village, loin de l'odeur d'aliments pour animaux. Au bout de quelques kilomètres, l'air avait un parfum plus agréable, le paysage était plus joli, les routes plus rurales... et j'étais complètement perdue.

J'aperçus une pancarte au loin, au-dessus de la haie d'une petite colline. Peut-être m'indiquerait-elle la direction de Vandamed. J'accélérai et pris un virage. Plutôt une mauvaise idée... Juste devant moi, un camion penché bloquait la route, la roue droite enfoncée dans la boue et la portière du chauffeur dans la haie. Mais la difficulté ne venait pas du camion, plutôt de ce qui en sortait.

Sous le choc, les verrous retenant le hayon s'étaient ouverts... À moins que les porcs n'aient forcé la serrure. En tout cas, le résultat était le même : des porcs partout, un grand troupeau de bêtes au dos hérissé de soies raides, sortant avec des grognements de l'obscurité du camion, descendant au petit trot le long du hayon abaissé, et remplissant de leur masse mouvante toute la largeur de la petite route.

Des animaux intéressants, les porcs, et qu'il est rare de rencontrer en troupeau. En fait, les rares fois où j'en avais vu (à part dans les films de Pasolini ou entre deux tranches de pain), c'était dans les champs où la distance leur prêtait des proportions rassurantes. De plus près, ils étaient bien plus inquiétants.

J'envisageai de faire marche arrière, mais avec deux d'entre eux en train de se frayer un chemin entre ma voiture et la haie, et d'autres poussant derrière pour en faire autant, il me sembla plus sage de les laisser passer. Ils déboulaient à une sacrée allure, et, bien que ma Polo soit moins large que le camion, l'espace de chaque côté était restreint. La voiture oscilla lorsque trois d'entre eux tentèrent de passer de front à côté de moi, en emportant avec eux une partie du rétroviseur.

J'ouvris la fenêtre pour leur crier de s'arrêter.

– Éteignez votre foutu moteur !

J'obtempérai. Mon véhicule, maintenant complètement assiégé, roulait et tanguait sous le poids de masses de viande de deux cents kilos, dont la peau râpeuse crissait contre la carrosserie.

Et non seulement je les entendais, mais je les sentais aussi. Qui a dit que les porcs sont au fond des animaux propres ? Pure ânerie. Je fermai la fenêtre, mais l'odeur était déjà entrée à l'intérieur.

Derrière moi arriva en marche arrière un second camion, ce qui bloquait la route aux fugitifs. Debout dans le fossé, l'homme qui m'avait interpellée guidait le conducteur. Quand il jugea le véhicule bien placé, il tapa sur l'aile, et courut à l'arrière ouvrir le hayon. Celui-ci s'abattit d'un coup, manquant de transformer en chair à saucisses un énorme animal qui fonçait dans sa direction. L'homme, qui était presque aussi gros que le porc, lui donna sur le dos un petit coup de baguette qui, loin de le rendre encore plus furieux, parut lui plaire. Avec un cri perçant, le mastodonte trottina dans le camion. Fin de la grande évasion. Les autres suivirent stupidement, se cognant dans leur folle précipitation les uns aux autres (et contre la voiture). À vingt, j'arrêtai de compter. Et j'étais bien contente de me trouver à l'abri.

Une fois qu'ils furent solidement enfermés, le fermier porta son attention sur moi. J'ouvris la portière et examinai ma carrosserie. Apparemment pas d'égratignure, rien que de la boue. Le fermier rit.

— Elle avait besoin d'être lavée, de toute façon!... Les charmes de la campagne, que voulez-vous!

— Je vous demande pardon, mais je les qualifierais plutôt de dangers publics, moi! Ces porcs étaient complètement affolés.

Mon indignation semblait aussi prétentieuse que mon accent londonien.

— C'est moi qui vous demande pardon! Si vous n'aviez pas pris ce tournant comme si vous étiez sur un circuit automobile, ces porcs seraient encore bien tranquilles dans leur camion. Ces Londoniens, alors! Pourquoi croyez-vous que la vitesse soit limitée, sur ces routes?

Et quand avais-je remarqué un panneau l'indiquant? J'eus envie de continuer le débat, mais ça n'en valait pas la peine. Mon interlocuteur déroula sa manche de veste, cracha dessus, frotta un coin de l'aile avant.

— Vous voyez bien, juste un petit coup de chiffon humide et elle sera comme neuve.

Nous savions bien tous les deux que nous avions tort.

— Ce sont vraiment de grosses bêtes, murmurai-je en regardant le nuage de poussière en train de se déposer sur la route.

— Ouais, approuva-t-il, tout content de bavarder maintenant qu'il n'était pas question de dommages et intérêts.

– Un peu excités quand même, non?

– Ben, ils savent où ils vont, hein, c'est pas idiot, un cochon.

– J'imagine... (Je pensais tout le contraire.) Peut-être pourriez-vous me renseigner, je cherche les laboratoires Vandamed. On m'a dit que c'était par ici.

D'après le regard qu'il me jeta, il venait de comprendre pourquoi j'avais failli écraser ses porcs. Ah, les femmes au volant!

– Vandamed? Vous venez tout juste de passer devant!

De la route, ce n'était pas tellement évident. Je ne suis pas une spécialiste de l'architecture des sièges de compagnies multinationales, aussi tout ce que je peux dire, c'est que le site de Vandamed était très étendu, et que chaque centimètre en était bien protégé. Le domaine se trouvait en retrait de la route, à une centaine de mètres, avec un mur d'enceinte surmonté de barbelés, et des grilles à peu près aussi accueillantes que celles d'un pénitencier. D'ailleurs, c'était sans doute là qu'ils avaient recruté leur personnel de surveillance.

Le problème, semblait-il, était que je n'avais pas de rendez-vous, ou plutôt que le rendez-vous que je prétendais avoir ne s'affichait pas sur l'ordinateur du gardien. Très grave, car ces deux-là ne faisaient rien l'un sans l'autre. J'essayai de suggérer à l'opérateur de circonvenir l'autorité du monstre en appelant le bureau du directeur général, mais le cerbère n'apprécia pas mes conseils quant à la façon de faire son travail et me fit clairement comprendre que notre conversation était terminée.

Je repartis docilement, et il ne fut pas tenté de vérifier où j'allais. Je n'avais d'ailleurs aucun plan précis, rien en tout cas susceptible de surmonter l'obstacle de deux kilomètres de fil de fer barbelé, mais, comme il arrive souvent en pareil cas, dame Fortune me prit par la main.

Ayant garé ma voiture dans un emplacement discret pas loin de la route, je revenais à pied en direction de la grille lorsqu'une grosse BMW surgit au tournant et s'approcha avec un feulement du portail. Le garde, reconnaissant le pouvoir souverain lorsqu'il le voyait, se précipita pour saluer. Avec une royale magnanimité, le conducteur abaissa la vitre pour faire au plébéien l'aumône d'un bonjour. Ces actes d'allégeance à leurs positions sociales respectives les absorbaient tellement que nul ne remarqua l'humble petite Hannah qui se glissa derrière la loge du gardien et fut ainsi dans la place.

Courbée et au pas de course, je fis les cent premiers mètres en rasant les murs. Puis, une fois à couvert, je franchis la route goudronnée traversant en son milieu le territoire Vandamed, et m'efforçai de me mettre dans la peau d'un chercheur, en espérant que posture et attitude suivraient. En fin de compte, je ne rencontrai pas un chat, l'endroit était étonnamment silencieux.

La difficulté, c'était que je ne savais absolument pas ce que je cherchais. J'étais un fin limier, certes, mais singulièrement dépourvu d'une stratégie. Allons, un peu de patience, attendons la révélation.

Je les sentis avant de les entendre, une odeur sucrée de pourriture et d'excréments. Je devenais experte en la matière! Je m'arrêtai et reniflai l'air comme un scout indien à la recherche d'une piste, mais ce fut le bruit, mi-cris mi-grognements, qui m'indiqua la direction, au bout du parc, parmi les arbres. En approchant, je vis deux bâtiments. Le premier était une sinistre construction entièrement dépourvue de fenêtres. Le second, relié au premier par un corridor de ciment, avait l'air d'un ancien corps de ferme, bas de plafond, avec des lucarnes assez semblables à des hublots situés en haut sous le toit. Le bruit venait de là.

Grâce à quelques interstices entre les briques, j'arrivai à me hisser assez haut pour passer la tête par la fenêtre, et à découvrir un bel exemple d'élevage intensif. En dessous de moi s'allongeaient rangées après rangées de compartiments de ciment, fermés par de lourdes grilles métalliques, et, dans chacun d'entre eux, de gros porcs rangés les uns contre les autres, le groin enfoui dans des auges pleines de nourriture, reniflaient et grognaient.

Le spectacle était plus hallucinant qu'horrifiant, mais moi, j'étais dehors. J'essayai de le regarder de l'intérieur, d'imaginer des êtres humains entassés en de semblables conditions, mais la seule image qui me vint à l'esprit fut celle des trains nazis vers les camps de concentration, et tous les prospectus du C.L.L.A. n'arriveraient pas à me faire assimiler l'une à l'autre les deux entreprises. Quels arguments Ben Maringo aurait-il avancés pour me convaincre ?

Ouille !... Mon pied gauche commençait à perdre prise et j'eus besoin de toute ma concentration pour redescendre sans me rompre le cou.

— Faites attention, ils n'aiment pas beaucoup être épiés ! dit une voix derrière moi à l'instant où je touchai au sol plus lourdement que je ne l'aurais souhaité.

Un homme en costume était debout derrière moi. À ce moment retentit le hurlement des sonneries d'alarme.

— Comme nous, d'ailleurs ! cria-t-il en grimaçant au bruit. Déclenchement électronique, il y a des capteurs autour de tous les encadrements de fenêtre. C'est une des raisons pour lesquelles on filtre les entrées à la grille, ça simplifie le travail du personnel de sécurité.

Quand les gardes arrivèrent, ils étaient plus essoufflés que moi, mais leur uniforme faisait sérieux, et ils avaient l'avantage du nombre. L'homme en costume leur fit signe de repartir en expliquant qu'il s'agissait d'une fausse alarme et ils n'insistèrent pas, mais le garde de l'entrée, le maniaque des ordinateurs, se retourna plusieurs fois en partant. Il ne m'avait pas oubliée. Un bon point pour Vandamed. Vous pouvez en croire ma vieille expérience, il est rare que les membres du personnel de sécurité soient aussi physionomistes.

L'inconnu se tourna vers moi et me tendit la main.

— Mademoiselle Wolfe, je suppose ? Je suis Alan Grafton, directeur de recherches de la section élevage aux établissements Vandamed.

– Ravie de faire votre connaissance... C'est ça, le bétail sur lequel vous faites des recherches?

Je désignai le bâtiment d'où j'avais sauté. Il acquiesça.

– C'est pour le BERK. Les derniers tests se font sur des porcs.

– Le BERK?

– Notre nouvel accélérateur de développement musculaire. On vous en aurait parlé lors de la visite guidée, si vous aviez attendu un peu. Voulez-vous visiter maintenant, ou bien préférez-vous un café d'abord?

Il est vital de savoir se montrer beau joueur et d'admettre qu'on a perdu, ne serait-ce que pour ne pas se laisser prendre une deuxième fois. Alan Grafton et moi, nous nous entendîmes comme larrons en foire en traversant d'un pas tranquille la pelouse en direction du bâtiment principal. Il s'offrit même le luxe de me présenter des excuses pour l'obstination du garde à la grille, mais quatre jours après un attentat à la voiture piégée... je comprendrais certainement pourquoi les consignes de sécurité avaient été renforcées.

– Bien sûr...

Il secoua la tête.

– Mon Dieu, pauvre Tom. Je ne puis vous dire combien nous sommes tous horrifiés. Une si charmante enfant...

– Vous la connaissiez?

– Pas très bien. Mais quand Tom travaillait ici, il l'amenait de temps en temps avec lui. Elle était plus jeune à l'époque, mais extrêmement vive. Oui, très, très intelligente... D'après ce que j'ai compris... enfin... vous étiez là lorsque...

– Oui, j'étais là.

Il hocha la tête mais ne dit rien, ce dont je lui fus reconnaissante. Nous étions arrivés au bâtiment principal et nous prîmes l'ascenseur jusqu'au troisième étage. Les portes s'ouvrirent sur un couloir décoré avec goût, le genre d'esthétisme que les porcs n'apprécieraient pas.

– Marion Ellroy, expliqua-t-il, le directeur général des laboratoires Vandamed... Lui et Tom se connaissent depuis longtemps et il voudrait vous voir.

La porte du bureau directorial était ouverte. Le grand patron était assis à une table devant une fenêtre dominant tout le domaine, mais il se leva quand nous entrâmes. Il était grand, avec un visage large et une abondante chevelure teintée de gris aux bons endroits. Plutôt séduisant, si vous aimez ce style. Et l'emballage était à l'avenant, un mélange de Savile Row et de style branché. En un mot, un homme distingué, le modèle même du ploutocrate britannique. Surprise, surprise, il était américain!

— Mademoiselle Wolfe... Je regrette que Tom ne nous ait pas averti de votre venue.

Il me serra la main en me regardant d'un air pénétré. Tous les bons réflexes. Seulement voilà, il n'y avait pas si longtemps que ça, j'avais fait la connaissance d'un autre homme d'affaires américain... plus jeune, plus ouvertement séduisant, mais ce n'était pas une excuse. Et la façon dont j'avais succombé à son charme était un souvenir cuisant. Je m'étais bien juré de ne plus jamais me montrer crédule.

— Tom Shepherd ignore ma visite.

Un sourcil très légèrement soulevé.

— Je vois... Puis-je vous demander pour quelle raison?

— Je ne voulais pas le déranger, rétorquai-je d'une voix indifférente.

— Tandis que vous ne voyez pas d'objection à nous déranger?

Il n'avait pas l'air dérangé outre mesure. Je haussai les épaules.

— Cela vous ennuie?

— Cela dépend de ce que vous voulez.

Des agaceries verbales... Après trois ans de conversation avec Constant, j'étais en mesure de renvoyer la balle. Je souris, sûre de moi.

— Quelques renseignements, peut-être...

Il me fixa sans mot dire, puis décrocha le téléphone et appuya sur une touche. Sans me quitter des yeux, il pria sa secrétaire de faire attendre son prochain rendez-vous, et de monter deux cafés.

— Vous avez quinze minutes, mademoiselle Wolfe. Posez vos questions, je répondrai.

Notre statut respectif ainsi précisé, nous commençâmes à parler sérieusement. Tout d'abord du travail de Shepherd et de sa place sur la liste noire du C.L.L.A.

— Il n'y a pas de secret, vous savez. Nous ne sommes pas les seuls à poursuivre des recherches de ce type. Les manipulations génétiques pourraient, en théorie, nous permettre d'empêcher le développement des cellules cancéreuses, et donc d'arrêter le cancer avant même qu'il n'existe. Vous savez comme moi que tout ce qui touche à la génétique est un domaine très controversé, on interfère avec l'œuvre de Dieu, ce genre de choses... Mais ce n'est pas de cela qu'il s'agit. Le C.L.L.A. n'a pas fait sauter la voiture de Tom parce que ses travaux étaient pires que ceux des autres. Ce serait absurde. Lorsqu'il s'agit de l'utilisation des animaux pour sa recherche, la société Vandamed respecte la loi à la lettre. Personne ne peut nous accuser du contraire.

— Alors pourquoi diable le choisir lui?

Il haussa les épaules.

— Tom est à un poste clef. Au cours des dix dernières années, le financement des recherches médicales privées a énormément diminué dans ce pays. Je suis américain, donc je n'ai pas à avoir d'opinion sur votre politique intérieure, et j'admire de nombreux aspects de l'œuvre de Mme Thatcher, mais en ce qui concerne les débouchés pour les chercheurs dans vos laboratoires nationaux... Vous pouvez me croire, l'exode des cerveaux atteint ici de très graves proportions. Le programme de recherches sur le cancer des laboratoires Vandamed est non seulement un des plus importants du pays, mais encore le plus généreusement financé. Ce qui, bien sûr, fait de nous un établissement très coté sur le plan scientifique. Et Tom en fait partie.

— Donc on s'en est pris non pas à ce qu'il fait, mais à ce qu'il est?

— Tout à fait.

— Et ce n'est pas la première fois qu'on s'attaque à Vandamed, si je ne me trompe?

— En cinq ans, nos laboratoires ont dû être victimes d'une douzaine d'opérations de sabotage. Des libérations d'animaux cobayes, des destructions de résultats informatiques, et même la publication de documents volés.

— Vous m'étonnez... Je n'ai pas eu l'impression qu'il soit si facile d'entrer.

— Sauf pour vous, vous voulez dire!

Je ne peux dire s'il se moquait de moi. Je pensai un instant à prendre un air coupable, mais pourquoi se donner le mal de feindre?

— Il est vrai, continua-t-il, que, dans le passé, l'organisation de notre système de sécurité a quelque peu laissé à désirer.

Je n'insistai pas.

— Et avant que Shepherd ne soit nommé directeur de la recherche à Londres, que faisait-il?

— Il s'occupait du développement de la section élevage.

— J'ai déjà mentionné le BERK à Mlle Wolfe, intervint Alan Grafton.

Il avait été si silencieux qu'Ellroy et moi avions oublié sa présence. Son patron lui jeta un coup d'œil et me regarda.

— Alors vous savez déjà combien nous en sommes fiers.

— Pas vraiment...

Il parut hésiter à tout me dire, puis prit son souffle.

— Que savez-vous au juste sur l'élevage porcin?

L'élevage porcin? Mes connaissances tiendraient sur un timbre-poste, et encore, il resterait de la place.

— ... Pas grand-chose, hein? continua-t-il. Eh bien, croyez-moi, vous allez en entendre parler. Le BERK est à la veille de le révolutionner.... Vous, les Anglais, vous tenez à vos œufs au bacon, et vous consommez beaucoup de porc. En fait, pour l'instant, vous mangez plus de porc que vous n'en produisez. Aux dernières nouvelles, vous importez dans les quatre cent cinquante mille tonnes de bacon et de jambon. Et il n'y a pas que vous, les Allemands sont fous de saucisses et les Européens de l'Est sont prêts à se jeter sur n'importe quoi du moment que c'est à portée de leur bourse. Votre élevage porcin est plutôt performant, il le faut bien puisqu'il n'est pas subventionné. Mais il pourrait l'être encore plus. Tout le monde s'en occupe, on a même produit des truies hybrides avec davantage de tétines pour nourrir plus de petits. Mais ce dont vous avez besoin, c'est de porcelets qui deviennent plus vite de gros porcs. L'idéal serait que ce soit avant la puberté, pour éviter d'avoir à choisir entre la castration et le goût de verrat. C'est là où réside l'intérêt du BERK.

Il s'arrêta pour boire une gorgée de café bien méritée. Mes quinze minutes étaient presque écoulées, mais il était lancé, maintenant. Rien de tel que parler boutique pour les faire démarrer.

— Qu'est-ce que c'est, ce BERK ? Une hormone de croissance ?

Je n'aime pas les sermons, et les documents de Ben Maringo étaient très prolixes sur la brève vie des animaux bourrés d'hormones de croissance. Sans compter leurs effets sur les humains, le pire dans le genre étant l'histoire de ces bébés italiens dont les organes génitaux étaient devenus monstrueux après avoir mangé des petits pots de hachis de veau bourré d'hormones. En parlant des horreurs de la science...

— Faux ! rétorqua-t-il presque joyeusement. Le BERK n'est pas une hormone de croissance, c'est un accélérateur de développement musculaire. C'est très différent. Il est entièrement à base de composants de synthèse et, à l'origine, avait été mis au point pour les asthmatiques. Ce produit a l'intéressant effet secondaire d'augmenter considérablement le développement musculaire. Bien sûr, les possibilités en ce qui concerne le bétail ont tout de suite été évidentes, mais il a fallu beaucoup de travail pour arriver à la bonne formule, exempte de tout danger.

— Et c'est à ça que travaillait Tom ?

— Tout à fait. Le BERK est son œuvre. Et lorsque l'an prochain, nous serons en mesure de le produire sur une grande échelle, les éleveurs auront grâce à lui des porcs plus gros, avec une viande moins grasse, ce qui non seulement sera plus profitable pour eux, mais aussi meilleur marché et surtout plus sain pour le consommateur.

— Et pour les porcs?

Il sourit.

— Je vous l'ai dit, il ne s'agit pas d'une hormone de croissance. Et le BERK n'a pas besoin d'être injecté ou implanté sous la peau de l'animal, il est mis au point pour être tout simplement mélangé à sa nourriture.

— Et les procédés de recherche?

— Parfaitement légaux, je peux vous le garantir. Tom n'était pas autorisé à torturer ses porcs.

Point final. En supposant qu'il dise la vérité (ce qu'il ne serait pas difficile de vérifier), Tom Shepherd et ses patrons étaient blancs comme neige.

Que pouvais-je faire? Rentrer chez moi, donner à la police la photo du Roméo, et oublier? Vous me connaissez... pourquoi abandonner quand j'avais une possibilité de travailler davantage pour moins d'argent? Laissez-moi vous le dire : se vouloir en opposition avec la fric-culture des années 80 n'est pas sans inconvénient.

Je fouillai dans mon sac et sortis l'enveloppe en papier kraft. Pourquoi pas? Ils en savaient sans doute plus que moi sur les militants du C.L.L.A. Peut-être ces intéressants personnages avaient-ils tous la même coupe de cheveux? Ou bien fumaient-ils tous la même marque de cigarettes? Une sorte de franc-maçonnerie du terrorisme... Je tendis la photo à Ellroy.

— Je suis sans doute en train de vous faire perdre votre temps, mais avez-vous déjà vu cet homme?

Il la prit, la regarda attentivement, secoua la tête.

— Non, je ne vois pas...

Il me rendit l'instantané. Alan Grafton se pencha en avant et je le lui passai. Il jeta un coup d'œil, puis un autre, et j'aperçus un éclair d'intérêt. Il avait échappé à Ellroy, mais celui-ci ne manqua pas de remarquer que moi je l'avais vu.

— Tu le connais, Alan? demanda-t-il aussitôt.

114

– Je... je ne suis pas sûr... Peut-être... C'est important?

– Ça pourrait l'être, oui.

– Alors il vaut mieux que je vérifie. Enfin... si ça ne te dérange pas, Marion?

Cette fois, Marion Ellroy jeta un coup d'œil à sa montre, mais il ne pouvait guère protester. La porte se referma derrière Grafton, et il y eut un instant de silence. Puis Ellroy, presque à voix basse :

– Ce type... Je devrais le connaître?

– Non, probablement pas.

– Vous savez, cette conversation commence à devenir un peu inégale.

Je souris gaiement.

– Je crois qu'on est du même côté!

Il ne se hâta pas de me rassurer.

– Ouais... enfin, j'espère!

Je lui fis mon plus gracieux sourire. Le charme féminin... S'agissant de la famille Shepherd, ce n'était pas le sujet de conversation favori de Marion Ellroy, mais je réussis à le mettre sur le tapis. Son visage s'assombrit à la mention du démon femelle, mais il réussit à se contenir jusqu'à ce que je lui répète en passant le commentaire de Christine insinuant que Tom n'était peut-être pas à la hauteur de son travail.

– Je vous assure, mademoiselle Wolfe, que cette personne en a lourd sur la conscience, et vous feriez mieux de ne pas l'oublier. Et du point de vue professionnel, elle n'y connaît strictement rien. Tom Shepherd est un des meilleurs chercheurs avec lesquels j'aie eu la chance de travailler. Un homme d'un grand talent, dévoué corps et âme à sa tâche. Et peut-être que s'il avait rencontré chez lui un peu plus de compréhension, leur vie eût été différente.

– Est-ce la raison pour laquelle vous avez assumé tous les frais du procès?

– Je ne sais pas quel rapport cela peut avoir avec l'ordure qui a tué sa fille, mais c'est exact. Et nous le ferions encore. Vandamed est une société qui soutient ses employés. Et à cette époque, Tom avait plus que d'autres besoin d'une main secourable. Je pensais que...

Je ne saurai jamais ce qu'il pensait. Il décrocha le téléphone presque avant que celui-ci sonne, dit « Oui, oui », et griffonna quelque chose.

Quand il se tourna vers moi, je sus que je n'étais pas dans un cul-de-sac.

— Alan dit qu'il n'en est pas tout à fait certain, mais la photo ressemble un peu à un jeune qui a travaillé chez nous aux vacances l'an dernier. Un agent de service intérimaire, du nom de Malcolm Barringer. D'après notre fichier, il était étudiant à l'IUT de technologie d'Ipswich... Alors, vous ne voulez pas me dire en quoi il vous intéresse?

Mon hésitation me trahit.

— Écoutez, mademoiselle Wolfe, nous avons été plus que coopératifs avec vous aujourd'hui. Mais je ne suis pas devenu directeur général des laboratoires Vandamed en me conduisant comme une poire ou un idiot. Vous voulez dire qu'il y a parmi nous des taupes?

Je secouai la tête.

— Je n'ai aucune certitude.

Il attendit sans me quitter les yeux. Je haussai les épaules.

— Désolée!

— J'en doute fort! rétorqua-t-il, mais avec bonne humeur.

Il joua quelques instants avec son crayon, puis le lança doucement sur la table devant lui, et soupira.

— O.K... Je vais m'exprimer autrement. Du moment que, de toute évidence, vous n'êtes plus employée par Tom Shepherd, accepteriez-vous de travailler pour moi?

La réplique était irrésistible.

— Vous voulez dire pour veiller sur les intérêts de vos employés?

Il secoua la tête.

— Les Anglais détestent tout ce qui peut ressembler à l'esprit corporatif, hein? Mais en un sens, je suppose que votre travail pourrait s'appeler ainsi. Ou bien vous pourriez considérer que c'est une façon de faire payer les salauds qui ont fait sauter une gosse de quatorze ans. C'est le travail de son père qui a causé la mort de la petite. Ce qui signifie que j'en porte aussi la responsabilité, du moins en partie. Et ce sentiment, je l'aurai toujours en moi... Mais vous savez de quoi je parle, j'imagine.

Malin, le père Ellroy. Parfaitement capable de deviner les forces et les faiblesses des autres. Ça devait faire partie de son métier. Je baissai les yeux.

— Vous voyez, Hannah, pour l'instant, vous semblez avancer plus vite que la police... (Pause.) Du moins si, comme je le crois, vous ne leur avez pas dit ce que vous m'avez caché.

Je ne crois pas avoir secoué la tête négativement, mais pas non plus affirmativement.

— ... Alors, conclut-il, ne pourrions-nous coopérer?

Ce ne fut pas de l'antipathie ni de la méfiance, car il avait par certains côtés été tout à fait franc avec moi. Disons que je m'amusais très bien toute seule.

Il ne me laissa pas beaucoup de temps avant de lui répondre, mais j'imagine que, dans sa position, il n'était pas habitué à voir les gens hésiter. Il eut un petit claquement de langue.

— Eh bien, vous n'êtes pas obligée de décider tout de suite. Prenez le temps d'y réfléchir, O.K.? Vous savez où me trouver.

11

À un ou deux échangeurs près, Ipswich était sur mon chemin du retour, mais à l'instant où je m'installai dans la voiture, je m'aperçus d'un besoin plus urgent. Trop de café. Bien sûr, le mouvement féministe nous a donné, à nous les nanas, l'assurance d'aller pisser n'importe où, mais il s'était passé du temps depuis le petit déjeuner et si je devais m'arrêter, autant faire d'une pierre deux coups.

En cherchant les laboratoires Vandamed, j'avais dépassé un petit pub devant lequel étaient garés quelques vieux véhicules utilitaires... Des gens du coin, les racontars du coin et, avec un peu de chance, tout ce que je voulais savoir sur l'élevage des porcs.

Malheureusement, j'eus du mal à retrouver l'endroit et, en fin de compte, je dus demander mon chemin. Deux fois dans la journée! Voilà un détail dont je n'irai pas me vanter auprès de Constant, ne vendez pas la mèche.

Je quittai l'autoroute et entrai dans une cour de ferme. Deux hommes s'y trouvaient, et en m'approchant, je vis l'un d'eux déposer soigneusement à l'arrière d'une fourgonnette un objet enveloppé dans une couverture. J'aperçus la tête d'un chien pendant lourdement, il n'avait pas l'air au mieux de sa forme. Le vétérinaire (du moins c'est ce que je compris, quoiqu'il ne ressemblât guère à ceux qu'on voit dans les séries télévisées) installa le malade et referma avec précaution le hayon.

– Je vous appelle dès que je sais, Greg.

Le fermier secouait la tête d'un air désespéré. Si je n'avais pas aperçu le chien, j'aurais pensé que c'était sa femme qu'on emmenait.

– D'accord... Mais vous allez le tirer de là, hein?

– Je ferai de mon mieux.

La praticien n'avait pas l'air trop optimiste.

J'hésitai un peu à les interrompre, mais ils m'avaient vue. Je leur fis mon plus touchant sourire d'étrangère-perdue-dans-les-grands-espaces, et leur dis que j'étais à la recherche d'un pub pouvant me servir une bière correcte et un sandwich. Le fermier était trop préoccupé par l'état de son chien pour me répondre, mais le vétérinaire me dit que je n'avais qu'à le suivre, il m'en montrerait un au passage.

Je roulai donc derrière lui sur de petites routes étroites jusqu'à un croisement avec une plus grande. Là, il baissa sa vitre pour me désigner la route de gauche tandis qu'il tournait à droite.

C'était le bon pub. L'intérieur avait un parfum d'authenticité : pas de bibelots hippiques en cuivre ni de scènes de chasse dans des cadres dorés, juste quelques tables en bois massif et des chaises ordinaires. Trois hommes étaient attablés devant le feu, et un vieillard pittoresque (à coup sûr payé par l'office du tourisme local) s'appuyait au bar.

Ils me jetèrent un coup d'œil quand j'entrai et je compris immédiatement que cet établissement n'était et ne serait jamais le lieu de rencontre des célibataires esseulées de Framlingham. L'atmosphère faisait plutôt penser à Jack l'Éventreur.

J'utilisai les commodités du lieu, puis m'assis au bar. Ce dont j'avais envie, c'était d'une double vodka, mais, dans mon métier, un permis de conduire en état de marche est indispensable, alors j'optai pour une demi Lager avec deux sandwiches au fromage, bien que ceux-ci ne fussent plus de première fraîcheur.

Le type au bout du bar me gratifia d'un regard de vieux loup de mer. Je lui souris et levai mon verre dans sa direction. Il continua à me fixer. Encore un témoignage de l'incapacité de ce gouvernement à s'occuper des malades mentaux, pensai-je.

La conversation des trois hommes assis devant le feu me parvenait par fragments : les courses de lévriers, l'ensilage, un nouveau hangar dont la construction avait endetté quelqu'un jusqu'au cou,... et les porcs. C'était le grand sujet de conversation : leur poids, leur petite santé, et le temps à attendre avant qu'ils soient bons à abattre. Les derniers essais, au-dehors de chez Vandamed comme à l'intérieur, apparemment.

Ma curiosité finit par l'emporter. Je pris mon verre et m'approchai d'un air dégagé, comme pour me réchauffer auprès du feu. Ils me virent, mais firent semblant de rien.

Je chargeai, faisant feu de toute mon artillerie : la jeune journaliste enthousiaste, juste sortie d'une interview avec le directeur général des laboratoires Vandamed sur leur nouveau produit miracle et avide d'apprendre de leur propre bouche ce qu'ils en pensaient.

Je sais, c'est la couverture-bateau de tous les détectives privés, mais ça marche. Quoique d'habitude je m'en serve plutôt en milieu urbain – ils sont plus favorables à la presse là-bas. J'insistai d'abord sur les problèmes posés par l'élevage des porcs en ces temps de Marché commun. C'est ça qui est génial, en cet âge de télé-culture, tout le monde a de vagues lumières sur tout.

Cette fois, je fis aussitôt tilt, et deux des trois consommateurs me suivirent avec enthousiasme. Sept minutes plus tard, je pouvais passer à « Questions pour un champion ». Quel est le bénéfice fait par un fermier gallois en laissant brouter deux mille moutons plutôt qu'en se fatiguant à élever des porcs? – Je passe... – Réponse : soixante mille livres... Ouais, moi aussi, ça m'a étonnée.

Une fois leur indignation soulevée, il me fut facile de passer à un nouvel ordre mondial sous l'égide du BERK. Pour la première fois dans une économie de marché, la cote des porcs allait s'envoler, ainsi que le revenu des éleveurs.

– Alors Vandamed a raison, cette découverte révolutionne l'élevage porcin?... Je veux dire, leur rendement en viande va vraiment augmenter à ce point?

– Ouais... enfin, d'après leurs essais, ça semble probable.

L'homme qui venait de me répondre était sec, avec une mèche grisonnante, à moins que ce ne soit des taches de peinture.

– Allons Duncan, tu n'as pas besoin des essais pour te dire ça, tu n'as qu'à regarder ! intervint son voisin, un blond.

J'étais installée à leur table, carnet à la main, et j'écrivais furieusement. L'homme à ma droite n'avait toujours rien dit. Il me regardait faire. J'écrivis : *grosses bêtes*, mais en pseudo-sténo, de façon qu'il ne puisse pas lire, puis je levai les yeux.

– C'est stupéfiant. Et le produit ne risque pas d'affecter le goût de la viande ? Vandamed dit que le produit encourage le développement du tissu musculaire et que leur chair est moins grasse. C'est vrai ?

– Ça, on ne peut pas savoir, répondit Blondinet, apparemment tout prêt à bavarder. Comme ils en sont encore au stade d'essai, personne n'a le droit de consommer la viande. Mais on a entendu dire par quelqu'un de confiance qu'elle est savoureuse, pas vrai Duncan ?

Le petit sourire en coin était clair : avec une telle abondance de porcs destinés à l'abattoir, personne ne remarquait s'il en manquait un.

J'écrivis : *viande savoureuse.*

– Et les porcs eux-mêmes ? Est-ce que le produit change quelque chose à leur vie ?

Cette fois, le fermier numéro trois dressa l'oreille, et je lui fis un signe de tête d'un air encourageant. Il avait un visage rougeaud et ses traits rappelaient ceux de Van Morrison. Dans Oxford Street, on se serait retourné sur lui, mais ici ce n'était pas lui qui avait l'air déplacé.

– Vous consommez de la viande, mademoiselle... euh ?

– Parkin, Helen Parkin.

– Vous mangez de la viande, mademoiselle Parkin, je suppose ?

– Oui, bien sûr.

Je soutins son regard. Une tranche de cabillaud ne fait pas le végétarien, n'est-ce pas ?

121

– Alors vous aimez les côtelettes de porc?

– Oui. Le jambon et le bacon aussi.

– Si tout cela était moins cher, vous en consommeriez davantage?

– Oui, je suppose.

– Alors qu'est-ce que ça peut bien vous faire, quelle influence a ce produit sur les porcs?

Le petit homme sec lui jeta un bref coup d'œil d'avertissement. Le pseudo-Van Morrison repoussa sa bière et s'appuya à son dossier.

– Non, Duncan, je crois que nous devrions en parler. Cela intéresse notre jeune journaliste, n'est-ce pas... Helen?

Il prononça le prénom avec une légère hésitation sceptique. J'acquiesçai. Van Morrison a la réputation d'avoir un sale caractère, et j'avais toujours pensé que c'était en rapport avec la musique et le talent. Mais peut-être était-ce une question de carrure.

– Vous êtes trop jeune pour vous souvenir du rationnement, n'est-ce pas? Un œuf par semaine, un petit carré de beurre, et deux tranches de bacon coriace, ou du jambon en boîte ou un poulet étique toutes les deux semaines, si on avait de la chance. C'est bien différent, maintenant. Le lait nous coule par les oreilles et nos réfrigérateurs regorgent de viandes, de volailles, de légumes frais, et tout ça à un prix fort abordable. Vous travaillez pour la rubrique *Environnement*?

– Euh... non. Je travaille pour un peu tout, mais je m'intéresse à la vie rurale.

– Bien entendu. Alors vous devez savoir tout ça... J'ai lu un article d'un de vos confrères, récemment, qui disait que la famille britannique moyenne dépense trente pour cent de moins en nourriture qu'auparavant. Un tiers. Miraculeux, non? Et grâce à qui? À nous les éleveurs? Certes, on y est pour quelque chose, malgré le manque de subventions. On travaille du matin au soir, on essaie de gagner notre vie honnêtement et de bien nous occuper de nos animaux. Mais ce n'est pas ça qui augmente la production, du moins pas dans ces proportions-là. Non, pour atteindre ce but, nous avons besoin d'aide : des pesticides pour les récoltes et des méthodes d'élevage intensif pour la viande. Et divers produits chimiques... Plus nous les utilisons, plus nous produisons et moins nos produits sont chers, et plus les gens comme vous voulez en acheter.

Il se tut, avala une gorgée de bière. Personne ne souffla mot, il était clair qu'il n'avait pas fini. Je m'étais arrêtée de griffonner.

— Vous n'avez pas besoin d'écrire tout ça, hein? Ce n'est pas neuf, pour une fille intelligente comme vous... Où en étions-nous? Ah! oui, quelle est la conséquence du BERK sur la vie des animaux? Eh bien, tout ce qu'on peut dire, c'est que ce n'est plus comme du temps où la truie nourrissait ses porcelets pendant huit semaines, avant qu'ils ne passent des mois à la porcherie à regarder le monde, le groin dans la boue. Maintenant, c'est un peu plus... intensif, dirions-nous. Un porcelet est sevré à vingt et un jours et se retrouve à l'étal du boucher cinq mois plus tard. Entre-temps, il vit entassé avec des centaines d'autres à manger, chier, et jouir des plaisirs de l'existence. Je doute qu'il se rende compte de l'existence du BERK. Il grandira juste un peu plus vite, verra un peu plus souvent le vétérinaire, et mourra un peu plus tôt. Dans un cas comme dans un l'autre, je n'aimerais pas être à sa place. Et vous non plus, très certainement. Mais jusqu'à ce que vous et les autres soyez prêts à manger un peu moins de viande ou à la payer beaucoup plus cher, il en sera ainsi, n'est-ce pas?

Quand il se tut, on aurait entendu voler une mouche. Tous les yeux étaient fixés sur moi, ceux du vieux loup-de-mer, de Duncan, de Blondinet et de l'autre. Toujours le vieil antagonisme ville-campagne. Ils produisent, on consomme et les deux parties se sentent exploitées. De vieilles rancœurs, bien plus anciennes que l'affaire des vaches folles. Je tripotai mon crayon.

— Et ce nouveau produit, le BERK, quel effet a-t-il sur les animaux? Vous croyez que ça pourrait avoir un rapport avec l'explosion de la voiture de Tom Shepherd? ajoutai-je plus bas sans le quitter des yeux.

Un frémissement passa sur le reste de l'assemblée, mais Van Morrison *bis* ne cilla pas.

— Vous n'avez pas compris, jeune Helen. Le problème, ce n'est pas le produit, c'est vous, les consommateurs.

— Alors pourquoi ne le clamez-vous pas sur les toits, pourquoi ne nous obligez-vous pas à vous écouter?

Il secoua la tête, comme s'il n'en voyait pas l'intérêt. J'insistai.

— Je ne plaisante pas! Si vous êtes contre tous ces produits, pourquoi en utiliser un de plus?

Ça n'avait pas l'air idiot, mais nous savions tous que c'était un argument qui ne menait nulle part.

— Parce que si, avec le BERK, on gagne une semaine sur l'élevage d'un porc, multipliez par deux mille, ça fera une telle somme que, même si moi je refuse, mon voisin acceptera. Et que moi et tous ceux qui auront refusé, nous serons ruinés avant de pouvoir dire ouf. Et parce que, en fin de compte, ce n'est qu'une question de degré et que, quand il s'agit de l'intérêt de mes bêtes, j'en sais encore plus que les cinglés qui veulent abattre les clôtures et les laisser courir dans la nature. Bien que vous, naturellement, puissiez regarder ce point de vue avec sympathie. Quel est votre journal, avez-vous dit?

Je déglutis.

— Je ne l'ai pas dit. Mais c'est le *Daily Telegraph*.

Il me gratifia d'un large sourire.

— Eh bien, mademoiselle Parkin, nous attendons avec impatience la parution de votre article. Si toutefois il est publié.

Je fermai mon carnet et me levai aussi dignement que possible. Je tendis la main, mais personne ne la prit et tous les yeux étaient encore fixés sur moi quand je sortis.

Sur le parking, je n'arrivai pas à retrouver mes clefs. Ne croyez pas que j'étais bouleversée, mais, quand même, un peu déconcertée. J'avais encore une fois chargé sur mon blanc destrier, armée de tous mes idéaux de justice et de vérité. Vraiment stupide. À mon âge, j'aurais dû savoir que, dans la plupart des cas, les Bons sont juste un tout petit peu moins mauvais que les Méchants.

Mes clefs étant toujours introuvables, je vidai mon sac sur le capot, et repartis de zéro. Je regardais dans une autre direction lorsqu'un jeune homme sortit par ce qui devait être la porte arrière du pub, et je ne lui prêtai guère d'attention jusqu'à ce qu'il arrive près d'une moto garée de l'autre côté du parking et lève son casque pour le mettre. Alors, je ne saurai jamais si ce fut un effet de lumière ou un tour joué par mes yeux, ou bien la conséquence de mon ardent désir de le retrouver qui rendit ce trois quarts soudain familier. Avant que j'aie compris la raison de ce coup au cœur et que je me sois retournée, le casque était mis et le motard enfourchait son engin. Il s'arrêta un instant pour retirer sa cigarette de sa bouche et la jeter dans la haie, puis démarra à l'instant où je hurlai pour l'appeler. Il ne m'entendit pas. Je ramassai le bazar étalé sur le capot, saisis mes clefs et me précipitai sur la portière. J'eus beau être rapide comme l'éclair, il était déjà sorti du parking lorsque je démarrai, et quand je fus sur la route, il avait disparu et il ne restait même pas un bruit de moto pour me guider sur la direction prise.

Je m'arrêtai et restai quelques minutes à réfléchir sans sortir de voiture, le cœur cognant comme la batterie de Dave Clark. Je sortis la photo de l'enveloppe et l'examinai une fois de plus. Et si je retournais au pub leur demander? Mais je ne les voyais guère se montrant si coopératifs. Et si l'homme que j'avais entraperçu était bien celui de la photo, que diable faisait-il si près de Vandamed? À moins que sa couverture n'ait été meilleure que je me le figurais : un ex-employé des laboratoires revenu boire un pot avec les copains?

Trop de questions auxquelles je ne savais répondre. Il était temps d'avoir recours à l'enseignement supérieur.

12

L'INSTITUT DE TECHNOLOGIE d'Ipswich était une misé-
rable bâtisse décrépite datant des années 60, un bloc
de béton noirci par la pluie et les fientes d'oiseau, dont la vue
aurait fait grimper le prince Charles au rideau.

J'attendis au service d'accueil qu'on ait retrouvé un
chèque pour une boursière qui semblait bien trop jeune pour
avoir l'âge d'obtenir une bourse. Les bourses... leur souvenir
est aussi lointain que mon enfance, maintenant. Peut-être me
reviendra-t-il à quatre-vingt-dix ans, mais en vaudra-t-il la
peine ?

La responsable de la scolarité ne se souvenait pas d'un étudiant du nom de Malcolm Barringer. Je lui aurais bien montré la photo, mais cela risquait d'éveiller ses soupçons et, de
toute façon, il ne lui fallut que quelques instants pour me
renseigner : Barringer, Malcolm, troisième année d'informatique.

– Où pourrais-je le trouver ?
– Eh bien, essayez un des laboratoires d'informatique...
Ceux-ci occupaient deux étages. Les étudiants groupés
autour des terminaux me rappelaient les porcs dans leurs
compartiments de ciment, produisant de la viande pour des
consommateurs qui ne voulaient surtout rien savoir de plus.
Entre Maringo le philosophe et le fermier du pub, j'allais
droit à la crise de conscience. Peut-être Malcolm Barringer
serait-il mon chemin de Damas.

Je demandai à une étudiante rencontrée au distributeur de
boissons si elle le connaissait. Oui, répondit-elle, et elle

venait de le voir entrer dans le laboratoire, il travaillait à l'ordinateur du bout, dans la salle d'en face. Il y a des fois où tout vous tombe tout rôti dans le bec.

Je la remerciai et entrai. Barringer me tournait le dos. Il portait des jeans, un tee-shirt blanc, et j'avisai un Perfecto râpé sur le dossier de sa chaise. L'uniforme de son âge. Je crus reconnaître le blouson aperçu sur la moto et m'approchai. Concentré sur son travail, il écrivait quelque chose. J'aperçus des points noirs sur sa nuque.

– Malcolm Barringer?

Il se retourna et, en le voyant de profil, je sus immédiatement qu'il ne pouvait être mon inconnu. Il y avait toutefois une certaine ressemblance et je voyais bien comment Alan Grafton avait pu s'y tromper : même âge, même teint, et une certaine similitude dans la forme du visage. Point final. Le jeune homme devant moi était encore un adolescent aux traits banals et incertains, avec un menton déjà un peu mou. Aucun rapport avec James Dean jeune ou Matt Dillon. J'avoue avoir été un brin désappointée, mais pas vraiment surprise. Notre entrevue fut brève, je n'avais pas grand-chose à lui demander. Oui, il s'appelait bien Malcolm Barringer. Non il n'avait jamais posé sa candidature pour un emploi temporaire aux laboratoires Vandamed, bien qu'il eût, à la fin de sa première année, travaillé quelque temps pendant les vacances dans une petite compagnie de produits pharmaceutiques, à Londres. Quant à l'été dernier, il l'avait entièrement passé à visiter la Turquie avec sa petite amie, et n'était revenu que le lendemain de la rentrée.

Se servir de son nom, de son C.V. à l'Institut de technologie et citer en référence son emploi temporaire de l'été précédent n'avait pas dû être bien compliqué. Les détails étaient faciles à trouver, et aussi faciles à vérifier sans aucun risque pour l'imposteur. De toute évidence, les laboratoires Vandamed n'avaient pas vu la nécessité de pousser très loin leurs recherches. Leur service de sécurité n'était toujours pas à la hauteur, et Constant aurait bien dû postuler pour s'en charger. Les yeux fermés, il aurait pu leur apprendre une chose ou deux.

Quant à moi, j'en avais assez.

17 h 10 à la pendule au-dessus de la tête du jeune étudiant. Cette fois, je n'avais pas oublié notre rendez-vous, mais je m'étais laissé absorber par ma tâche. J'essayai d'appeler Nick pour le prévenir, mais le problème avec un amant psychothérapeuthe, c'est qu'il est toujours en conversation avec quelqu'un d'autre.

Si la route du retour n'avait pas été la A 2, j'aurais pu arriver à l'heure. Mais les encombrements et des travaux en plusieurs endroits firent qu'il était plus de 20 heures quand j'arrivai au centre-ville. Vint ensuite l'apaisante activité de trouver une place de stationnement dans ce quartier. En fait, il faudrait deux voitures, à Londres, une pour la conduire et l'autre pour aller récupérer la première à la fourrière. Finalement, j'arrivai à me glisser dans un étroit espace le long d'une rue du quartier chinois, et à ce moment-là, ce n'était plus la peine de me dépêcher. J'arrivai au théâtre à 20 h 25. Nick avait laissé mon billet à la caisse et était entré sans moi... mauvais présage. Et quand j'essayai d'en faire autant, je découvris que c'était *verboten* jusqu'à l'entracte.

Je m'installai au bar avec un Perrier et fis un inventaire de mon stock d'excuses. Puis je réfléchis à la journée qui venait de s'écouler. Étrange... À mon réveil ce matin, les porcs étaient juste des aliments vite préparés. Maintenant, ils semblaient en passe d'influencer le sens même de ma vie, ou pire. Maintenant, je me dis que j'aurais dû réfléchir un peu moins, et consacrer davantage de temps à cultiver mon sentiment de culpabilité. Mais je n'avais pas pensé que Nick prendrait si mal mon retard. Eh oui, il arrive aussi aux psychologues de perdre patience!

— Excuse-moi, Nick...

— Tu ne fais que ça, t'excuser, Hannah Ça devient le refrain de chacune de nos rencontres.

— Nick, je te jure que j'avais prévu une marge de temps suffisante. Je me suis fait coincer dans les embouteillages, c'est tout.

– Oui...

– Allons... Au moins, tu n'as pas à faire la queue pour boire un verre à l'entracte.

Je poussai vers lui un whisky-Perrier. Il haussa les épaules d'un air peu convaincu et prit son verre.

– O.K. Et maintenant, raconte-moi ce que j'ai manqué, chéri...

L'intrigue était un peu plus compliquée que je ne m'y attendais. C'était une de ces pièces policières à thème moral, dans lesquelles personne n'est celui qu'il paraît être et il faut écouter la version que donne chacun du même événement pour trouver la réponse, qui n'est d'ailleurs pas nécessairement la vérité. Tout à fait le genre de problème auquel je me trouve constamment confrontée. Pour le moment, je n'arrivais pas à résoudre le mien, alors celui d'un autre... Pour commencer, qui était le pseudo-Malcolm Barringer puisqu'il n'était pas le vrai? Et que cachait la société Vandamed (blanche comme l'agneau qui vient de naître) à propos de son cher Dr Shepherd?

– ... Hannah?

– Oui?... Je veux dire... Ça a l'air très intéressant. C'est certainement aussi bon que tout le monde le dit.

Il se contenta de me regarder sans répondre. Il m'arrive parfois de souhaiter qu'il ne soit pas si expert à deviner ce que les gens s'efforcent de cacher. Je me penchai et lui pressai la main.

– Je t'écoute, Nick, je t'assure. C'est juste que j'ai vécu une si étrange journée...

– Tu veux dire comme celle d'hier et d'avant-hier? Et aussi la semaine dernière?... C'est ton travail, Hannah, et comme chacun de nous, c'est à toi de décider où il s'arrête et où, toi, tu commences. Si je me conduisais ainsi quand nous sommes ensemble, tu serais la première à pousser les hauts cris.

Bien envoyé. Et on n'a pas toujours le temps d'esquiver les projectiles.

– Je le sais bien. Ce n'est pas que je ne...

129

Je fus (heureusement pour moi, me direz-vous) sauvée par la sonnerie annonçant la fin de l'entracte.

— Excu...

Nick ferma les yeux et me donna une bourrade amicale.

— Vas-tu arrêter de me dire ça!

Compte tenu du fait que je ne comprenais rien à ce qui se passait, la deuxième moitié de la pièce était excellente. J'écoutai de toutes mes oreilles, de façon à être ensuite capable d'en discuter intelligemment mais, en fait, il n'y eut guère de discussion en retournant à ma voiture. Au début, je pris le mutisme de Nick pour de la bouderie, et il me fallut un moment pour comprendre que c'était plus sérieux. En arrivant à mon véhicule, il m'embrassa. Nick est plutôt bon pour embrasser, alors, quand le cœur n'y est pas, ça se remarque. Il me lâcha, et recula d'un pas. J'ouvris la portière, mais il ne bougea pas.

— Tu ne rentres pas avec moi?

Il secoua la tête.

— Tu réfléchis si intensément que ta cervelle grésille. Je dors mieux sans la pluie d'étincelles.

— Tu pourras m'aider à me détendre, dis-je d'un ton provocant.

Mais je ne suis pas très douée pour jouer les Messaline.

— Ouais, mais toi, pourras-tu en faire autant?

Je souris bravement.

— D'accord, compris. Excu... je veux dire, non, je ne... je... euh... Merci de m'avoir invitée au théâtre, je te promets de mieux me conduire la prochaine fois. On se revoit quand?

Il eut un petit rire.

— Eh bien, d'après mon agenda, c'est cette semaine le week-end de Josh chez ses grands-parents, alors, en principe, on devait partir quelque part, tous les deux. Mais c'est à toi de décider.

— Le week-end... ah! oui... je...

Il me laissa patauger quelques instants, ce qui n'améliora rien.

— Oh! allons, Hannah, finit-il par dire, plus impatient

130

qu'irrité. Ce n'est quand même pas si difficile à décider. Tu crois vraiment que partager ma chambre d'hôtel va sonner le glas de ta précieuse indépendance? On se connaît depuis six mois, je ne veux pas t'épouser, je n'ai pas l'intention de te faire un enfant, je ne suis même pas certain de vouloir passer le prochain Noël avec toi. Toutefois, quand nous sommes ensemble, j'aimerais te sentir avec moi. Je sais combien ton travail compte à tes yeux, et je ne considère pas non plus le mien comme un détail secondaire. Et je n'ignore pas combien tu es bouleversée pour la petite. C'est juste que je ne veux pas d'une femme qui ne sait pas où elle en est. J'ai connu ça pendant sept ans, ça m'a largement suffi.

Il me regarda dans les yeux. Un homme et une femme qui descendaient la rue nous dévisagèrent et continuèrent, remerciant le ciel de ne pas être, eux, en train de se disputer. Bonne leçon... Il y a toujours, quelque part, quelqu'un de plus malheureux.

Je regardai mes pieds. Comment se fait-il que, dès qu'on se fâche après moi, j'ai l'impression d'avoir cinq ans? Quelque chose à voir avec l'autorité paternelle, sûrement. On pourrait peut-être en parler *post-coitum*. Du moins s'il y a encore un autre *post-coitum*.

Je finis par me montrer sincère, bien que je doive avouer que mes paroles ne parurent pas très convaincantes.

— Tu as raison, Nick... Je suis désolée!

Il hocha la tête.

— Ouais, moi aussi. Je passe trop de temps à parler à des enfants, Mary disait toujours que ça me rendait papelard... Attendons un peu, O.K.? Si tu veux qu'on parte quelque part, fais-le-moi savoir. Sinon, appelle-moi quand tu auras envie de me revoir.

Je le regardai s'éloigner. Nick est un beau gars bien bâti... Toujours la vue de dos, hein? Le fait est que, quand ça me prend (ce qui est généralement le cas lorsque je me suis débrouillée pour le mettre hors de ma portée), il me branche toujours furieusement. C'est pourquoi ces envies sont dangereuses, on ne peut jamais savoir combien de temps elles vont durer. Que se passera-t-il, si nos ébats sont interrompus par un troupeau imaginaire de porcs obèses en train de piétiner ma libido?

Je donnai un coup de poing dans la portière. Bon Dieu de bon Dieu, comment se fait-il que ce qu'on veut donner et ce qu'ils veulent prendre ne coïncident jamais? Je devrais peut-être soumettre le problème à un psychologue...

Je repartis vers le nord de la ville avec la stéréo hurlant un air jeune et insouciant. Pour tout arranger, je mourais de faim, deux sandwiches au fromage depuis le petit déjeuner, c'était un peu juste. Ça m'a toujours semblé un sale coup de la nature, d'être obligée de manger si souvent pour continuer à fonctionner.

Je rentrai chez moi par de petites rues et m'arrêtai au *Cafard Doré*, une gargote proposant des plats à emporter, et le seul endroit susceptible d'être encore ouvert après 23 h 30 en semaine.

Peter s'affairait au barbecue, comme il le faisait depuis son arrivée de Chypre plus de trente ans auparavant. Ça devait lui rappeler la chaleur de son île natale, mais ça ne suffisait pas à le guérir de son mal du pays, à en juger par sa consommation de whisky. D'un autre côté, il faisait partie de ces gens qui ne se sentent bien que quand ils sont malheureux, ou vice versa. Je lui avais acheté des brochettes pendant deux ans avant qu'il ne daigne me reconnaître. Puis, un lundi soir, alors que j'attendais qu'elles soient prêtes, il s'était penché par-dessus le comptoir pour me verser une rasade de tord-boyaux. À partir de là, nous avions fait un concours pour voir celui qui ferait rouler l'autre sous la table, et je n'ai pas honte d'avouer qu'il avait gagné haut la main. Tout ce que je sais de lui vient de cette soirée de beuverie, et maintenant je suis pour lui la fille qu'il n'a jamais eue. Ces Grecs, avec leurs grands sentiments et leur goût du tragique...

Ce soir-là, il était encore plus sinistre que d'habitude. Comme le sont parfois les pères. J'attendis en regardant la broche tourner lentement et la graisse tomber goutte à

132

goutte sur le plateau en dessous. J'avais tellement faim que l'odeur de viande me contractait l'estomac. Si c'était une cuisse d'agneau, elle venait du plus gros agneau que j'aie jamais vu. *Agneau*... C'est bizarre, le mot évoque plus un morceau de viande qu'une petite bête blanche et laineuse.

– Ça vous arrive, de penser aux animaux de boucherie, Peter?

– Qu'est-ce que vous dites? maugréa-t-il.

– Les bêtes... les agneaux... Vous les imaginez quelquefois en train de gambader dans les champs plutôt qu'à la broche?

Mais il était trop endurci pour se laisser émouvoir.

– Écoutez, vous les voulez, vos brochettes, ou pas?

– Je les veux!

Pas l'ombre d'une hésitation, devenir végétarienne signifierait non seulement se passer de brochettes d'agneau, mais aussi ne plus voir Peter. Je remis la décision au lendemain. Bénis soient les faibles car ils rendent les forts encore plus contents d'eux-mêmes!

Mon appartement avait un air hostile et inhabité. Tant pis pour toi, Hannah, tu as pris ta décision, tu en paies le prix. Mais il y avait quand même un signe de bienvenue : le répondeur me faisait des clins d'œil. J'écoutai les messages.

Numéro un : « Salut Hannah! Pourquoi ne te décides-tu pas à sortir de ton bain?... Ça en vaut la peine. »

Constant ne se renouvelait guère. Je le vis, les pieds sur son bureau, serrant contre son cœur la bouteille de Glenfiddich extirpée du dernier tiroir du fichier.

« ... O.K. J'ai pensé que tu aimerais savoir que Shepherd essaie de te contacter. C'est urgent, paraît-il. Peut-être craint-il que tu ne prennes le parti de sa femme, maintenant que tu la connais... »

Ainsi Constant était lui aussi au courant des détails sordides. Je parie que ses copains s'étaient bien régalés à lui raconter tout ça. Dieu merci, je n'avais pas assisté à leur conversation!

La machine fit entendre une deuxième fois son signal.

« Bonjour, ici Tom Shepherd. Il faut que je vous parle. Je serai chez moi à partir de midi. »

133

Vous voyez bien, j'avais mieux fait de rentrer seule. Nous aurions monté l'escalier en nous câlinant, et après, j'aurais perdu tout intérêt pour la suite. C'est ça, l'ennui, avec un travail comme le mien, il y aura toujours un autre homme quelque part. Tom Shepherd, enfin!

13

J'ARRIVAI CHEZ SHEPHERD à midi pile. Pour un accro du travail, il passait bien du temps chez lui.

Je n'y étais pas revenue depuis l'explosion de la voiture piégée, mais mes appréhensions n'étaient pas justifiées : il ne subsistait aucune trace de l'attentat. Les vitres aux fenêtres des maisons avoisinantes avaient toutes été remplacées, et une autre automobile était garée à l'emplacement fatidique. Rien ne s'oublie aussi vite que les événements de la veille.

Mais si les lieux n'ont pas de mémoire, les gens, eux, en ont une. Shepherd entrouvrit la porte avant de retirer la chaîne et il avait toujours l'air aussi mal en point, avec une barbe de cinq jours et un teint couleur de pâte à tarte trop longtemps pétrie. Son chagrin, plus que celui de sa femme, ressemblait à du désespoir : il n'avait pas, lui, la ressource de quelqu'un à aimer. J'avais beaucoup appris sur lui depuis notre précédente entrevue, et cela aurait dû me rendre plus compréhensive. J'avais autrefois eu un amant qui, au beau milieu de notre liaison, avait découvert les charmes des amitiés particulières. Mais il y avait longtemps, et je n'avais pas été mariée à lui pendant treize ans. C'était indubitable, Tom Shepherd méritait ma compassion. Mais j'avais du mal à en éprouver un iota.

Il me fit entrer au salon, que, depuis l'autre soir, j'avais un million de fois revu dans ma tête. Et la scène, une fois de plus, surgit devant mes yeux : Mattie vautrée sur le sofa, la télécommande en main, furieuse contre le monde entier parce qu'elle n'arrivait pas à être assez furieuse contre ceux qui comptaient à ses yeux.

Je m'assis sur une chaise, Shepherd se percha au bord du canapé, coude sur les genoux, comme un coureur en position de départ. Il attaqua d'emblée, brutalement, sans me regarder, les yeux fixés sur le tapis.

– Je veux que vous arrêtiez de parler à tort et à travers. Vous n'en avez pas le droit, ça ne fait de bien à personne.

– Vous parlez de vous?

– Pour qui vous prenez-vous? Mattie n'était pas votre fille, vous n'avez passé que quelques heures avec elle. Ce que vous faites n'arrange rien, ça rend tout plus difficile.

Bien sûr, il y a des savants qui finissent pas ne plus pouvoir utiliser que des formules au lieu de mots, mais je ne l'aurais pas classé dans cette catégorie-là. Peut-être était-ce le chagrin qui appauvrissait son vocabulaire et lui donnait un langage infantile. Sa voix, même, avait une intonation boudeuse.

– ... Je vous l'ai déjà dit, continua-t-il, ceci ne vous regarde pas!

J'avais plusieurs réponses toutes prêtes, mais s'il me faisait sortir de mes gonds, nous n'arriverions nulle part.

– Comment avez-vous su que je continuais mon enquête?

Il ferma brièvement les yeux.

– Par Edward Brayton.

Je fronçai les sourcils.

– Le fermier, au pub, hier soir. Il m'a appelé pour m'avertir qu'une journaliste traînait dans le coin en posant des questions. Une activiste de la Société pour la défense des droits des animaux, à son avis. Mais moi je pense que c'était vous.

Bon, pas la peine d'avoir le prix Nobel pour arriver à cette conclusion. Et on m'avait prise pour une militante de la S.D.D.A., là-bas? En y réfléchissant, le petit père Brayton s'était plutôt bien débrouillé pour m'embobiner. Pas étonnant, d'ailleurs. Alors, tout ce baratin sur les pauvres petits cochons, c'était sincère ou c'était pour me faire parler?

– Il m'a appris quelques détails fort intéressants sur le BERK, avançai-je pour voir sa réaction.

– Le BERK n'a rien à voir avec ça, vous n'y connaissez rien. Si la S.D.D.A. voulait s'en prendre aux accélérateurs de croissance, elle aurait fait sauter une douzaine de personnes avant d'en arriver à moi. C'est juste un produit comme un autre destiné à l'agriculture.

– Très bien. Alors si la raison de l'attentat n'est pas le BERK, quelle est-elle?

– Je vous l'ai déjà dit, je ne sais pas. Et je ne veux pas le savoir... Vous ne comprenez donc pas? Ma fille a été tuée, et ce n'est pas trouver pourquoi qui va la ramener. Je veux que vous la laissiez en paix, et moi aussi. Vous avez déjà fait assez de dégâts.

Je le regardai fixement. Je voyais de qui Mattie tenait son obstination. Mais moi aussi je suis obstinée.

– Ce qui veut dire quoi?

– Que vous avez été généreusement payée pour empêcher qu'il arrive quelque chose à ma fille...

– ... mais qu'elle est morte et que moi je suis en vie, c'est ça?... Eh bien, je vous demande pardon de ne pas avoir sauté avec elle, cela vous aurait sans doute bien arrangé, hein?

Ma question se voulait ironique, mais peut-être avais-je mis le doigt sur la vérité. Il aurait sans doute préféré me savoir morte que m'avoir là, devant lui, à brandir des accusations. J'en avais bien l'impression, en tout cas.

– Je vous avertis, mademoiselle Wolfe, si vous continuez à me harceler ou à harceler mes amis, je serai forcé de faire intervenir la police.

Ah! oui, et pour lui dire quoi?

Ses derniers mots étaient exactement ceux qu'il ne fallait pas prononcer, il aurait dû deviner qu'ils me feraient voir rouge. Mais, en toute sincérité, je ne crois pas qu'à ce moment-là il ait été capable de réfléchir clairement.

– Dites-moi, docteur Shepherd, quelle sorte de documents conservez-vous dans votre bureau?

– Pardon?

– Je veux dire, y gardez-vous des papiers pouvant intéresser le Comité de lutte pour la libération des animaux?

— Je ne comprends pas...

Vous pouvez me croire, il avait tout d'un coup l'air d'être sur des charbons ardents.

— Je veux dire... on dirait bien que c'est le cas... vu toutes ces serrures à votre porte... ce cambriolage... dans le courant de l'an dernier, n'est-ce pas?

— Je ne vois pas du tout ce à quoi vous faites allusion.

Je ne voulais pas tant lui faire du mal que me venger, et je sentais bien que j'étais sur le point de commettre une action dont je ne serais pas très fière ensuite. Mais ça, ce serait plus tard, et on était maintenant. Et j'en avais par-dessus la tête de tous ces sermons de machos sur mes responsabilités.

— Je fais allusion au fait que votre fille avait une liaison avec un garçon qui a travaillé, à un moment, sous un faux nom aux laboratoires Vandamed, et s'est ensuite fait embaucher comme aide-jardinier au pensionnat de Debringham. Il y a fait sa connaissance. Sous son influence, elle s'est intéressée à la S.D.D.A. : son casier était plein de prospectus du mouvement. Puis il l'a persuadée de fouiller dans les affaires de son papa... Son papa dont, à ses yeux, l'obsession pour son travail était responsable de la fuite de sa mère dans les bras d'une autre femme, et de sa propre relégation dans un pensionnat. Tout ça pour pouvoir se consacrer à sa chère recherche.

Je lus sur son visage que, même s'il avait appréhendé le pire, ce que je lui apprenais était plus terrible. Il déglutit, et je vis sa pomme d'Adam se crisper, comme s'il avait la gorge serrée.

— Vous racontez n'importe quoi! articula-t-il.

— Ah, bon! Alors expliquez-moi comment il se fait que, quelques minutes avant sa mort, j'ai trouvé Mattie dans votre bureau en train d'explorer vos fichiers. Et elle avait bien l'air d'avoir trouvé ce qu'elle cherchait.

Alors ses défenses s'effondrèrent. Il me regarda, et son visage était blême. Il se leva et me tourna le dos, avec des mouvements lents et pénibles, comme un homme qui vient d'avoir une attaque. Il se rattrapa au dossier de la chaise, et je commençai à mesurer ce que j'avais fait.

— Elle vous a dit quelque chose?

Sa voix était rauque.

— Non, rien... Écoutez, docteur Shepherd, je n'ai pas l'intention d'ajouter à votre chagrin, mais si vous pouviez me dire ce que vous avez essayé de me cacher, je vous promets de trouver ceux qui l'ont tuée.

J'étais tout à fait sincère. Il se retourna et, pour la première fois, eut l'air d'un être humain avec qui toute communication n'était pas impossible. Mais il ne voulait toujours pas parler.

— Je... j'ai besoin d'être seul un moment... Excusez-moi.

Je restai quelques minutes immobile, espérant qu'il allait changer d'avis, mais il paraissait avoir oublié ma présence. Je finis par me lever sans bruit et par rassembler mes affaires. À la porte, je me retournai.

— Docteur Shepherd, je ne crois pas que Mattie ait voulu vous nuire. Mais celui qui a posé la bombe sous la voiture le voulait. Et si vous refusez de me dire ce que vous savez, il est tout à fait possible qu'il fasse une nouvelle tentative.

Ce n'était pas un mauvais argument; moi, il m'aurait fait réfléchir. Mais, pour lui, il était déjà trop tard.

Maintenant, je comprends mieux Tom Shepherd, mais ce n'est plus le moment. La vie est pleine de ces défauts de synchronisation. Je refermai derrière moi la porte d'entrée, en veillant à ce que chaque serrure soit bien enclenchée. Je retournai d'un pas lent à la voiture, dépassai l'emplacement où l'adolescente était entrée dans mon avenir en sortant de mon passé. Je voulais m'éloigner le plus vite possible de cet endroit, mais, une fois sur le siège de la Polo, je devins incapable d'esquisser le moindre geste. Mes regards revinrent sur la maison, une lampe s'alluma dans le bureau. Tom Shepherd, à l'instar de sa fille, explorait ses fichiers, et cherchait dans ses dossiers ce qui pouvait lui avoir été dérobé.

Il avait ses raisons de se sentir coupable, comme moi les miennes. Dans cette même pièce, j'avais interrompu une conversation téléphonique entre Mattie et le militant de son cœur. Ce qui fait qu'elle avait raccroché trop tôt, pris les clefs de la voiture et marché vers la mort. Ce n'était pas entièrement de ma faute, mais je portais une part de responsabilité.

J'apercevais Shepherd près de la fenêtre, un objet à la main. Je sortis de voiture et traversai la rue pour mieux voir. Il ne me remarqua pas, il était bien trop occupé à parler au téléphone.

Je retournai au bureau qui, après l'élégance de bon aloi du quartier de Maida Vale, me parut encore plus miteux qu'avant. D'ailleurs, il me fait toujours cet effet-là, quand je suis restée quelques jours sans y aller. Constant, apparemment, n'y avait pas passé beaucoup de temps non plus. Il était près de 13 heures. Ou bien il était en opérations, ou bien il venait juste de terminer et, dans ce cas, ne serait pas difficile à trouver.

Dix sur dix : il était dans un coin du pub, avec une chope devant lui, et son air découragé me surprit. En général, quand ça ne va pas, je sais reconnaître les symptômes à l'avance, mais, ces derniers temps, je ne lui avais guère prêté attention. Il lui arrive parfois de penser avec nostalgie à l'époque où il travaillait dans la police, mais l'unique fois où j'y avais fait allusion, il s'était lancé dans une dithyrambique description du plaisir d'être son propre patron. Et même après trois ans de collaboration, je ne le connaissais pas assez bien pour me sentir autorisée à pousser mes investigations sur ce sujet. Mais s'apercevoir qu'on a besoin de lui est généralement excellent pour son moral, et Dieu sait si j'avais besoin de lui !

Je revins du bar avec une grande bière, un scotch et deux paquets de chips... mon stock de pacotille à troquer.

Je les posai sur la table, il regarda le verre, puis leva les yeux vers moi.

— Qu'est-ce que tu me veux ? grommela-t-il.

— Qu'est-ce qui te fait croire que je te veux quelque chose ?

— C'est une chope d'un demi-litre que t'apportes, non ? Deux fois plus chère que la petite.

Voilà ce que j'appelle un ex-flic honnête.

— D'accord. Cinq minutes de ton temps?

— Tu sais que tu me soulèves le cœur, Hannah... Tu te considères comme féministe, et, pour arriver à tes fins, tu n'as aucune honte à faire du gringue aux hommes.

— C'est à ton cerveau que j'en ai, pas à ton corps.

— Je t'assure, tu devrais te méfier. Tous les hommes n'ont pas des ego aussi blindés que le mien. Avec ce genre de remarque mal placée, tu recevras un coup de poing en pleine figure, un de ces jours!

Je tirai en souriant une chaise pour m'asseoir.

— Merci, Constant!

— Tu as obtenu tous ces renseignements plus une offre d'emploi de la part d'une multinationale, et tu oses te plaindre?

— Je ne veux pas travailler pour Vandamed!

— Je sais, les laboratoires Vandamed ne se sont pas montrés gentils du tout envers un couple de lesbiennes, c'est absolument affreux, n'est-ce pas?

Je lui répondis par une grimace.

— Ou alors tu trouves que leur bénéfice annuel est obscène..., continua-t-il. Je sais bien que ce genre de chose te scandalise, Hannah, mais je t'avais avertie : le métier de détective privé n'apporte que souffrance et déception. Par exemple, quand tu finis par être obligée d'admettre qu'en fin de compte les Bons ne s'avèrent pas toujours être les Méchants.

— Allons, Constant, ils ont été beaucoup trop gentils envers moi.

— Tu es détective privé, ils sont toujours ou trop gentils ou trop désagréables. La police a le même réflexe.

— Et c'est tout ce que tu as à me suggérer? C'est pour ça que j'ai payé pour une livre soixante-dix de bière?

— Bien fait pour toi, ça t'apprendra à essayer de corrompre un ex-flic!... O.K., tu es sûre que c'était bien lui?

– Non. Il était à l'autre bout du parking, et ma photographie n'est pas très caractéristique. Mais il ressemblait beaucoup à l'homme-mystère.

– Et l'homme-mystère n'est pas Malcolm Barringer.

– Non. Ça, j'en suis certaine.

– Hum... Mais il y a quelque chose qui ne colle pas, n'est-ce pas? S'il était ce que tu crois qu'il est, qu'est-ce qu'il ferait dans le coin?

– Du moment que personne ne connaît sa véritable identité, pourquoi n'irait-il pas? Peut-être aime-t-il vivre dangereusement; j'ai bien l'impression qu'il est de ce genre-là.

Il me jeta un bref coup d'œil.

– Tu commences à le connaître, hein?

– Un peu...

– Fais attention, Nick va être jaloux... Alors, c'est comme ça que tu vois le mystérieux inconnu : un rebelle en train de défendre sa cause... ou bien un personnage moins romantique et plus sinistre?

– Je ne sais pas.

– Mais tu sens que Shepherd a quelque chose à cacher, un secret assez grave pour justifier un assassinat.

Je revis le visage hanté du chercheur, ses joues creuses. Il était difficile de démêler le chagrin de la culpabilité, mais pas impossible.

– Oui.

– Ben tu as de bonnes raisons pour en savoir plus que moi sur ces deux cinglés, mais, d'après mes informations, il est difficile d'imaginer ce que Shepherd aurait pu faire pour mériter d'être réduit en miettes. Je veux dire, quel est le degré de sensibilité d'un porc? Je suppose que tu es certaine que c'est un problème de porcs.

– Constant, pour tout dire, je ne suis certaine de rien du tout.

– Hum... Tu as toujours, bien sûr, la possibilité de tout raconter à la police. Ils seront enchantés d'apprendre combien tu en sais plus qu'eux.

– Merci du conseil!

Il me regarda, attendit. La plaisanterie n'était pas drôle.

— Je sais bien que tu crois que je leur ai caché quelques détails...

— Je ne le crois pas, Hannah, je le sais.

— Écoute, Constant, si je leur raconte tout ça, l'affaire ne sera plus la mienne. Et je n'en serai pas moins celle qui a laissé la petite aller à la voiture.

Il hocha la tête.

— À mon avis, ça ne vaut la peine de s'en vouloir que si on a commis une erreur. Mattie avait quatorze ans, elle t'a demandé de la laisser aller chercher quelque chose dans la boîte à gants, tu ne pouvais pas savoir que l'automobile de son père était piégée.

Je fermai les yeux. Quand Tom Shepherd me l'avait dit, la remarque m'avait rendue furieuse, maintenant elle me brisait le cœur.

— Je n'en devais pas moins l'accompagner.

Il sourit.

— Tu es vraiment têtue comme une bourrique, hein? La raison pour laquelle je t'ai embauchée quand tu es venue me voir pour la première fois, c'est que tu me faisais un peu pitié. Et puis, tu savais te servir d'un ordinateur. Mais tu t'en es plutôt bien tirée, pour une femme. Eh bien, je n'ai pas de solution-miracle à ton problème. J'ai l'impression que ta carte-maîtresse est toujours la photo du Roméo. Pourquoi ne la montres-tu pas à Ben Maringo? Peut-être que l'un ou l'autre des militants modérés le reconnaîtront et le vendront pour trente pièces d'argent.

— Je peux toujours essayer, mais je ne crois pas que Maringo soit du genre à dénoncer quelqu'un.

Constant haussa les épaules.

— Même s'il jure ses grands dieux qu'il ne l'a jamais vu, tu verras bien si tu as fait tilt. À part ça, il y a toujours la possibilité de payer des tournées à la ronde. Si c'était lui dans le pub, il y aura bien quelqu'un pour s'en souvenir.

J'étais déjà arrivée à cette conclusion, mais ça fait toujours plaisir de voir ses déductions confirmées par le grand maître.

– ... Mais, continua-t-il, sois prudente, O.K.? Si ce type appartient à la S.D.D.A., ses méthodes sont plus proches de celles de l'IRA que de celles du Sinn Féin. En plus, la moitié des éleveurs des alentours des laboratoires Vandamed pensent que tu es une activiste du mouvement, et, après la mort de la petite, ça m'étonnerait que celui-ci soit en odeur de sainteté, par là-bas. Fais attention à ne pas coincer tes escarpins dans un passage pour bétail, ils pourraient bien t'y laisser jusqu'au retour des vaches.

J'avais aussi pensé à ça. Mais en plein Londres, en plein jour, au milieu du grondement de la circulation, cette éventualité semblait plutôt parano.

– Ne t'en fais pas, je mettrai mes Doc Martens.

Il fit un signe d'approbation et vida sa chope.

– Attends le week-end, je t'accompagnerai, si tu veux.

Il m'offrait de me sacrifier son match. Ceci, plus que tout le reste, me fit mesurer son anxiété. Et sa proposition me donna une idée.

– Merci... mais tu sais, ils flaireraient le flic à l'instant où tu mettrais les pieds dans le pub. Et tu ne me pardonnerais pas de t'avoir fait manquer le match contre l'Arsenal.

– Contre Chelsea.

– Contre Chelsea... Et de toute façon, j'ai déjà un cavalier.

14

LE TEMPS, pour une fois de saison, s'était mis en frais pour nous accueillir. Selon le calendrier, nous étions au dernier jour de l'hiver, nous allions bientôt avancer les horloges d'une heure, et dans cette abondance de lumière tout semblerait possible. Jusqu'à ce que, une fois de plus, l'été se révèle décevant.

Nick et moi étions partis le samedi midi, et nous nous étions arrêtés pour pique-niquer dès que le béton avait fait place à la nature. À notre arrivée dans l'East Suffolk, il était au volant, et moi, je jouais les copilotes. Une bonne équipe pour partir à l'aventure. Pour l'un de nous au moins, c'était une première.

— Pourquoi le Suffolk? avait-il demandé lorsque je le lui avais proposé.

— J'ai trouvé un très joli coin lorsque j'y suis allée mercredi. Et d'après le guide, l'hôtel en vaut la peine.

— Tu es sûre que tu sauras le retrouver?

Je tenais la carte dépliée sur les genoux, à l'envers, car je trouve plus facile que les routes représentées sur le papier et les vraies routes aillent dans la même direction. La plupart des hommes de ma connaissance pensent que c'est une preuve de plus du manque de sens de l'orientation des femmes.

— Leurs explications étaient très claires, répondis-je avec modestie, tu ne trouves pas?

— Tu ne trouves pas? répéta-t-il en singeant ma voix de sainte-nitouche.

145

Il me jeta un coup d'œil.

– Sais-tu que tu es belle? ajouta-t-il.

– Tu trouves?

– Oui, et je m'aperçois que je ne te le dis pas assez souvent.

C'était effectivement le cas, ces derniers temps. Le compliment, toutefois, ne me fit pas sentir très fière de moi... Avouez-le, vous trouvez que je me conduis comme une salope, à utiliser mon copain comme couverture? Vous avez peut-être raison, mais il ne serait jamais venu si je lui avais dit la vérité, et qui a dit que j'avais l'intention de consacrer tout mon temps au travail? Si l'hôtel était tel que le suggérait la brochure, le petit déjeuner au lit pouvait facilement durer jusqu'au dîner, avec, en guise d'entracte, une visite éclair au pub.

Nous venions de dépasser celui-ci, sur notre gauche. D'après la carte, l'hôtel se trouvait à six ou sept cents mètres, en haut de la colline, puis à droite. Nous arrivions à l'embranchement lorsque nous vîmes devant nous un cortège funèbre, composé de deux grosses limousines noires suivies d'automobiles de couleurs variées, avancer à un pas d'escargot sur la petite route étroite. Nous ralentîmes et les suivîmes patiemment jusqu'à ce que toutes les voitures tournent dans un minuscule cimetière dominant un vaste paysage de collines.

L'enterrement des morts se fait avec tant de cérémonie, chez les humains. Si nous en faisions autant avec les restes des animaux, il n'y aurait plus de place pour les vivants. Cela devrait nous porter à réfléchir sur l'énormité du massacre, mais il se peut que nos conclusions dépendent de notre appétit du moment. J'étais si profondément plongée dans ma philosophie à quatre sous que je manquai l'embranchement.

– À droite!

– Quoi?

– À droite! Tu aurais dû tourner à droite.

– Tu veux dire prendre la route qu'on vient de dépasser?

– C'est ça.

— Bravo, le guide!

Il pila et manœuvra dans une entrée de champ. De l'autre côté de la haie, je vis la voiture, derrière le corbillard, s'arrêter devant l'église. Une femme d'âge mûr en descendit, serrant contre elle son manteau noir. Bizarre, comme le chagrin des autres semble lointain quand on n'est pas concerné. Dans le champ derrière le cimetière, deux vaches levèrent la tête, puis retournèrent à leur herbe. Un de ces mangeurs de viande venait de passer l'arme à gauche. Ça n'avait pas l'air de les préoccuper outre mesure.

Quand nous arrivâmes à l'hôtel, nous le trouvâmes encore mieux que sur le prospectus : pimpant, imposant et très géorgien, avec une allée bordée d'arbustes et de pommiers en fleur. Nous avions choisi le bon week-end de l'année.

Nick s'arrêta devant l'entrée et se tourna vers moi.

— Bon travail! dit-il doucement en se penchant pour m'embrasser.

Un baiser de grand cru, qui me fit l'effet d'une lente brûlure. L'excitation de la passion ou de la trahison? Ne dit-on pas que l'infidélité est le plus stimulant des passe-temps?

Notre chambre ouvrait sur le jardin. Une pelouse aussi veloutée qu'une table de billard et bordée de plates-bandes fleuries descendait vers un étang poissonneux où (selon le baratin) les carpes vivaient et mouraient pour le bon plaisir des clients. Encore heureux que le Comité de lutte pour la libération des poissons ne l'ait pas fait sauter.

J'ouvris la fenêtre et je me penchai : le monde était paisible et parfaitement silencieux. Ma vie aurait pu être ainsi, si je l'avais choisi... Un autre métier, un autre salaire, d'autres rencontres... Ça pouvait se faire, je connaissais des gens qui l'avaient fait. Si je suivais leur exemple, est-ce que je deviendrais, comme eux, suffisante et ennuyeuse?

Nick avait exploré la salle de bains, vérifié la pression de l'eau. Il s'approcha de moi par-derrière et me passa les bras autour de la taille.

— Tu penses encore à ton travail?

— Pas vraiment.

Pour une fois, je disais la vérité.

— Bien. Tu sais que tu as un joli petit cul?

Je souris.

— Voilà le genre de remarque que j'aime entendre!

Du bout du doigt, il descendit le long de mon menton et de mon cou en direction de mes seins.

— Tu ne veux pas aller faire une promenade?

— Où ça?

— Jusqu'au lit, par exemple...

Pour ne rien vous cacher, l'attente du plaisir fut meilleure que le plaisir lui-même. Aussi loin que la jouissance vous emporte, vous êtes toujours seul pour le voyage de retour. À se demander si cela en vaut la peine. Ou bien alors je continuais à me sentir coupable.

Nous restâmes un long moment étendus à regarder les ombres s'allonger en travers du plafond.

Ce passage aurait dû être l'oasis de sérénité de l'histoire, le moment privilégié où le détective recharge ses batteries en prévision du sprint vers le zénith de l'intrigue. Une fois de plus, la réalité fut loin d'être à la hauteur du mythe. Je ne pouvais penser qu'à Mattie, à tous les lits dans lesquels elle ne dormirait jamais, à tous les hommes avec lesquels elle ne coucherait jamais. J'aurais peut-être dû être reconnaissante envers le destin de lui en avoir au moins accordé un. Espérons que la salopette de jardinier recouvrait un corps d'Adonis... et qu'il avait une bonne technique.

... Allons, Hannah, rappelle-toi ce que dit Constant : faire de ton mieux pour découvrir leur véritable personnalité est une chose, te laisser emporter par tes fantasmes en est une autre.

Je sortis du lit en embrassant mon amant au passage. Comme dans les films. Nous dînâmes de bonne heure dans une salle à manger lambrissée de chêne. Le repas ne m'a guère laissé de souvenirs. Je me souviens d'avoir transigé avec ma conscience en commandant des coquilles Saint-Jacques, et je me rappelle que Nick avait choisi une salade au bacon et au radis noir. Il la trouva si savoureuse que je me demandai avec quoi ils nourrissaient leurs porcs pour que la viande en soit si délicieuse. Il but bien plus que moi, mais c'est généralement le cas, même quand je ne me suis pas promis de garder la tête claire.

Quand nous eûmes fini, nous décidâmes que, par cette soirée exceptionnellement douce, il serait agréable d'aller faire un tour pour célébrer l'arrivée de la belle saison. La décision fut prise d'un commun accord, mais j'assumai l'entière responsabilité du choix du parcours, bien que Nick ne parût pas le remarquer. À mi-chemin, je songeai soudain que je n'avais pas suivi les conseils de Constant : mes chaussures n'étaient pas vraiment des escarpins, mais elles n'étaient pas non plus des Doc Martens. D'ailleurs, comment porter des Doc Martens avec une robe de Jean Muir ? (Grâces soient rendues à ma sœur Kate pour ses revenus, son bon goût, et sa générosité fraternelle !)

Nous arrivâmes au pub juste après 21 heures.

– Oh ! dis-je avec une surprise ravie, ce doit être le café du coin. Tu n'as pas envie d'un dernier verre ?

À mes oreilles, cela sonnait aussi peu convaincant que Madonna en train de faire un bout d'essai pour le rôle de la Pucelle d'Orléans, mais Nick était ce soir un joyeux drille, nourri de mets raffinés, abreuvé de bons vins, et j'étais à lui pour tout un week-end. Il se sentait en vacances. Dangereux, pour un psychologue.

Nous nous installâmes dans la salle principale, confortable et pas trop bondée. À l'autre bout, Duncan, le petit éleveur sec rencontré trois jours plus tôt, était assis avec une femme d'un certain âge et deux autres hommes. Il ne me remarqua pas et je choisis négligemment une place où je lui tournais le dos.

Ce n'était plus un homme, au bar, mais une jeune fille, ce qui est autrement prometteur quand il s'agit d'espérer qu'elle se souvienne du visage d'un beau garçon. Mais je ne me voyais pas me lever et aller lui mettre sous le nez la photo de mon homme mystère. Surtout en présence de Duncan, qui me tenait pour une militante de la S.D.D.A.

149

Nick alla nous chercher à boire et j'en profitai pour inspecter l'autre salle du pub : un tas de mecs, de la bière qui coulait à flots et une partie de fléchettes acharnée. Deux des consommateurs me jetèrent un coup d'œil, et je fis de mon mieux pour avoir l'air d'une indigène... Ils détournèrent les yeux. Difficile de décider si j'avais réussi ou non. Je ne restai qu'un instant, un peu mal à l'aise. Était-ce à cause de l'impitoyable atmosphère masculine? En tout cas, une chose était certaine, aucun d'eux ne s'était fait photographier dans un pensionnat de jeunes filles. Quand je revins à notre table, Nick m'y attendait avec son cognac et ma bière.

— Où étais-tu?

— J'ai jeté un coup d'œil dans l'autre salle.

Nous bûmes un moment en silence en écoutant les bavardages de nos voisins... les programmes de télévision, les commérages de saison, les affaires du village... Très reposant si j'avais été là pour me détendre.

— C'est comme une autre planète, la campagne, tu ne trouves pas? Ça ne t'a jamais tenté, Hannah?

— Hum... non, pas vraiment. Je ne sais pas me servir d'une cuisinière à feu continu. Et j'ai peur du noir.

— L'idée que tu t'étais trompée dans le choix de ton métier ne t'a jamais effleurée? demanda-t-il en souriant.

— Ça m'arrive constamment.

À notre droite, une femme se mit à rire, un grand éclat de rire joyeux et naturel, qui me donna envie de rire avec elle. Je la regardai attentivement. Elle reconnaîtrait peut-être la photographie... ou bien ce serait son voisin de table... Il y avait forcément dans cette salle quelqu'un qui en savait plus que moi. En me retournant, je remarquai que Duncan n'était plus là. Devrais-je m'inquiéter de son départ?

— Tu sembles préoccupée...

— Non. Je suis bien, juste un peu lasse, ce doit être l'air de la campagne.

— Hum... tu sais, la première fois que je t'ai rencontrée, je me suis demandé si c'était ton travail qui te rendait si peu communicative, ou si c'était le contraire.

— Tu veux dire que, dans ton idée, tous les détectives étaient misanthropes de naissance ?

— À peu près, oui.

Si je n'avais pas déjà eu tant à penser, j'aurais trouvé cette théorie intéressante. J'aurais probablement dû tout simplement le présenter à ma famille, il y aurait trouvé l'explication. D'après Kate, j'étais une fillette cachottière, qui agaçait tout le monde avec sa manie de faire des mystères pour un oui ou pour un non. Dans mon souvenir, c'était seulement ma tactique pour me défendre parce que, étant la cadette, je devais faire ma place au soleil. Je gardais bien mes secrets. Et, devenue grande, je m'arrange pour faire carrière en découvrant ceux des autres.

— Et à quelle conclusion es-tu arrivé ?

— Que tu n'avais pas rencontré l'homme qu'il te fallait.

Son visage était impassible, mais Nick était un pince-sans-rire. Quand, plus tard, j'ai réfléchi à ces remarques, il m'est venu à l'idée que cette plaisanterie était une façon de me dire autre chose. Mais, entre-temps, de l'eau avait coulé sous les ponts.

Je trempai mon doigt dans la mousse de ma bière et l'aspergeai de quelques gouttes.

— Je n'arrive pas à croire qu'on puisse te lâcher en compagnie d'enfants.

Il haussa les épaules.

— Tu connais ma définition sur ce que la société considère comme acceptable : tout ce qui tue l'imagination.

Il y eut un petit silence, la porte de l'autre salle s'ouvrit, et une bande de jeunes gens, de toute évidence fiers d'avoir gagné le tournoi de fléchettes, firent bruyamment irruption. Celui que je cherchais n'était pas avec eux.

— Tu crois que ça changera quelque chose, si tu le trouves ?

Je revins sur terre.

— Si je trouve qui ?

— Celui ou ceux qui sont responsables de la mort de la petite...

Ce fut un choc de découvrir qu'il lisait en moi, pour ainsi dire à livre ouvert.

– Je ne sais pas... je te le dirai quand j'en serai là.

– En tout cas, ce soir, je suis content que tu sois avec moi.

Il posa sa main sur la mienne; je lui adressai un sourire qui se figea sur mes lèvres en apercevant par-dessus la tête des consommateurs le couple qui venait d'entrer : une femme un peu forte, entre cinquante et soixante ans, et un homme sans doute un peu plus âgé, mais il est difficile de dire l'âge de Van Morrison.

Je me redressai un peu, et son regard croisa le mien. Il aurait fallu plus qu'une robe de Jean Muir et une touche de Mascara pour changer ce cygne-là en princesse. Comme sa femme, apercevant des connaissances, se dirigeait vers eux, il vint droit à moi. Je m'obligeai à détourner le regard et fis en hâte un sourire à Nick. Si j'avais eu le temps... mais ça n'était pas le cas.

– Je croyais avoir été clair, nous n'aimons pas les gens de votre espèce, ici! dit Van Morrison *bis* d'une voix assez sonore pour rappeler ses chiens deux champs plus loin.

Le brouhaha autour de nous baissa sensiblement. Je levai les yeux.

– Je vous demande pardon... nous nous connaissons?

– Je ne m'attarderais pas ici, si j'étais vous. Ça vous éviterait de vous faire jeter dehors!

Avant que je puisse l'arrêter, Nick était debout. Il était plus grand que Brayton, mais loin d'avoir sa corpulence.

– Excusez-moi, articula-t-il d'un ton ferme, mais vous devez faire erreur. Cette dame est avec moi!

Ouille! Difficile de dire ce qui était le plus gênant, l'attaque ou la défense. Brayton eut un reniflement méprisant.

– Alors vous devriez faire preuve de plus de discernement dans le choix de vos fréquentations, jeune homme!

J'avais pratiquement entendu leurs bois s'entrechoquer. Les hommes! C'est sûrement une question d'hormones, pas d'autre explication. J'étais déjà debout entre eux deux, mais

152

je n'avais pas été assez rapide. Brayton avait reniflé l'odeur du sang.

— À moins, continua-t-il, que vous ignoriez que c'est grâce à cette dame (comme vous l'appelez) et à ses semblables que la fille de Tom Shepherd a été déchiquetée par une bombe.

On aurait entendu une mouche voler.

— Nick... Laisse tomber... Je connais monsieur...

Nick me regarda sans comprendre. Je poursuivis.

— Je... je suis déjà venue ici. Le père de Mattie a travaillé tout près d'ici, et j'espérais trouver une piste.

Son visage refléta tour à tour la confusion, le chagrin, la vexation.

— Oh! Seigneur... Hannah!

— J'étais sur le point de te le dire, murmurai-je en essayant d'éviter de rendre notre discussion publique.

— Mon œil! rétorqua-t-il d'une voix de stentor qui ridiculisa mes précautions.

Toute l'assistance attendait maintenant ma réplique.

— Écoute... Viens, sortons...

— Non, j'ai une bien meilleure idée : moi je sors, toi tu restes continuer ta chère enquête.

Bravo, Nick! Tu devrais le crier encore plus fort, je ne suis pas certaine que tout le village ait entendu...

Il vit mon regard.

— Oh, pardon!... C'était un de tes secrets? Je me demande bien pourquoi tu te donnes le mal de fréquenter des gens, Hannah, ils ne font que te gêner dans tes entreprises. Bon!... Tu trouveras bien un autre chauffeur pour te ramener à Londres.

Vous avez raison, je l'avais mérité. Mais comment aurais-je pu savoir que ce serait précisément ce week-end-là que nous choisirions pour essayer de mieux nous comprendre?

Je le regardai sortir. Nous le regardâmes tous sortir. Même Brayton comprit qu'il n'avait plus la vedette. La porte claqua derrière Nick et l'auditoire se tourna vers moi. On n'a pas tous les jours droit à un spectacle gratuit. Eh bien, au moins, ils m'écouteraient.

Je pris ma respiration et, quoique m'adressant ostensiblement à Brayton, je parlai en fait à tout le monde.

– Je sais ce que vous pensez, mais vous vous trompez, je n'appartiens pas à la S.D.D.A. Je suis détective privé, et j'enquête sur la mort de Mattie Shepherd. Et si je suis ici, c'est parce que je cherche quelqu'un. Un homme qui se fait appeler Malcolm Barringer, ou bien Tony Marriot, à moins que ce ne soit un autre nom. Un jeune homme assez beau, blond. Il a travaillé aux laboratoires Vandamed et je pense qu'il roule en moto. J'ai sa photo. Si quelqu'un veut la voir...

Mais personne ne voulait. L'ennui, bien sûr, c'était qu'ils se méfiaient, je le voyais à leur regard. Peut-être à cause de mon attitude, ou de mon accent, ou de la façon dont j'étais habillée, il y avait le choix des possibilités.

Brayton secoua la tête.

– Qui que vous soyez, jeune dame, nous n'aimons pas qu'on essaie de nous faire prendre des vessies pour des lanternes !

– Eh bien, rétorquai-je en prenant mon sac, j'espère que tout le monde ne partage pas votre point de vue. Ne serait-ce que pour la mémoire de Mattie Shepherd. Si quelqu'un est intéressé, je suis descendue à l'hôtel Hortley, O.K. ?

Bien faiblard pour une ultime réplique, d'autant plus que je ne savais pas trop par où effectuer ma sortie. Je craignais de rencontrer Nick sur le parking, car, à moins d'avoir ma défense prête, mieux valait l'y laisser. Il ne me restait plus que la porte de derrière.

Je me retrouvai dans une cour intérieure, avec quelques bancs et des tables. En face de moi, deux portes avec des schémas représentant des silhouettes d'homme et de femme. Je fis donc ce que font les dames lorsqu'elles sont embarrassées : j'allai me repoudrer le nez.

La pièce était vide. Je m'enfermai, et découvris avec irritation que j'avais les jambes flageolantes. Je respirai profondément pour me calmer... Lamentable, tout ça. Et tout le monde, y compris moi, surtout moi.

Peut-être Constant avait-il raison : j'aurais dû aller

154

raconter à la police tout ce que je savais et les laisser s'en occuper. Eux, au moins, disposaient de moyens de recherche efficaces. Tout ce que j'arrivais à faire était n'aboutir à rien, strictement rien. Un exemple évident du désir de faire justice plutôt que de voir justice rendue. Qu'importait-il à Mattie que ce soit moi ou quelqu'un d'autre qui retrouve son assassin, du moment qu'il était retrouvé?

Je me demandai comment Constant aurait réagi, à ma place. Sûrement pas en allant se réfugier dans les lavabos. Mais face à lui, Brayton aurait peut-être réfléchi à deux fois avant de faire le malin. Je vous jure, c'est quelquefois dur d'être une fille. Il serait temps que je fasse preuve d'un peu plus de courage.

J'étais encore en train d'essayer de me tirer des affres du découragement lorsque la porte extérieure des lavabos des dames grinça et s'ouvrit. Quelqu'un essaya d'ouvrir la petite porte intérieure, et je m'affairai avec du papier hygiénique pour montrer que tout était normal lorsqu'une voix masculine articula clairement :

— En bas, près du ruisseau, derrière le pub, à l'heure de la fermeture. Et n'amenez pas votre copain!

Un copain?... Comme si j'avais encore un copain!

Ainsi, quelqu'un avait quelque chose à me dire. Mon numéro-à-la-Sarah-Bernhardt n'avait peut-être pas été une si mauvaise idée, en fin de compte.

Bien sûr, une fois la porte déverrouillée, je constatai que l'inconnu avait disparu. Et lorsque je me précipitai dehors, la porte du bar se refermait déjà. J'y entrai, mais c'était comme une mêlée de rugby, là-dedans, il devait y avoir soixante ou soixante-dix consommateurs, dont une vingtaine venaient sans doute juste d'entrer.

Je regardai ma montre. 22 heures passées. Bon sang, j'avais vraiment besoin d'un verre! Mais il fallait aussi tendre à Nick le rameau d'olivier, et il ne me restait plus qu'une heure pour tout ça.

15

JE M'ATTENDAIS à trouver le psychologue-de-mon-cœur sur le parking, en train de donner des coups de pied dans le gravillon pour se calmer les esprits. Personne. J'attendis un peu, puis retournai à pied à l'hôtel. La marche me prit treize minutes, ce qui, si je voulais être de retour au pub à l'heure de la fermeture, me laissait trente-cinq minutes pour effectuer notre réconciliation. Un peu juste.

Le problème ne se posa pas, ce qui valait sans doute mieux : Nick n'était pas au bar, ni dans notre chambre, et sa valise non plus. Je changeai de chaussures, remis mon matériel dans mon sac et descendis. Autre chose manquait à l'appel, remarquai-je avec un petit choc en passant devant le parking pour me rendre à la réception. J'y appris que M. Thompson (alias Nick) avait quitté l'hôtel dix minutes plus tôt. En payant la note, ajouta l'employée, sans doute pour me consoler. Pas de message, il avait dit tout ce qu'il avait à me dire. Et s'il était parti dix minutes plus tôt, il ne m'avait pas laissé beaucoup de temps pour venir faire amende honorable. Bon, inutile de me cacher la vérité : j'étais une femme sans amant.

Le bar de l'hôtel paraissait chaud et confortable, avec tout ce bois sombre, ces sièges moelleux et un feu dans la cheminée. J'y serais bien restée jusqu'à l'aube à pleurer dans mon mouchoir, mais je n'ai jamais de mouchoir. J'allai au comptoir me commander un scotch avec des glaçons et je regardai le barman le verser, en appréciant le petit craquement de la glace et en admirant la chaude couleur ambrée de l'alcool. Puis je pris le verre et, en hommage silencieux à des générations de « privés » plus expérimentés et charismatiques que moi, le bus cul sec. Peu importait le cru, la même flamme me réchauffait l'estomac. Je fis le salut militaire à un fauteuil et quittai le bar.

Aller et retour, j'avais plus d'un kilomètre de marche dans le noir, et la réceptionniste accepta de me prêter une torche électrique. D'ailleurs, elle semblait se faire du souci pour moi, elle devait me confondre avec Ophélie.

J'arrivai au pub quelques minutes avant 23 heures, et, en faisant le tour par-derrière, j'entendis la clochette annonçant le moment de placer la dernière commande.

Le jardin ne paraissait pas bien dangereux. Une petite mare, un arceau à plantes grimpantes et quelques tables accrochaient la pâle lueur d'une demi-lune entre deux nuages. Tout au fond, ma lampe éclaira un portillon menant à un étroit talus, au bas duquel devait couler le ruisseau.

L'animation de l'heure de la fermeture me tenait compagnie : claquements de portières, bruits de pas, ronflements de moteur, rires et bavardages. J'ouvris le portillon et descendis au bord de l'eau. Un vrai détective, torche et gros souliers compris.

Le ruisseau était large, et bien plein. L'autre berge était couverte d'arbres à l'ombre si dense que le pinceau lumineux de ma torche n'arrivait pas à la percer. C'était là, supposai-je, que se cachait le mystérieux personnage avec qui j'avais rendez-vous. J'eus envie de traverser le ruisseau, mais je n'y serais pas arrivée sans pas mal de bruit, et je ne voulais pas lui fournir le moindre prétexte pour renoncer à se montrer. Je toussotai pour lui signifier que j'étais arrivée.

Si je vous dis que je n'avais pas peur, vous allez me considérer comme une menteuse, pourtant c'est la vérité. Mon estomac était noué et mon cœur battait la chamade, mais, au fond de moi, je n'avais pas peur, mon cerveau était lucide et alerte, je me sentais prête à parer à toute éventualité. Peut-être était-ce à cause du scotch, ou bien de mon impatience, ou bien de la petite bombe anti-agression au fond de mon sac. En fait, je jubilais : ce qui se passait ici ce soir m'arrivait à moi, j'étais dans cette affaire jusqu'au cou, elle était mienne et à personne d'autre.

— Vous parlez toujours toute seule? dit une voix sortie du plus profond des arbres.

L'élocution était rude, discordante, comme celle de quelqu'un feignant d'être un autre. Inquiétante, mais seulement si je m'y attardais.

— Vous êtes en retard, répondis-je à tue-tête. J'ai...

— Fermez-la. Vous êtes ici pour écouter, pas pour parler. Je ne me répéterai pas, O.K.?... Ce qui est fait est fait, personne ne peut le défaire. La petite Shepherd est morte à cause de quelque chose qu'a fait son père. C'est une erreur et on la regrette, mais on peut vivre avec... Vous aussi, du moins si vous arrêtez de vous mêler de ça.

Les mots étaient délibérément choisis pour me terrifier, mais, justement, c'était ça qui ne collait pas, la peine prise pour les choisir. J'hésitai entre la peur et l'impression de truquage. Les Bons, les Méchants... on regarde tous les mêmes films, pas étonnant qu'on joue tous les mêmes scénarios.

Je saisis ma peur entre mes dents, la mâchai jusqu'à ce qu'elle perde tout son goût, et la ravalai, l'envoyant rejoindre mes appréhensions puériles devant les bois obscurs, les routes de campagne et l'odeur de folie engendrée par la nuit. Elle ne remonta pas.

— Savez-vous que vous me terrifiez? glapis-je dans le silence.

Pas de réaction.

J'attendis quelques instants en silence, et crus percevoir un froissement dans les broussailles.

— Qu'est-ce qui vous prend? Vous n'aimez pas que les filles vous répondent? Ou bien vous me trouvez trop âgée pour vous? hurlai-je en direction du bruit.

Mes répliques n'étaient pas si mauvaises, mais il devait manquer les indications scéniques. J'envisageai de traverser le ruisseau et de suivre l'inconnu dans les bois, mais, au dernier moment, comme un cheval refusant l'obstacle, je ne pus m'y résoudre.

J'attendis encore un peu, rien que moi et la nuit. À la fin, je n'eus pas d'autre solution que de me lever et de rentrer. Je remontai en haut du talus et franchis le portillon. En me retournant de temps en temps pour vérifier que je n'étais pas suivie, je traversai le jardin et regagnai le parking du pub. Les lumières du bar étaient encore allumées mais la route était déserte. 23 h 45 à ma montre. Mon entrevue avec le diable avait duré plus longtemps que je ne l'avais pensé. Et si j'entrais supplier le tenancier de me servir une dernière tasse de café?... Mais sous quel prétexte? À huit cents mètres, le bar de l'hôtel m'attendait, avec un autre Glenfiddich scintillant.

Souvenez-vous, il a été dit et redit que lorsque Terry Waite, le chargé de mission de l'archevêque de Canterbury, est retourné à Beyrouth la dernière fois, il savait très bien qu'il allait se faire enlever. Mais c'était la seule façon possible d'expier sa métamorphose en pion de la CIA. Je n'aurais pas la prétention de me comparer à lui, mais, en y repensant, j'avais, moi aussi, un peu à expier.

Pourtant, à mes yeux, la logique était de mon côté. Il n'a aucune raison de m'attaquer maintenant, me dis-je pour lutter contre les terreurs nées de l'obscurité, il lui suffit de me laisser mariner dans ma peur, et réfléchir à ses menaces.

La torche éclairait un petit sentier sinueux que je suivis en me distrayant avec des souvenirs d'enfance... À sept ans, je me glissais la nuit dans la salle de bains et retournais ensuite au lit en courant, tandis que résonnait à mes oreilles le tonitruant vacarme de la chasse d'eau. Douces terreurs...

La nuit était devenue plus froide. Je devais être à mi-chemin lorsque j'entendis des pas devant moi. Je m'arrêtai, éteignis la lampe et glissai la main dans mon sac, les doigts posés sur le petit cylindre d'aluminium.

Avoir recours à des procédés si féminins vous semble bien ringard, hein, alors que je devrais être capable d'envoyer d'un coup de savate un homme voltiger à six pas? Moi, je préfère considérer ça comme le triomphe de la technique sur la force brute. D'ailleurs, j'ai bien essayé les arts martiaux,

159

mais savez-vous combien de temps il faut s'entraîner pour qu'un coup de pied devienne aussi efficace que du gaz lacrymogène?... Je n'aurais plus eu le temps de gagner ma vie!

J'entendais des voix approcher dans l'obscurité devant moi et, en arrivant à un petit pont en dos d'âne, je me rangeai en hâte sur le côté. Un instant plus tard, j'aperçus une lumière et entendis un rire. Deux formes sombres, pas trop solides sur leurs jambes, sortirent de l'obscurité. Décidément, le samedi soir, ville ou campagne, c'est du pareil au même.

L'un d'entre eux m'aperçut et me fit un signe de main jovial.

– B'soir!

– Bonsoir!

– Belle soirée, hein, chérie? cria l'autre avant d'éclater de rire.

Son compagnon le poussa et il fit quelques pas incertains, tous deux rirent. Je les regardai s'éloigner, un peu songeuse : alors que les hommes sont à l'aise dans l'espace qui les entoure, les femmes donnent souvent l'impression d'être des visiteuses sans ticket. J'attendis jusqu'à ce qu'ils disparaissent au bout de la route, puis je continuai mon chemin en direction de l'hôtel. Quelque part sur ma gauche, je dépassai le petit cimetière où j'aperçus la tombe fraîchement recouverte, dans laquelle les vers faisaient déjà des heures supplémentaires pour forer des trous dans le garde-manger. La bifurcation vers l'hôtel n'était pas à plus de deux cents mètres.

Si mon agresseur était sorti des buissons, j'aurais été prête à l'accueillir. Du moins j'aime à le penser. Mais cela ne se passa pas ainsi : il avait tendu un fil de fer en travers du chemin (sans doute l'avait-il retiré pour les deux joyeux drilles, puis remis après). C'était du travail soigné, la tension était parfaite. J'étais debout, me sentant invincible, et une seconde plus tard j'étais par terre, dans l'obscurité.

Je compris aussitôt ce qui se passait. En fait, malgré tous mes efforts pour les oublier, ces quatre-vingt-dix secondes sont plus claires que presque tous les autres moments de ma vie.

Je fus vite sur pied, ma frayeur atténuant temporairement la douleur d'un coude brisé et de deux côtes cassées. Je sortis de mon sac ma bombe anti-agression, et me retournai en la tenant devant moi comme un pistolet. Mais il fut plus rapide et, jaillissant de l'obscurité non devant moi, mais à côté, me frappa l'avant-bras du tranchant de la main et me fit lâcher la bombe. Il me restait la torche... dans la main gauche. Et même chez un karateka, la main gauche est moins forte que la droite.

Il se jeta sur moi, la torche s'envola, et lorsque le faisceau redescendit en tournoyant, j'aperçus en un éclair un visage devant moi : cheveux blonds, teint clair, peau fine, presque soyeuse. Puis, le noir.

Plutôt que je ne le vis, je sentis venir le coup suivant et je levai les mains pour me protéger la face. Un réflexe... Celui qui vous a dit qu'il peut vous sauver la vie a lu trop de livres. Un poing s'enfonça dans mon abdomen et j'eus l'impression qu'on m'éviscérait vivante. Je m'entendis hurler comme une possédée, puis, le souffle coupé, me recroquevillai et roulai de côté sur le sol. Rien, de ma vie, ne m'avait fait si mal. Je ne pouvais plus ni respirer ni voir, et tout ce que je sentais, c'était une violente nausée me remontant à la gorge. Je gisais dans le fossé, le corps secoué de hauts-le-cœur. Pourtant, cela semblait bien long pour un dernier souffle. Au-dessus de moi, une silhouette me regardait sans approcher.

Quand j'eus réussi à retrouver une lueur de lucidité, je profitais de mes vomissements pour ramper en direction de la haie qui pourrait m'offrir quelque protection. Il m'aperçut et se pencha pour me relever. De ma main libre, j'attrapai la bandoulière de mon sac.

Je dis souvent en plaisantant que le poids de tout le bazar que j'y transporte est suffisant pour mettre K.O. n'importe quel assaillant, mais en tordant la courroie, je compris que l'humour a ses limites. Je projetai le sac de toutes mes forces, et le coup porta. Mais la bandoulière était trop longue, je manquai la tête et n'atteignis que le cou et l'épaule. Suffisamment fort quand même pour le faire chanceler. Je me tournai et essayai de m'enfuir, mais j'avais toujours la nausée et je ne pouvais pas me tenir debout. Il m'empoigna par l'épaule et me tira en arrière.

— Ah! non, pas de ça, ma jolie! entendis-je avant que son poing ne s'écrase sur ma figure.

J'entendis un craquement et je sentis une dent se briser, je vous le jure, je l'ai vraiment sentie. Bizarre, comme on peut séparer une source de douleur précise de toutes les autres.

Ma bouche se remplit d'un liquide visqueux... Je reconnus du sang et je compris alors qu'il ne s'agissait pas d'une agression ordinaire. Pour faire de tels dégâts, mon agresseur devait porter un poing américain.

Seigneur, faites qu'il ne m'arrache pas un œil! me répétai-je en une litanie affolée sous une grêle de coups. Si j'en avais eu le temps, j'aurais pensé à Mattie et à la colonne de feu qui l'avait tuée et qui me valait ces souffrances. Mais je n'avais pas le temps de penser à elle, seulement à moi.

Enhardi par mon manque de résistance, il s'approcha plus près, mais, dans les ténèbres, je ne distinguai que son odeur aigre et le bruit de sa respiration. En une monstrueuse parodie de tendresse, il tendit la main vers moi, sans doute pour atteindre mon cou. Dès que ses doigts furent assez près, j'avançai la tête, ouvris la bouche et refermai sur eux mes mâchoires. Il me restait assez de dents pour faire à mon tour quelques dégâts. Je sentis mon sang couler de mes lèvres, se mêler au sien, j'entendis un cri... Un bref et violent sursaut de triomphe me fit chaud au cœur. Des lettres de feu illuminèrent le ciel : Prends garde, je ne suis pas encore battue!

Il réussit, à force de coups sur la bouche, à me faire lâcher prise, mais pas à éteindre mon sentiment d'exultation et à m'obliger à m'avouer vaincue. Le coup suivant non plus, d'ailleurs. Mais en fermant les yeux sous l'impact métallique, je découvris l'horrible vérité : en fin de compte, il n'y avait personne pour me protéger, de même qu'il n'y avait eu personne pour protéger Mattie.

16

Puisque ma vie entière n'avait pas défilé en un éclair devant mes yeux, c'est qu'elle continuait. Raisonnement logique confirmé par une constatation bien tangible : j'avais trop mal pour être morte.

Je revins à moi dans un monde parfumé à la rose, une senteur entêtante et sucrée qui me submergeait presque. Je percevais les odeurs avant les objets. Au moins, je n'avais pas le nez cassé. J'ordonnai à mes yeux de voir, un seul obéit, et un tout petit point lumineux au bout d'un long tunnel obscur me renvoya à ma panique. Je voulus porter la main à mon visage, mais j'eus trop peur de ce que j'allais découvrir. Je me concentrai sur ce qui se trouvait devant mes yeux... devant mon œil, plutôt : une nature morte hollandaise, des roses, deux ou trois douzaines de roses dans un vase raffiné, avec, à côté, une carafe d'eau et un verre. Derrière, le soleil d'un début de matinée ou d'une fin d'après-midi filtrait à travers d'élégants rideaux. Et des fleurs partout. Une clinique privée?... ou alors une entreprise de pompes funèbres?

Je tournai un peu la tête... une chaise près du lit, sur laquelle quelqu'un était assis. Je reconnus Nick, penché en avant, les yeux fixés au sol, un mouchoir roulé entre les doigts.

L'air était gluant de compassion.

La douleur revint... à l'abdomen, à la poitrine, au visage... insoutenable. Je fermai mon unique œil en état de marche et me rendormis.

Lorsque je le rouvris, les roses étaient moins colorées, la

nature morte plus pâle, entourée d'ombre. Et la carafe d'eau venait d'être remplie. Il me parut de bon augure d'avoir remarqué le niveau de l'eau et de m'en être souvenue.

La chambre paraissait moins spacieuse, sans doute parce que la lumière avait baissé. La chaise avait été rapprochée du lit et le personnage assis sur elle était plus trapu, et vêtu dans un style plus négligé. Et il me regardait attentivement.

– Salut Hannah!

– Salut Constant!

En entendant mon élocution pâteuse et un peu geignarde, il fit un petit sourire peiné. J'essayai de le lui rendre, mais on avait cousu les commissures de mes lèvres.

– J'ai mal..., dis-je un peu plus clairement.

– Je sais, mon petit, je sais.

Brave père Constant, à lui le sale rôle de miroir. S'il ment, je le lirai dans ses yeux.

– Qu'est-ce que tu vois?

– Eh bien, tu n'es pas très décorative, mais tu n'as jamais été une beauté classique.

Il dut remarquer que mes lèvres tremblaient.

– Tu as eu de la chance, s'empressa-t-il de continuer, cela a l'air bien plus grave que ça n'est en réalité. Tu as des hématomes sur tout le visage, une profonde coupure à la lèvre, et il te manque une dent.

– Et mon œil?

– Tu as une longue plaie sous le sourcil, c'est pour ça que tu ne peux pas l'ouvrir. Ça te laissera une cicatrice, mais pas au point de t'empêcher de lever des garçons!... Le corps médical était inquiet pour tes côtes et ton abdomen, mais l'avis unanime est que tu ne souffres que de contusions internes. Tu as encaissé des coups de pied?

– Non, autant que je m'en souvienne. Mais il portait un poing américain, et...

Ma voix se brisa.

– Ouais, ça explique les dégâts.

Je l'entendis déglutir. Sa colère l'enveloppait comme une chape, et il n'était plus le Constant réservé que je connaissais. Cela m'émut et m'effraya. Il posa la main sur le lit, à côté de la mienne. Je ne me rappelai pas qu'il m'eût jamais touchée, à part, à l'occasion, une tape sur l'épaule. Je devinai aussi qu'il ne savait pas quelle attitude prendre, et il n'était pas le seul. J'essayai de dégeler l'atmosphère.

— Tu aurais eu honte de moi, Constant!... Mon agresseur était tout seul. Mais j'ai oublié tout ce que tu m'as appris. Quand même, je l'ai mordu...

— Espérons que c'est sur une partie de son anatomie où la cicatrice sera visible... (Silence.) Tu n'as pas besoin de me raconter ce qui s'est passé, tu sais...

Mais je le lui dis, du moins en partie. Pas de problème tant que nous nous en tînmes aux détails concrets, au scandale dans le pub, la voix dans les lavabos, même les menaces dans l'obscurité des arbres et les premières centaines de mètres sur la petite route. Mais quand j'en arrivai au fossé et à ma nausée, l'amertume dans ma bouche n'était pas celle de la nourriture régurgitée, mais celle de ma propre humiliation. Même sans acte sexuel, toute violence est une violence sexuelle, trop intime et douloureuse pour être partagée.

Constant tourna la tête et me versa de l'eau. Je pris le verre et bus lentement. Ma langue rencontra un espace vide entre deux dents du fond et l'explora prudemment. Bof!... Cette dent avait déjà été soignée plusieurs fois. J'essayai de reprendre pied.

— À combien revient un bridge, ces temps-ci, en comptant l'assurance?

— Je t'ajouterai le prix à ton indemnité de Noël.

— Merci... Ça ne va pas mal, en fait, je suis juste un peu secouée.

Il me regarda, fronça les sourcils.

— Écoute-moi, Hannah... Ne te dépêche pas d'enterrer cet épisode au fond de toi, ça te fera plus de mal que de bien.

Il avait raison, je le savais. Je bus une autre gorgée d'eau, puis regardai en moi-même un peu plus loin que mes gencives.

— Je crois que j'ai toujours peur, Constant.

165

– Ouais... Tu sais, ça prendra plus de temps à guérir que ton visage. Et tu sais le pire : tu sortiras de sa mémoire bien plus vite que lui de la tienne.

– C'est comme ça que ça marche? murmurai-je.

Il détourna les yeux et je perçus en lui une sorte de gêne, comme si le caractère personnel de cette conversation l'embarrassait. Une conversation? Presque une confession, plutôt.

Il haussa les épaules.

– Chacun son truc...

Ah! bon. Après tant de pintes de bière et de plaisanteries partagées avec lui, je n'en avais jamais rien su. Un ange passa... Je me sentais somnolente, mais rassurée, du moins un peu.

– Qui c'était?

J'étais sûre qu'il comprendrait à qui je faisais allusion. Il fit la grimace.

– Juste un petit voyou que j'avais épinglé quelque temps avant. Un type rancunier, avec deux de ses amis.

Il se tut un instant. Je voulais poser des questions, mais je n'étais pas sûre de vouloir apprendre toute l'histoire. Il leva les yeux vers moi.

– Ils m'ont attendu une nuit dans ma voiture, dans un parking souterrain, avec des battes de base-ball. Ils m'ont brisé les deux bras, et presque fracassé le crâne... cassé quelques côtes aussi... Mes souvenirs ne sont pas trop précis.

– Tu as eu peur?

L'atmosphère était chargée d'électricité, comme au début d'une scène d'amour. Étrange moment... comme si nous avions une sorte de liaison ensemble...

Il acquiesça.

– Oui... oui, j'ai eu très peur. J'étais persuadé qu'ils allaient me tuer.

Le secret de Constant... qu'il me révélait.

– Et après?

– Après, la colère m'a pris, mais pas tout de suite. Pendant longtemps, je me suis juste estimé heureux d'être encore en vie.

Combien de temps avait duré cette phase? Question à lui poser, un de ces jours.

— Qu'est-ce que tu as fait?

— J'ai passé quelques jours à l'hôpital, puis j'ai pris un congé, puis je me suis remis au travail.

— Tu les as eus, en fin de compte?

— Oh! oui, je les ai eus. Il a monté un autre coup, lui et un de ses copains. On nous a prévenus.

— Et vous les avez attrapés?

Il acquiesça. J'attendis la suite.

— On s'est retrouvés tous deux face à face dans la salle d'interrogatoire. Je l'ai frappé une fois à l'estomac et une fois au visage, il l'a senti passer. Ça a été comme un tremblement de terre, pour moi, je ne pouvais même plus entendre les battements de mon propre cœur.

— Tu t'es senti mieux après?

Il se mit à rire.

— Je tremblais si fort que j'ai été obligé de sortir pour qu'il ne le voie pas. J'ai été obligé de passer la main à un collègue... Je... enfin, il a fini l'interrogatoire à ma place... J'imagine qu'ils ont cru me faire plaisir, mais je ne peux pas dire que j'en sois fier. C'est ça, le malheur, ce genre d'épisode ne peut être que destructeur.

Il aurait dû me laisser un espoir. Qu'est-ce que j'allais faire, alors, moi? J'en tremblais rien que d'y penser. Il me regarda.

— Tout ce qu'on peut en dire, c'est que ça finit par s'estomper. On arrive à s'en remettre...

L'instant était passé, l'amant de rencontre se rhabillait, se peignait, nouait sa cravate.

— ... Je ne me réveille plus la nuit, continua Constant, je me gare dans les parkings souterrains sans avoir la nausée, et ce n'est pas lui que je m'attends à rencontrer en enfer.

L'amant était prêt à partir. J'en étais un peu attristée, il était peu probable que ce Constant-là et cette Hannah-là se revoient jamais. Mais, dans la mesure où on ne les prend que pour ce qu'elles sont, les aventures d'un soir peuvent faire beaucoup de bien.

– Merci, Constant.

– De rien.

À nous voir maintenant, personne ne se douterait de rien.

– ... Et si tu t'en sens la force, il y a en bas quelques personnes qui voudraient bien te voir.

Je secouai la tête.

– Je ne veux pas revoir Nick, pas encore.

– Il est plus mal en point que toi, objecta-t-il en haussant les épaules.

– Je le sais bien, c'est pour ça que j'ai besoin de temps.

– O.K... Lui, je peux le faire patienter. Les deux autres, ce sera plus difficile !

– Je sais... À ton avis, je devrais tout leur raconter. Et tu as sans doute raison, mais ça peut attendre un peu.

– Non, ça ne peut plus attendre, Hannah.

Je réfléchis, trouvai un nouvel argument.

– De toute façon, la police du comté n'y comprendra rien.

– Il ne s'agit pas de la police du comté, ils viennent de Londres. Don Peters et compagnie. Ils veulent te parler de Tom Shepherd.

– Pourquoi Shepherd ?

Il me regarda. Il dut se dire qu'il valait mieux pour moi l'apprendre de lui que de quelqu'un d'autre.

– Parce que, apparemment, tu es la dernière personne à l'avoir vu vivant... avant qu'il ne s'injecte assez de poison pour tuer un bœuf !

Après le départ de mes visiteurs, je réclamai un somnifère à l'infirmière. Dimanche devint lundi sans que je m'en aperçoive.

La question était la suivante : devais-je me sentir coupable ?

On ne peut obliger quelqu'un à se suicider. Certes, j'avais informé Tom Shepherd de quelques déplaisantes vérités concernant sa fille, mais elles ne pouvaient l'avoir désespéré davantage que la mort de cette dernière. À moins que je ne me trompe... De toute façon, me semblait-il, sa décision était déjà prise.

Peters avait précisé que sa gouvernante avait découvert son cadavre tôt le matin, et que, selon le premier rapport du médecin légiste, il était à ce moment-là mort depuis au moins huit heures. Ce qui faisait remonter le décès à l'après-midi ou au début de la soirée. Le pharmacien du quartier n'avait pas trace d'une vente de produit toxique ce jour-là, Shepherd avait déjà le nécessaire dans son armoire à pharmacie.

C'était la méthode choisie pour se supprimer qui me glaçait le sang, si scientifique. Mais c'était son choix, et sa propre vie à laquelle il mettait fin. Je n'avais rien à y voir. Je conclus que, tout bien considéré, il ne s'était pas suicidé par culpabilité. La question en suspens était une autre : À qui avait-il téléphoné après mon départ, et à quel sujet?

Peut-être que, quand j'aurai moins mal, mon cerveau se remettra à fonctionner à plein rendement...

Le diagnostic de Constant quant à mes douleurs abdominales s'avéra un peu optimiste, et les docteurs insistèrent pour me soumettre à des examens complémentaires. Souci de rentabilité ou crainte d'un éventuel procès pour incurie? Avec ces cliniques privées, on ne sait jamais. Quoi qu'il en soit, leurs exigences étaient exactement ce dont j'avais besoin pour retrouver ma pugnacité. Enfin, puisqu'une âme charitable payait la facture... Quand même, il serait intéressant de savoir qui.

Les nouvelles vont vite, à la campagne. Quand la barmaid et son petit ami (je vous laisse imaginer ce qu'ils faisaient dehors en pleine nuit) m'avaient trouvée, ils se souvenaient suffisamment de mon petit numéro du pub pour savoir quoi dire à la police, qui avait appelé les laboratoires Vandamed. Elle n'avait guère le choix : Nick nous avait inscrits tous deux sous son nom, à l'hôtel, et quand ils essayèrent de l'appeler chez lui, ils tombèrent sur le répondeur.

Bien sûr, normalement, ils auraient dû trouver tous les renseignements nécessaires dans mon sac. Mais (le mystère s'épaissit) pas de sac. Le B.A.-Ba de l'homme de main qui veut faire passer son agression pour un vol à l'arraché.

Dans ce cas, c'était plus grave. Un sac à main a parfois plus de valeur qu'il n'en a l'air. Permis de conduire, carnet de chèques, cartes de crédit... tout ça peut se remplacer, et quelqu'un d'assez imprudent pour avoir un seul carnet d'adresses n'a que ce qu'il mérite s'il le perd. Mais certaines possessions sont irremplaçables, entre autres une enveloppe kraft contenant la photographie de l'agresseur.

Quand je me mis à réfléchir sur ces données, tout s'éclaira. Me passer à tabac si peu de temps après m'avoir mise en demeure de me retirer du jeu paraissait illogique, mais lui permettait de faire d'une pierre deux coups : plus d'Hannah, du moins pendant quelque temps, et plus de photographie l'incriminant. Mon M. Muscle avait aussi de la cervelle.

Les laboratoires Vandamed auraient sans doute une photographie du pseudo-étudiant qui avait travaillé chez eux l'an dernier, mais les photos d'identité des organismes de sécurité font ressembler tout le monde à un bagnard. La mienne était un souvenir personnel et la seule preuve des amours clandestines qui avaient provoqué la chute de la maison Shepherd.

Pour en revenir à la jeune femme gisant inconsciente à l'hôpital, la police avait conclu que la seule personne pouvant l'identifier était un certain Marion Ellroy, directeur des laboratoires Vandamed, qu'elle avait arraché à son lit douillet pour lui faire affronter la sordide réalité d'un établissement de l'Assistance publique. D'où le transfert en clinique privée.

Bon, je savais déjà que les laboratoires Vandamed s'occupaient paternellement de leur personnel. Et même, dans mon cas, de quelqu'un qui n'en faisait pas encore partie. Fleurs, chambre particulière, soins médicaux, tout était à leurs frais. Impressionnant, hein? Et le genre d'offre qui ne se refuse pas, surtout dans mon état. Je respectai les convenances et envoyai un mot de remerciements à Ellroy. Celui-ci eut assez de tact pour s'abstenir de me rendre visite.

Et je restai dans ma chambre, entourée de fleurs, à attendre en compagnie d'un téléphone et d'un poste de télévision que mon visage passe du noir au bleu, et que mon œil s'ouvre assez grand pour me permettre de voir l'étendue des dégâts.

Le lundi après-midi, on me proposa un miroir. Le corps médical avait sans doute décidé que j'étais maintenant de force à supporter le spectacle. Mais il y a des découvertes qu'on ne peut faire qu'en solo, et, un peu plus tard, j'allai me regarder dans le miroir de la salle de bains. Salut, la nouvelle Hannah Wolfe!

Il faut se retrouver d'un seul coup défigurée pour se rendre compte combien on pèche par vanité. Le pire était que l'ensemble soit encore reconnaissable. J'avais dû m'imaginer transformée par toute cette violence, métamorphosée en une autre Hannah ennoblie par la souffrance, et croire que cette spiritualité nouvellement acquise rayonnerait à travers la masse informe qu'était devenu mon visage. Erreur... Le plus répugnant n'était pas les bleus ou la lèvre éclatée, c'était cette abondance de chair. Mon visage tout entier était gonflé, genre pâte à choux, comme pour protéger les os. Mon œil avait dû se fermer de lui-même, en prévision du prochain coup de poing, et à sa place se trouvait une longue cicatrice livide maintenue par des points de suture, et un énorme hématome faisait pendre ma joue en direction de ma lèvre fendue.

Finies les joies du travail incognito! Mme le détective privé n'avait pas fini de se faire remarquer.

Je pensais à Jack Nicholson dans *Chinatown* : son nez fendu et son sparadrap n'empêchaient pas Faye Dunaway de partager son lit. Héros blessé, héroïne consentante, variation symbolique d'un thème banal. Dans le miroir, je passai le doigt de la lèvre fendue à l'œil fermé.

— Voyons, mademoiselle Wolfe, j'adore cette charmante petite cicatrice...

Dans certains cas, l'égalité des sexes est purement et simplement un mythe. Et mon accent américain laissait à désirer.

Plus je me regardais dans le miroir, moins je m'y habituais. J'en aurais pleuré si je n'avais su que le sel des larmes ferait trop mal.

171

Au bout de deux jours, j'arrêtai d'aller me contempler dans la glace. Ça ne servait à rien, je n'avais pas de sortie élégante en vue et quelqu'un d'autre s'était chargé de mon travail.

Compte tenu de mes cachotteries lors de notre première entrevue, l'inspecteur Don Peters avait fait preuve de beaucoup de considération. On ne s'en prend pas à une dame déjà à terre, et j'avais eu l'impression qu'il n'avait jamais attendu mieux de la part d'un collaborateur de Constant Réconfort. Il lui restait encore à découvrir si cette nouvelle ration de vérité était en version intégrale. Mais c'était de sa faute, il aurait dû attendre que je ne sois plus sous antalgiques et que ma tête soit plus claire, il m'avait sauté dessus bien trop tôt, obnubilé par le jardinier et l'enveloppe contenant les prospectus et la photo du Roméo. Résultat : il ne m'avait pas laissé le temps de lui parler de ce coup de téléphone « oublié » reçu par Mattie, ce soir-là, dans le bureau de son père.

Je ne me repentais pas trop de cette omission : au moins, je leur avais fourni une piste. Ils ne perdirent pas de temps : voyant qu'ils ne pouvaient rattacher à aucun groupuscule d'activistes de la S.D.D.A. ni l'étudiant Malcolm Barringer ni le jardinier Tony Marion, ils firent appel au contribuable. Le jour de ma sortie de clinique, les journaux publièrent une petite photographie floue d'un jeune homme de dix-huit à trente ans. Comme je l'avais prévu, la photographie extraite du fichier du personnel des laboratoires Vandamed était une plaisanterie, et la personne représentée n'avait aucun rapport avec le portrait en noir et blanc d'un amoureux. Avanie plus humiliante encore, Don Peters, dans l'espoir d'obtenir un portrait-robot du séducteur, avait, au cours d'une de ces émissions de télévision destinées à lutter contre la délinquance, lâché les rênes à l'imagination des écolières du pensionnat de Debringham. Leur version du Roméo, mi-Christian Slater, mi-Ian Brady, représentait encore un autre homme. D'après Constant, la police avait reçu plus de six cents appels de citoyens sûrs de le connaître. C'est ça, la beauté d'une enquête policière : des infatigables en quête de l'introuvable. Il est parfois plus efficace d'être un homme-orchestre.

Ainsi, je fus autorisée à rentrer chez moi et à recoller les morceaux de ma vie, parmi lesquels le plus gros était Nick.

Comme vous le savez, il avait, dans l'espoir de me voir, passé toute la nuit de dimanche à la clinique. Constant avait réussi à le faire patienter, mais avait laissé à une jeune et jolie infirmière le soin de faire à sa place le sale boulot. Elle lui avait assuré qu'il était normal de ma part de ne pas vouloir être vue de lui en cet état.

— Laissez-lui quelques jours... Elle a besoin d'un peu de temps.

Vous et mon miroir êtes dans la confidence : cette excuse n'était pas mensongère, mais n'était pas toute la vérité, rien que la vérité. Seulement, plus je temporiserais, plus la situation deviendrait difficile, et, le lundi soir, je lui téléphonai. Nous convînmes qu'il m'attendrait chez moi. Il m'avait laissé sa voiture. Peut-être avait-il espéré que je lui demanderais de venir me chercher, mais quand je lui dis que je préférais revenir seule, il comprit. Je savais qu'il me comprendrait.

J'appréciai le voyage de retour. Il me donna l'occasion de me retrouver seule, mais aussi de faire ma rentrée dans le monde, et, pour tout dire, j'étais soulagée de ne plus être ensevelie sous les roses. Une indigestion de roses, ça existe. Si j'avais été plus près, je serais même retournée au pub afin de revoir la petite route en plein jour, et d'exorciser les démons. Mais l'autoroute A2 était à deux pas, ce ne fut donc pas par lâcheté que je pris tout de suite la bretelle.

À part quelques arrêts aux feux rouges où je remarquai les regards inquisiteurs des conducteurs des voitures voisines, le voyage se passa sans incident. J'arrivai en début de soirée, et me garai au pied de l'appartement. Lumières allumées, rideaux tirés, normal lorsque quelqu'un d'autre a la clef. Depuis trois jours, je n'avais vu que des flics, des docteurs et des infirmières, qu'est-ce que j'allais bien pouvoir faire d'un amant?

173

Je montai lentement l'escalier. Nick avait dû m'entendre arriver, car il m'attendait sur le seuil de la porte, ce qui me rappela ce soir, après la mort de Mattie, où, à ma grande surprise, j'avais été si contente de le trouver chez lui. Nous nous regardâmes, il ne s'approcha pas de moi.

– Salut Hannah! Bienvenue chez toi! murmura-t-il.

Puis il s'effaça pour me laisser passer.

Il faisait bon dans l'appartement. J'entrai au salon. Il était d'une propreté impeccable, abondamment fleuri (pas de roses, Dieu merci!) et, merveille des merveilles, la tringle à rideau avait retrouvé sa place et le mur autour avait été repeint. Preuve convaincante que tout peut se réparer.

– J'ai gardé la même couleur, c'était plus sûr.

– Tu as utilisé une cheville expansible?

– Oui, et du Fillplug.

– C'est superbe.

On ne pouvait pas en dire autant de moi, hein? Pourquoi diable ne le disait-il pas, puisqu'on le pensait tous les deux.

– J'ai presque envie de faire la même chose à l'autre œil, juste pour la symétrie. Qu'est-ce que tu en penses? demandai-je.

Bonne remarque, cynique à souhait... en théorie! Catastrophique, en fait, car je la fis sur un ton furieux, sans un sou d'humour. La doctoresse m'avait avertie lors de sa dernière visite... quelques mots sur les chocs émotionnels, plus longs à guérir que les visages. Futés, ces médecins... tant qu'il s'agit du corps des autres!

Nick eut une petite aspiration douloureuse, et je pinçai les lèvres d'un air repentant.

– Pardon, Nick.

– Non, c'est de ma faute, j'aurais dû te dire quelque chose. Mais tu ne m'aurais pas cru. Tu es déjà beaucoup mieux, Hannah. Par rapport à dimanche, tu as l'air...

– En pleine forme, je sais!

Je le revis, veillant sur moi auprès du lit, les yeux fixés au sol. Il ne saurait jamais que je l'avais vu, à moins que je ne le lui dise. Je le regardai, blue-jeans délavé et un sweat-shirt de coton gris que je lui avais acheté aux soldes de janvier. Beaucoup de femmes le trouveraient séduisant, mon cas était plus grave que je ne l'avais cru... Aide-moi, Nick... ou bien alors, laisse-moi tranquille!

— J'ai apporté quelque chose à boire, mais je ne savais pas comment tu te sentirais. Tu préféreras peut-être dîner dans ton lit.

— Non, non, sors-la.

Il alla dans la cuisine et revint avec, sur un plateau, une bouteille de champagne et deux flûtes neuves. Il retira le bouchon, versa soigneusement le vin. Je regardai les bulles couler. Il poussa un verre dans ma direction. C'était le moment de proposer un toast. Nous attendîmes, mais rien ne vint. Il but une gorgée, posa le verre.

— J'ai quelque chose à te dire, Hannah, mais je ne sais pas si c'est bien le moment.

— Je ne crois pas qu'il y aura de meilleur moment.

Il opina du chef et reprit :

— Je ne regrette pas de t'avoir laissée dans le pub, tu aurais dû m'avertir, tu le sais d'ailleurs. Mais je ne me pardonnerai jamais de ne pas être retourné te chercher. Je n'aurais jamais dû te laisser rentrer à pied toute seule. J'ai failli revenir, je n'ai fait qu'un ou deux kilomètres, et j'ai passé vingt minutes à hésiter sur une aire de stationnement. Mais je ne te voyais pas me remerciant d'avoir voulu veiller sur toi.

Je souris... dans la mesure où me le permettait ma blessure à la lèvre.

— Ne t'en veux pas, Nick, tu ne te trompes pas, j'aurais été furieuse. D'ailleurs, tu n'y es pour rien, il savait que j'étais sur ses traces, il m'aurait trouvée une autre fois, si ça n'avait pas été samedi. Je suis contente que ce soit passé, en fait.

Il continua à me regarder sans mot dire. Je savais ce qu'il éprouvait, je l'avais vu en Constant, le premier soir. Dieu me préserve des hommes chevaleresques.

175

– Quand j'ai vu ce qu'il t'avait fait, je l'aurais tué si j'avais pu !

Et Dieu me préserve des émotions des autres, quand je peux à peine assumer les miennes. On attendrait d'un psychologue qu'il ne vous inflige pas ce genre de fardeau supplémentaire.

– Ouais, eh bien j'ai eu la même réaction, répliquai-je en m'efforçant en vain de garder un ton de badinage.

Je me levai, allai à la fenêtre, écartai le rideau. J'aperçus mon reflet dans la vitre : Quasimodo.

Je regardai la rue.

– Les feuilles du platane commencent à sortir, ça doit vraiment être le printemps..., m'entendis-je dire.

Nick fit quelques pas et s'immobilisa à côté de moi. Le cœur battant comme s'il était près d'éclater, je me tournai vers lui. Il approcha lentement la main de mon visage. J'attendais ce geste depuis que j'étais entrée dans mon appartement, mais à l'instant où il le fit, ce fut plus fort que moi, je fis un écart. Je ne savais pas, me semble-t-il, que j'allais le repousser, jusqu'à ce que ce soit déjà fait. Il retira aussitôt la main.

– Allons, tout va bien... tout va bien...

J'acquiesçai, essayai en vain de déglutir.

– Je ne te toucherai pas, tu n'as rien à craindre... je ne suis pas comme lui, tu le sais bien...

– Je sais... je le sais très bien...

Et, à ma grande fureur, j'éclatai en sanglots. Il s'écarta un peu et cacha son chagrin sous le professionnalisme. Nick, l'expert en enfants difficiles, aux aguets, attendant le bon moment, ayant la bonne réaction.

– N'y pensons plus, d'accord ? Allons, assieds-toi, et bois un autre verre de champagne. Puis je préparerai le dîner.

Je secouai la tête.

– Écoute, Nick... Je voudrais être un peu seule...

– Bien sûr... Il nous faut du café, je vais descendre en acheter.

– Non... je veux dire... vraiment seule.

176

Il me regarda longuement. Je n'avais pas de mal à deviner ce qu'il voyait : Hannah-qui-n'était-plus-Hannah. Mais sa maîtresse, non une patiente. C'est peut-être cruel à dire, mais je préférais son air désorienté à sa compréhension sans bornes.

— Tu es sûre ?

Je fis oui de la tête. Il prit sur la chaise sa veste et sa serviette.

Seigneur... Est-ce que j'en suis sûre ? Est-ce que c'est vraiment ça que je veux ?

Il enfila lentement sa veste.

— Je t'appelle demain.

Il marcha vers la porte. Chacun de ses gestes était si lourd de sens que je pouvais à peine les supporter.

Il prit ses clefs de voiture sur la table de l'entrée, puis se tourna vers moi.

— Il y a une chose qu'il faut que je sache... C'est à cause de toi ou c'est à cause de nous ?

— Je ne sais pas, Nick... je ne sais pas.

C'était vrai, mais lui, il avait l'air de savoir. Il regarda le sol, leva les yeux vers moi.

— Oh ! Hannah... Ça ira, tu crois ?

Je haussai les épaules.

— Oui...

Plus une question qu'une affirmation.

Il sortit de sa poche une seule clef, attachée à un porte-clef en forme de globe terrestre, et fit glisser l'anneau le long de son doigt. Nous savions tous deux quelle porte elle ouvrait... et fermait.

— Si ça ne t'ennuie pas, je vais la garder quelque temps. On ne sait jamais, tu peux avoir besoin qu'on te fasse tes courses.

Il sourit.

Je vais me répéter, même si j'ai l'air d'insister lourdement : il y a mille façons de rompre... Valables aussi bien pour Nick Thompson que pour Pierre Dubois.

Et Nick, finalement, ne s'en sortait pas si mal. Je lui rendis son sourire. Cette fois, il ne se retourna pas avant de franchir la porte et la ferma derrière lui. J'attendis que le bruit de ses pas ait disparu, puis je mis la chaîne de sécurité. Je bus une autre flûte de champagne et me préparai une omelette. L'alcool me rendait agressive, mais j'étais déjà trop ivre pour m'en soucier.

Bon, me voilà sans amant. Très bien, cela faisait de la place pour le cher inconnu. Je ne pouvais pas dire qu'il hantait mon esprit, mais depuis notre rencontre sur cette petite route obscure, son image apparaissait souvent devant mes yeux. Qu'avait dit Constant ? Que je sortirais plus vite de sa mémoire que lui de la mienne. Très juste, et, de plus, chaque mouvement de l'abdomen me procurait un petit souvenir de lui. Et quand la douleur s'atténua, le miroir était là pour attiser ma colère.

Bonne idée de roman, hein, le détective obsédé par le criminel, et révélant par là même des ressemblances malsaines et cachées avec lui ? Des antagonistes dignes l'un de l'autre. Franchement, j'avais toujours trouvé que le procédé sentait un peu le cliché, mais maintenant, je comprenais qu'il n'était pas si artificiel que ça. Des adversaires égaux, et surtout capables de rendre coup pour coup. Il m'a passée à tabac, je tiens à lui faire subir le même traitement. Une ambition de cette sorte peut vous bouleverser un être autant qu'une passion amoureuse. Le problème était que le partenaire se faisait désirer. Mais quand on veut suffisamment fort...

Jusque-là, je n'avais pas, me semble-t-il, assez envisagé l'avenir, je ne m'étais même pas demandé si je me considérais encore comme restant sur cette affaire. Dans l'esprit de Don Peters, j'étais hors-jeu. Il me l'avait clairement laissé entendre à la clinique, et je n'avais rien dit pour le dissuader. Avec ses six cents appels à vérifier, il était peu probable qu'il me surveille.

De mon côté, je me sentais l'esprit en parfait état de marche, et le mal dont je souffrais n'avait qu'un seul remède. J'allais me coucher avec mon omelette et le reste du champagne, et m'abandonnai à mes fantasmes. Comme toutes les obsessions, il n'y avait pas à chercher bien loin pour en trouver la trace : la page 2 de *The Guardian* offrait la photo de l'homme-mystère, M. Tout-le-monde. Était-il déçu par ce portrait si peu ressemblant? *The Independent* avait en première page un titre renvoyant à un article en page 4, et, en tournant les pages du journal pour le trouver, je tombai sur un autre entrefilet fort intéressant. Je ne l'aurais pas remarqué si les mots S.D.D.A. en troisième ligne n'avaient attiré mon œil comme un aimant attire la limaille de fer.

Morts inexpliquées dans la meute, avait-il pour titre. L'événement remontait à quelques jours.

Il semblait que le dimanche précédent, une autre mission de recherche et de destruction ait été prévue pour la meute d'Otley, mais qu'en arrivant aux chenils, le maître-chien ait découvert que trois de ses beagles étaient passés de vie à trépas. On avait d'abord pensé à un empoisonnement collectif perpétré par la S.D.D.A., mais, selon le vétérinaire, les trois bêtes étaient mortes de mort naturelle. On attendait le résultat des autopsies, mais il était question de crise cardiaque. Bizarre, mais vrai. Trois crises cardiaques le même jour? Un peu louche... À moins que la S.D.D.A. ne soit venue dans la nuit épouvanter les victimes avec des photos de vivisection pratiquée sur des beagles... Pauvre vétérinaire, il avait du pain sur la planche. Ceci me fit penser au fermier de Framlingham, avec son chien si tendrement enveloppé dans sa couverture. Et à Greg, le fermier du pub, si soucieux du bien-être de ses porcs. Quelque chose grinçait dans cet épisode, mais quoi?

J'étais en train de verser dans mon verre les dernières gouttes de champagne lorsque le téléphone sonna. En conséquence, le lit eut droit à sa libation. C'était Constant, qui vérifiait que tout allait bien.

— Alors, elle t'a fait peur?
— Quoi?
— La sonnerie du téléphone.
— Heu... quatre sur dix.
— À part ça, tu vas bien?

179

— Trop d'hommes me posent la même question, Constant. Je suis un peu dans les vignes du Seigneur...

— C'est indéniable ! Est-ce que ça veut dire que Nick n'est pas avec toi ?

— Tout juste. Il est parti.

— Je crois... C'est bon signe ?

— Oui... Non... Question suivante ?

— J'ai juste appelé pour voir comment tu allais et te donner les nouvelles.

— Ah, oui ?

— On commence par toi, d'accord ? J'ai une affaire qui m'oblige à quitter Londres jusqu'à vendredi après-midi. Je ne voulais pas partir avant de savoir que tu allais bien.

Et je me crois mal-aimée ?

— Merci, je vais bien, ce n'est pas une plaisanterie. Je suis assise dans mon lit avec une bouteille de champagne aux trois quarts... Non, tout à fait vide. Encore au stade de m'estimer heureuse d'être en vie, je suppose.

Silence. Puis :

— Ça n'a pas l'air si brillant que ça, mais je veux bien te croire... Ils ont eu les résultats de l'autopsie de Shepherd.

— Alors ?

— Il s'est tué avec de la Malkarine, un poison qu'ils utilisent pour les animaux dans les laboratoires à la fin de leurs expériences.

Ouf !

— Qu'en pensent tes copains ?

— Les paris sont placés sur un suicide dû à la justice immanente.

— Pas un meurtre dû à la justice immanente ?

— La S.D.D.A. finissant le boulot commencé ? Idée séduisante, mais trop mélodramatique à leur goût, et il n'y a absolument rien pour la corroborer. Pas d'entrée par effraction, pas de trace de lutte. Et ils ont retrouvé d'où vient le poison : des laboratoires Vandamed.

Je revis le visage hagard, écrasé de chagrin. Ainsi, Tom Shepherd était mort comme un animal, et s'était fait à lui-même ce qu'il avait fait à des centaines de souris blanches. Son choix donnait à sa vie et à sa mort une terrible et monstrueuse symétrie.

— Je vois...

— Et le verdict de l'enquête sur la mort de Mattie Shepherd a été prononcé.

Ah! j'avais oublié... J'étais censée assister à la séance au tribunal, j'y serais allée si j'avais pu. Enfin... ils avaient mon témoignage, et mon visage aurait fait perdre au coroner le fil de ses idées.

— Je parie que c'est un autre cas de justice immanente!

— Hannah, je te conseille fortement de cesser de boire ou bien d'arrêter de te bourrer de somnifères, ils ne servent à rien, de toute façon... Ce que j'essaie de te dire, c'est que les restes ont été rendus à la famille, et qu'il y a une cérémonie funèbre à la chapelle du Repos Éternel, à Finchley. J'ai l'adresse, j'ai pensé que tu pourrais vouloir y assister.

Je m'étais éloignée du téléphone pour chercher un crayon, et je revins pour saisir le dernier mot.

— ... le contact.

— Pardon?

— Depuis combien de temps m'as-tu lâché?

— Quelques instants. Répète.

Soupir.

— Je vais te le répéter, mais ça n'apporte pas grand-chose. Le rapport des experts sur la Rover a été publié hier soir, à temps pour l'enquête. Autant qu'ils puissent en juger, la bombe était agencée pour être mise à feu lorsqu'on tournait la clef de contact.

— Quoi!

— Tu m'as très bien entendu. Ce qui veut dire qu'il y a eu un pépin, ou bien que...

— Ou bien que cette petite Mattie était bel et bien en train de jouer la fille de l'air!

Alors pourquoi son père n'avait-il pas mentionné le fait qu'elle savait utiliser une clef de contact?... Parce qu'il ne voulait pas se poser la question de savoir où elle avait décidé d'emporter ses chers documents. Je la vis devant moi, le regard franc et honnête. « Et où irais-je? Je n'ai que quatorze ans, je ne sais même pas conduire. »

Eh bien! Moi qui avais tant tenu à croire à sa sincérité! C'était peut-être ça, le problème. Après réflexion, je me sentis plutôt rassérénée. Les mensonges ne sont-ils pas le fondement même de tout complot?

17

IL PLEUVAIT, une petite pluie obstinée, aussi fine qu'un brouillard, qui collait aux vêtements et faisait frisotter les cheveux.

L'adresse donnée par Constant était celle d'un crématorium, ce qui me sembla du dernier mauvais goût vu la façon dont Mattie était morte. Mais je n'étais pas ses parents, non... il restait seulement sa mère, maintenant.

Seigneur! j'avais tellement été obnubilée par mes propres souffrances que je n'avais pas eu une pensée pour celle des autres. Christine Shepherd avait cru laisser derrière elle un mari et un enfant, et en fin de compte, c'était eux qui l'avaient quittée. Je pensais aux mains fines, solides, adroites de Veronica, de bonnes mains pour donner du plaisir, espérons qu'elles étaient aussi habiles à soulager le chagrin.

J'étais en retard. J'avais eu du mal à décider comment m'habiller, puis il m'avait fallu trouver l'endroit. L'office était déjà commencé quand j'arrivai. Constant m'avait prévenue qu'il était strictement réservé aux membres de la famille, mais il avait averti ses ex-collègues, et je gagnai sans difficulté la chapelle. Il n'avait sans doute pas prévu que les entrées seraient filtrées par deux gorilles d'une société de surveillance. Or je n'étais pas sur leur liste, et il ne fallait pas compter sur mon apparence physique pour les faire changer d'avis : personne n'a envie de voir une tête comme la mienne parmi les assistants d'un office funèbre. Je n'insistai pas. La cérémonie n'allait pas tarder à se terminer, et ce que j'avais à dire à Mattie pouvait aussi bien lui être dit dehors sous la pluie que par l'intermédiaire d'un prêcheur patenté ne la connaissant qu'à travers une poignée de coupures de journaux.

L'office religieux avait été organisé sans préavis, ce qui expliquait le nombre modeste des gerbes, une simple couronne de chrysanthèmes et de gardénias blancs avec une carte signée Christine que je ne pus me résoudre à lire, quelques bouquets envoyés par des membres éloignés de la famille, et une énorme croix de fleurs de la part des laboratoires Vandamed. Et, un peu à l'écart, une petite gerbe de roses bien moins ostentatoire. Je pense que c'est sa discrétion qui attira mon attention, et puis, les roses et moi, on commençait à se connaître. Le message qui les accompagnait était bref :

À vous deux, James H.

James H.? L'écriture était celle du fleuriste, mais qui avait dicté ces mots? Un membre de la famille un peu radin, se contentant d'un seul bouquet pour deux défunts?

Tel que je le connaissais, l'inspecteur Peters ne manquerait pas d'envoyer un de ses hommes vérifier qui avait envoyé quoi. Simple travail de routine. Eh bien, premier arrivé, premier servi. Tournant le dos aux chiens de garde, je glissai la carte dans ma poche.

Il pleuvait à verse lorsque les portes de la chapelle s'ouvrirent. De la musique d'orgue (en conserve) annonça la sortie des assistants. Je me mis un peu à l'écart pour les regarder.

Christine fut une des premières personnes à sortir. Elle marchait lentement en soutenant une femme bien plus âgée, appuyée à son bras. La vieille dame sanglotait. Une des grands-mères de Mattie, mais de quel côté? Question idiote... Derrière elles venait un couple d'âge moyen, puis une femme plus jeune qui poussait un homme dans une chaise roulante. Puis Veronica, toute seule et très distinguée dans son tailleur noir, et enfin un quarteron d'hommes en costumes trois-pièces, des cadres d'entreprise de format standard, sauf un : le patron, Marion Ellroy.

Ils restèrent quelques instants immobiles sous la pluie, comme hésitant à reconnaître que tout était terminé. Je rassemblai mon courage à deux mains et m'approchai. Première sortie de la nouvelle Hannah Wolfe.

– Madame Shepherd?

Christine et la femme âgée se retournèrent ensemble. La vieille dame me regarda d'un air horrifié, et la réaction de Christine ne fut guère plus brillante. Mais elle ne s'attendait pas à me voir.

– C'est Hannah Wolfe. Vous vous souvenez de moi? Je...

– Mon Dieu, que vous est-il arrivé?

– Heu... Quelqu'un a essayé de m'arracher mon sac, et... Écoutez-moi, je voulais vous présenter mes condoléances, pour M. Shepherd...

– La voiture est là, il faut y aller maintenant, Christine. Il est temps de ramener votre mère...

Polie mais déterminée, Veronica était intervenue avec diplomatie.

– ... Vous nous excuserez, mademoiselle Wolfe, continua-t-elle, nous devons nous occuper de la famille...

Sollicitude un peu ironique, si l'on pensait au mal qu'elle allait avoir à se faire accepter de cette famille-là. J'admirai une fois de plus son courage et son sang-froid, et aussi le tact dont elle fit preuve en évitant de laisser son regard s'attarder sur mon visage. Les membres de la famille s'approchèrent d'une vaste limousine noire, et je les regardai s'y installer.

– Vous vous êtes bien défendue, semble-t-il!

Je me retournai vers l'homme qui avait financé toutes ces dépenses, y compris le personnel de surveillance. Le noir lui seyait, lui donnait une certaine noblesse.

– Pardon?

– Pour tenter de sauver votre sac...

Il me regardait droit dans les yeux, sans aucune gêne. J'appréciai qu'il ne me témoignât aucune pitié.

– ... J'espérais que vous viendriez. C'est rare une telle vaillance.

« Vaillance » ou « chance »? Le ronflement de l'automobile qui démarrait avait couvert sa voix.

185

– J'ai eu de bons docteurs, je vous en remercie.

– Vous m'avez déjà remercié. La police a retrouvé le coupable?

– *Le* coupable?

Il eut un petit sourire.

– Je ne vous connais pas très bien, mais je ne vous imagine pas vous laissant ainsi maltraiter par une femme.

Très drôle! Je lui adressai un ersatz de sourire que, je ne l'ignorais pas, la raideur de ma lèvre supérieure ferait ressembler à une moue méprisante.

– Oh, pardon! je n'avais pas l'intention de vous vexer...

– Je ne suis pas vexée, c'est juste à cause de mon visage.

Un larbin l'avait vu et se précipitait muni d'un énorme parapluie destiné à protéger son seigneur et maître des pluies acides, mais M. le directeur lui fit signe de s'écarter et nous fîmes quelques pas ensemble, nous mouillant démocratiquement de concert. Lorsque nous arrivâmes devant le parterre de gerbes, Ellroy s'arrêta et parut sincèrement ému par le spectacle. À moins que ce ne fût par le coût de l'humble petit botte de fleurs offerte par ses laboratoires.

J'attendis. Il prit mon bras et me mena sans en avoir l'air jusqu'à sa voiture. Mais, arrivé là, il lui fallut bien me lâcher.

– Puis-je vous ramener, Hannah? Je suis certain que nous avons des choses à nous dire.

Je refusai de la tête.

– Vous ne voulez pas que je vous raccompagne ou vous ne voulez pas que nous parlions?

– Les deux, murmurai-je.

Il soupira. J'eus l'impression qu'Ellroy, habitué à être entouré de béni-oui-oui, me trouvait un peu pénible.

– Loin de moi l'idée de vous acheter, vous savez!

– Je sais.

– Tom était non seulement mon employé, mais aussi un ami cher. Il me manquera énormément. La police m'a appris que vous l'aviez vu le soir de sa mort?

J'acquiesçai.

– Comment l'avez-vous trouvé?

– Déprimé.

– Je me demandais s'il vous avait appris quelque chose qui vous aurait obligée à retourner dans le Suffolk... un détail sur Malcolm Barringer, peut-être, quoique je ne voie pas du tout comment lui et Tom pourraient se connaître.

– Non, il ne m'a rien appris du tout.

Il secoua la tête.

– Seigneur, si je pouvais mettre la main sur ces salauds!

– Vous n'êtes pas le seul!

Il me regarda et me tendit la main.

– Mon offre est toujours valable, vous savez.

– Je l'accepterais si j'étais encore en exercice. Mais j'ai perdu la foi.

– Je comprends... Eh bien... (Il me prit la main et la serra fermement, d'homme à homme.) Je vous souhaite bonne chance, Hannah Wolfe.

Je le regardai s'éloigner. J'avais laissé passer l'occasion de ma vie d'occuper un emploi stable et bien rémunéré. Lorsque je regagnai mon véhicule, les membres de la famille étaient partis, mais je suis une femme de ressource. Je revins au centre-ville sans me presser. Il ne pleuvait plus lorsque j'arrivai à Sutherland Avenue. Je me garai du côté opposé à celui où se trouvait la limousine, et j'attendis.

Je n'aurais pas choisi cette maison pour une réunion d'après-funérailles, mais Christine ne pouvait guère recevoir tout le monde dans l'appartement de Veronica, et la maison de Sutherland avait été le foyer de Mattie. On pouvait supposer qu'il redeviendrait le sien, maintenant, mais ça m'étonnerait qu'elle en veuille.

Les premiers à partir sortirent vers 16 heures. L'homme dans la chaise roulante fit longuement ses adieux. Je leur laissai dix minutes de solitude, puis montai les marches et frappai. Veronica mit la chaîne de sécurité avant d'ouvrir. Shepherd avait fait de même, à ma dernière visite.

– Christine en a assez pour aujourd'hui, ce que vous avez à lui dire peut certainement attendre.

– Chaque fois que j'attends, ça tourne mal, pour moi ou pour les autres. Je n'ai pas l'intention de déranger Mme Shepherd, je veux juste voir le bureau.

Cela s'appelle la technique du pied dans la porte. J'aimerais pouvoir vous dire que j'avais tout prévu et planifié, mais j'avoue avoir fait davantage confiance à l'improvisation. Miss Marple aurait appelé ça de l'intuition, mais moi, je connais mon Freud. Toujours est-il que j'arrivai à pénétrer dans la place.

J'avais gardé un clair souvenir du bureau tel que je l'avais vu dix jours plus tôt, avec le tapis à demi relevé, les fichiers débordant de dossiers et de documents, et Mattie debout à côté du téléphone, une liasse de papiers à la main. Il était complètement différent, en ordre, plus qu'en ordre, avec des fichiers fermés à clef. Les clefs étaient dans le tiroir supérieur du bureau, et je trouvai rapidement la bonne. Vu le peu que contenaient les fichiers, je ne voyais pas pourquoi on s'était donné le mal de les fermer à clef. Quelqu'un s'était lancé dans une opération de nettoyage d'envergure. Je feuilletai les rares documents que je trouvai. Mes diplômes de lettres ne m'étaient pas d'un grand secours, mais je suis capable quand même de voir la différence entre des cellules cancéreuses et de l'aliment pour bétail. Et il n'était nulle part question de porcs.

J'étais en train de feuilleter les pages lorsque j'entendis un froissement sur le pas de la porte et je me retournai comme une coupable. Sans raison, ce qui n'était pas le cas de Mattie ce soir-là.

– Vous avez trouvé quelque chose?

Veronica s'était changée, et portait un pantalon d'été et un tee-shirt blanc. Elle était très belle. Les hommes devaient souvent s'y tromper.

Je fis non de la tête.

– Comment est-elle?

– Elle se repose.

Ses yeux firent le tour de la pièce.

– Il a fait du rangement, hein? La police dit que ce n'est

188

pas rare, les hommes mettent souvent leurs affaires en ordre. Je trouve qu'il aurait au moins pu lui laisser un petit mot.

Elle passa la main sur la surface immaculée du bureau de chêne. Après la mort vient la femme de ménage.

— Je déteste cette pièce, murmura-t-elle, elle sent les secrets.

Mattie avait remarqué que Christine utilisait ce téléphone pour ses conversations personnelles. Telle mère telle fille. J'entendis dans mes oreilles la voix de l'adolescente parlant ce soir-là dans l'appareil : « Écoute, bien sûr que je l'ai fait !... Tu crois peut-être que je ne sais pas ce que je cherche !... Et je te dis que... » Tu me dis quoi, Mattie ? Si je reste suffisamment longtemps seule dans le silence du bureau, me le diras-tu à moi aussi ?

— Oui, je comprends votre impression, répondis-je à Veronica.

Elle me jeta un coup d'œil.

— Et vous cherchiez un objet en particulier ?

— N... Non.

Son sourire montrait qu'elle admettait la nécessité de mentir.

— Vous savez, je ne m'attendais pas que ça se termine ainsi. Je n'ai vu Tom Shepherd que deux fois, mais il ne m'est pas du tout apparu comme un candidat au suicide. Il était trop en colère, trop obstiné, trop sûr de lui pour reconnaître ses torts. Je ne le croyais pas aussi vulnérable.

Moi non plus, mais je ne voulais pas en parler. Je changeai de sujet.

— Et maintenant, qu'allez-vous faire ?

— Nous allons partir, dès que tout sera réglé. J'ai des amis en Australie. Beaucoup de gens voudraient que ça ne marche pas, Christine et moi. Mais nous allons essayer de nous en sortir, ne serait-ce que par amour pour Mattie.

Enfin une note un peu optimiste. Cette histoire en avait bien besoin.

— Et la maison ?

— Oh! c'est arrangé. Les laboratoires Vandamed ont

décidé de l'acheter pour plus qu'elle ne vaut. Et ils versent à Christine la pension complète, plus un généreux cadeau d'adieu. (Elle se tut un instant.) L'assurance-vie ne couvre pas les cas de suicide, apparemment.

Il faudra que je prenne un jour le temps de calculer tout ce que cette affaire avait coûté à la société Vandamed.

— Des employeurs de rêve, n'est-ce pas ? ajouta-t-elle amèrement.

Nous descendîmes ensemble. Sur le palier, une porte s'ouvrit. Christine, après son petit somme, était pâle et plutôt jolie, les traits comme épurés par la douleur. Je reconnus derrière elle la chambre de Mattie. Elle a parlé de ses projets à son enfant morte, pensai-je. L'Australie, un pays neuf, une vie neuve... Qui a dit qu'il était impossible de renaître ? Mais pas d'enfant pour ce couple-là. Je me demandai ce qu'elles en pensaient, mais c'était encore une question que je n'avais pas le droit de leur poser.

— Vous avez trouvé ce que vous cherchiez ?

— Du moins ce que je m'attendais à trouver... Madame Shepherd, est-ce que vous ou votre mari, ou votre fille, connaissiez quelqu'un portant le prénom de James ?

Elle fronça le sourcil.

— James ?... Je ne vois pas...

— Et dans le Suffolk ? Un collaborateur dont votre mari se serait senti proche ? Quelqu'un en qui il avait confiance ?

Elle réfléchit.

— Il avait un collègue qui s'occupait des fermes expérimentales, un vétérinaire. Il est tombé malade peu avant notre installation à Londres, je crois qu'il a bénéficié d'une retraite anticipée. Mais son prénom n'était pas James, il me semble. Du moins...

On obtient parfois bien plus qu'on ne demande. Il me restait un détail à vérifier, mais cela me désolait de le mentionner, maintenant qu'elle semblait un peu rassérénée. Pourtant, il fallait que je sache, et elle seule pouvait résoudre le mystère de la clef de contact. Sa réponse fut celle que j'attendais.

— Non, la petite ne savait pas conduire, pas vraiment. Tom lui avait un peu montré, sur des routes de campagne, mais elle n'avait jamais pris le volant dans la circulation. Non, je ne crois pas qu'elle y serait arrivée.

Mais étant Mattie, elle était prête à risquer le coup, et Roméo le savait. Tout paraissait si évident, maintenant.

Veronica me raccompagna à la porte. Je lui souhaitai bonne chance, elle en aurait besoin. J'aurais voulu lui dire combien je la trouvais courageuse et compétente, mais je n'osais pas lui adresser une remarque personnelle. Elle osa, elle.

— Vous devriez essayer l'arnica.

— Pour quoi faire?

— Sur vos hématomes.

— Ouais... Et vous n'avez pas un remède pour les blessures d'amour-propre?

— Qui vous a fait ça? Vous savez qui c'est?

— Un homme... Des salauds, hein?

Elle haussa les épaules.

— Il ne faut pas les approcher de trop près. J'espère qu'un jour vous lui revaudrez ça.

— Pas de conseil?

Elle eut un petit rire.

— Visez les couilles, j'ai toujours pensé qu'ils seraient mieux sans.

Bon, alors maintenant, j'avais une théorie. En fait, elle était née depuis quelque temps, mais elle était encore si ténue et si fragile qu'elle pouvait rendre l'âme d'un instant à l'autre. Et compte tenu du nombre de deuils dans cette histoire, vous me pardonnerez d'attendre qu'elle soit plus solide pour la sortir.

De retour chez moi, je me pendis au téléphone. Le fleuriste ayant fourni les roses fut aussi coopératif que je le souhaitais : on ne refuse rien à une épouse endeuillée qui tient à remercier tous ceux qui ont envoyé des fleurs, mais est trop bouleversée pour se souvenir de tous les amis de son mari. Il me rappellerait, dit-il, dès qu'il aurait le renseignement.

Il était 17h15. Je voulais aussi contacter l'officier d'état civil de Framlingham afin d'avoir quelques détails sur le décès d'un habitant de la région, mais mieux valait laisser ma ligne inoccupée.

Le téléphone sonna cinq minutes plus tard. Je ne fis qu'un bond pour décrocher. Ce n'était pas la réponse que j'attendais, mais quand même une bonne nouvelle. Maintenant que cette affaire avait démarré, tout le monde voulait sauter dans le train.

Mon interlocuteur était Ben Maringo, l'homme au lapin, l'homme au bébé, et au casier judiciaire chargé. Il connaissait quelqu'un qui connaissait quelqu'un qui avait quelque chose à me dire.

— Pourquoi ne m'appelle-t-il pas? Ma ligne n'est pas sur écoutes, vous savez!

— Écoutez, je ne suis qu'un intermédiaire, d'accord? Si vous voulez lui parler, c'est là qu'il faut aller.

— O.K. Donnez-moi l'adresse.

Je l'écrivis. Des indications du genre cinquième-lampadaire-sur-la-droite-après-le-carrefour. Pas du tout l'endroit où se donnent rendez-vous des gens qui n'ont rien à se reprocher. Surtout de nuit.

— Pourquoi pas en plein jour?

— Je vous ai déjà dit que...

— ... Ouais, je sais, vous n'êtes qu'un intermédiaire. Répondez que je serai là. Mais que je serai extrêmement vexée si on essaie encore de me tabasser.

— Pardon?

Il n'avait pas compris l'allusion. Je m'y attendais.

Enfin, il faut bien au moins faire comme si on avait appris sa leçon. Je fis le numéro de Constant. J'obtins son répondeur.

— Salut Constant! dis-je. J'ai pensé que tu aimerais savoir... On est mercredi soir. On vient de m'appeler pour me fixer rendez-vous dans un coin sombre... La S.D.D.A.

Et je lui indiquai l'adresse.

18

JE ME GARAI aussi près que possible de l'endroit désigné. En plein jour, je ne m'en serais pas souciée, parce que de l'aire de jeu on voyait plus ou moins Holloway Road et que, en cas d'ennui, les habitants des immeubles, à cent mètres derrière, m'auraient entendue. La nuit aussi, mais ils choisiraient de se persuader d'avoir eu des hallucinations.

Il faisait plus sombre que je m'y attendais, car les deux lampadaires placés à l'entrée avaient été détériorés par des vandales. Remarquez, même après, si tard, il ne fait jamais très noir, à Londres. Aucun rapport avec l'obscurité d'une route de campagne.

Le portillon étant fermé à clef, j'escaladai la grille. À ma droite, la lumière de ma torche éclaira un bac à sable surmonté d'un petit portique d'escalade et d'un toboggan large et court. À ma gauche, je vis un cheval à bascule à plusieurs places dont le modèle n'avait pas changé depuis les années 50.

Je regardai ma montre. 1h25. Vous me trouvez stupide, hein ? Dehors, en pleine nuit, sans avoir pris une seule leçon de kung-fu depuis ma récente déroute. Eh bien, si ça peut vous rassurer, sachez que j'avais en poche une arme secrète. Mais je comptais bien ne pas avoir à m'en servir. J'étais parvenue à la conclusion que les militants de la S.D.D.A. n'étaient pas tous de la même eau. Pourtant, j'étais tellement obsédée par Roméo que je regrettais presque que mon rendez-vous ne soit pas avec lui.

Sombres lieux, sombres pensées. Mais si on refuse de s'y attarder, elles vous sapent le moral par en dessous.

Derrière moi, une balançoire grinça.

— Bonsoir !

Je me retournai d'un bond. Maringo était assis sur le manège, cramponné à la barre comme un enfant géant. Je ne l'avais ni vu ni entendu, mais il avait sans aucun doute beaucoup d'expérience dans l'art de se déplacer discrètement.

— Salut ! Comment va le petit ?

— Il a déjà une dent.

Un futur carnivore ! Son père y avait certainement déjà pensé.

— Qu'est-il arrivé à votre visage ?

J'avais compté sur la nuit pour dissimuler ce détail, mais même des ombres peuvent être révélatrices.

— Il a rencontré un poing se déplaçant en sens inverse. Où sont vos amis ?

— Ici ! dit une autre voix dans l'obscurité.

Vu mon état d'esprit, ce n'était pas une très bonne initiative. Je me retournai.

— Non ! cria la voix.

— Il ne veut pas être vu, se hâta d'expliquer Maringo, il a peur d'être reconnu plus tard.

— Eh bien, c'est regrettable, rétorquai-je avec irritation. La dernière fois que j'ai tourné le dos à quelqu'un, je me suis retrouvée à l'hôpital. S'il a quelque chose à me dire, il me le dit en face ou pas du tout.

Je fis quelques pas pour m'éloigner.

— D'accord, dit la voix derrière moi, mais souvenez-vous, vous ne m'avez jamais vu, O.K. ?

Je fis quelques pas dans sa direction. De l'obscurité surgit un petit homme avec une mèche noire sur l'œil et un *bomber*. Il ne se trompait pas, je ne l'avais jamais vu. Dieu merci.

— Je vous écoute.

Le spectacle de mon visage fit son petit effet, et son intonation devint plus boudeuse qu'agressive.

— Je suis ici parce que Ben Maringo s'est porté garant de vous, compris ?

– C'est compris.

– Vous n'avez pas besoin de savoir qui je suis ni d'où je viens. Ne vous préoccupez que de ce que je vous dis. La S.D.D.A. n'a rien à voir avec la mort de Tom ou de Mattie Shepherd.

Ma théorie nouveau-né poussa un vagissement de joie en se sentant si vivante.

– Je sais. Mais vous lui avez bel et bien envoyé des lettres de menaces.

Il poussa un soupir excédé.

– Quelques-unes, mais pas toutes. Et seulement à cause de ce que l'on nous avait fait parvenir.

Ah! des aveux. L'hormone de croissance parfaite pour mon bébé-théorie. Je bouillais d'impatience.

– Dites-moi, alors...

Il jeta un coup d'œil à Maringo. Celui-ci fit un discret signe de tête et l'homme au *bomber* prit sa respiration.

– O.K. Fin novembre, une de nos cellules a commencé à recevoir par la poste des informations sur le travail effectué au centre de recherches londonien des laboratoires Vandamed, la section spécialisée dans la recherche sur le cancer. Si ces renseignements se révélaient exacts, c'était de la dynamite. Le problème, c'est que nous n'avons jamais pu mettre un orteil chez eux pour trouver des preuves.

– Trop bien gardés?

– Le meilleur système de surveillance du pays.

Tiens, tiens...

– Pourquoi ne pas avoir fait part de vos découvertes à la presse, si c'était si juteux que ça? demandai-je.

– Parce qu'il n'y a pas eu de découvertes, justement. Rien d'officiel, juste des on-dit. Avec notre réputation, nous ne pouvions pas nous permettre de nous tromper. Et ça n'aurait pas été la première fois qu'on essayait de nous faire marcher.

– Alors vous avez essayé un petit peu d'intimidation?

– Ça marche, quelquefois... Certains de ces salauds ont une conscience sous leur carapace.

Il n'avait pas l'air très repentant.

— Mais ce n'était pas le cas de Tom Shepherd.

— Pas exactement... D'ailleurs, selon notre prétendu informateur, il n'a jamais été un parangon de rectitude morale.

— Vous voulez parler du BERK? Il y a quelque chose d'illégal, là-dedans?

— Je me place du point de vue de l'éthique, pas de celui de la loi, rétorqua-t-il sèchement. Ce n'est pas la même chose, dans ce pays, au cas où vous n'auriez pas remarqué!

Encore un qui croyait connaître toutes les réponses. Les Bons et les Méchants, c'est blanc bonnet et bonnet blanc. Je vous jure, s'il n'y avait pas eu ces morts, j'aurais été bien embarrassée pour choisir mon camp.

— Bon. Parlons morale, alors...

— Le BERK... Beurk! On le considérera sans doute dans les livres d'histoire de la science comme la potion miracle. Sauf que personne ne se pose la question de savoir ce que tous ces prétendus bonificateurs de denrée, comme on les appelle, font à la denrée elle-même. J'imagine que vous n'avez pas trop réfléchi à la qualité de vie des porcs?

Nous y revoilà.

— N'en soyez pas trop sûr! Vous trouvez qu'il est plus blâmable d'administrer aux porcs du BERK que de bricoler génétiquement des truies avec un plus grand nombre de tétines afin qu'elles s'épuisent plus vite à nourrir un plus grand nombre de porcelets destinés au rayon boucherie des supermarchés? Moi j'ai l'impression que quoi qu'il arrive, ce sont toujours les femmes qui trinquent.

J'entendis presque Maringo sourire derrière moi. Son soi-disant ami avait le sens de l'humour moins développé.

— D'accord, mais ce n'est pas de cette oppression-là qu'il s'agit. Le BERK est un produit chimique.

— L'aspirine aussi!

Il faut bien rire un peu de temps en temps.

— ... Et d'après ce que j'ai entendu dire, le BERK est moins dangereux que les anabolisants ou le truc dont les Italiens bourrent leurs veaux.

L'homme eut un reniflement méprisant.

— O.K., c'est un produit de synthèse, pas une hormone. Eh bien, allez donc expliquer ça aux porcs. Le BERK se répand dans tout leur organisme, les fait grossir plus vite qu'ils ne peuvent le supporter. Dans la plupart des cas, ils ne tiennent debout jusqu'à l'abattage qu'à coups d'antibiotiques.

Cela me semblait un peu mélodramatique, même dans la bouche d'un sectateur convaincu. Mais qu'est-ce que je savais de tout ça?

— De quoi souffrent-ils?

— Diverses infections, des carences, tout ce qu'on veut. Et le stress. Les porcs sont des animaux au système nerveux notoirement fragile. Entassez-en un maximum dans une porcherie non éclairée, et outre qu'ils se mettent à manger leurs propres excréments, ce qui provoque d'autres maladies, ils peuvent facilement devenir agressifs et violents. Alors on leur file aussi des calmants. Et comme les laboratoires Vandamed fabriquent non seulement l'accélérateur de croissance mais aussi les antibiotiques et les tranquillisants pour maîtriser les effets secondaires, ce ne sont pas eux qui vont se plaindre. Un bon petit circuit fermé, hein? Vous avez la viande, ils ont l'argent. Et Dieu aide les porcs!

— Dieu ou vous?

— Je vous l'ai déjà dit, ce n'est pas nous qui avons posé cette bombe. Shepherd, malgré son passé, n'est pas en tête de liste.

J'eus envie de demander qui y était, mais ce n'était pas le moment de trop tirer sur la ficelle.

— Alors si ce n'est pas vous, qui est-ce?

— Quelqu'un qui voulait que ça retombe sur nous... Qui connaissait nos méthodes... nos cibles de prédilection... le genre de menaces auxquelles nous avions recours. Quatre des lettres reçues par Shepherd venaient de nous, et je peux vous en dire exactement la teneur. Mais il y en a eu six, d'après la police, et je peux vous assurer que seules les deux dernières contenaient des menaces de mort. Ces deux-là étaient envoyées par d'autres que nous, par ceux qui ont

197

placé une bombe incendiaire sous le réservoir à essence. Ça non plus, nous ne l'aurions jamais fait.

— Si vous êtes innocents, pourquoi n'allez-vous pas vous plaindre à la police? Pourquoi ne lui expliquez-vous pas ce que vous venez de me raconter?

— Vous n'avez pas entendu ce que je viens de vous dire? Ces ordures savaient exactement ce qu'ils faisaient. Nous ne sommes pas allés à la police parce que celle-ci ne nous aurait pas crus. Et aussi parce que, même si nous n'avons pas tué Mattie Shepherd, nous ne sommes pas blancs comme neige, à leurs yeux. Et essayer de prouver notre innocence nous aurait peut-être obligés à avouer d'autres actions. Non, le mieux pour nous était de nous taire, et ceux qui se sont arrangés pour nous faire porter le chapeau le savaient bien.

Il avait raison. Vu l'attitude de la police vis-à-vis de la S.D.D.A., elle ne se serait pas laissé arrêter par des détails tels que les différences stylistiques des lettres de menaces ou les variations sur les façons de placer la bombe. Les policiers n'avaient pas l'habitude de faire dans la dentelle. La machination était impeccablement montée. D'ailleurs, sans ça, elle n'aurait pas marché.

— Alors, il faut que ce soit quelqu'un qui connaisse assez bien votre mouvement pour imiter vos méthodes presque à la perfection, objectai-je.

— Ce n'est pas l'un de nous, si c'est ce que vous insinuez. Ce type de la photo dans le journal n'est pas un des nôtres.

— Si j'étais vous, je ne me fierais pas à cette photo, sa propre mère ne le reconnaîtrait pas!

— Non, mais nous on le reconnaîtrait. Je vous l'ai dit, on a vérifié, il n'est pas de chez nous.

Effectivement, la S.D.D.A. s'inspirait des méthodes de l'IRA.

— Dans ce cas, d'où sort-il?

— Ces derniers temps, nous nous sommes fait suffisamment d'ennemis pour qu'il n'y ait que l'embarras du choix, répliqua-t-il, plus résigné qu'amer.

J'avais déjà fait mon choix, lui aussi peut-être, mais il n'en souffla mot.

– O.K., conclut-il brusquement, c'est tout ce que j'avais à vous dire. On est quittes, hein, maintenant, Maringo. À un de ces jours !

Ben Maringo et moi le regardâmes s'évanouir dans l'obscurité. Il y eut un long silence, seulement brisé par le grondement des voitures roulant au loin dans Holloway Road.

Je devais attendre un bruit de démarrage de moteur pour croire tout à fait à son départ. Sans doute certains idéalistes sont-ils des verts grand teint qui remplissent leurs bombes incendiaires à l'essence sans plomb. Un terroriste à vélo, ça ne fait pas très sérieux. Mais il y avait bien des tueurs à moto...

Je me tournai vers Maringo.

– Merci.

Il fit un signe de tête et ajouta :

– On dirait que vous aviez déjà compris tout ça.

– Pas tout à fait.

– Mais vous ne mangez plus de porc ?

Je réfléchis. Il avait vu juste.

– C'est exact, mais je ne sais pas si c'est pour les bonnes raisons.

Maintenant que l'entrevue était terminée, je me sentais un petit peu moins sûre de moi, et c'est les genoux chancelants que je contournai le manège. Je m'y assis, et le poussai du pied. Maringo et moi, nous nous mîmes à tourner lentement. Le monde vu d'un point en rotation, une perspective tout à fait différente.

– Ça veut dire que vous savez qui est le coupable ?

– Je crois que j'ai trouvé qui, mais un *qui* n'a pas grand sens sans le *parce que*.

– Je peux peut-être vous aider... J'ai un peu creusé le C.V. de Tom Shepherd, et je me suis intéressé à son produit miracle... (Il sourit.) Une formation universitaire scientifique ne s'oublie pas comme ça. J'ai pensé que ça vous intéresserait de savoir que lors des essais du produit sous sa forme d'origine, en tant que thérapeutique de l'asthme, on avait découvert qu'il avait un effet secondaire faible, mais d'une importance capitale : dans les essais cliniques, il affectait le cœur.

— Qu'est-ce que ça veut dire, *il affectait*?

— Une faible proportion des cobayes, surtout ceux qui souffraient ou avaient souffert d'angine de poitrine, s'étaient plaints de palpitations, de spasmes, ce genre de symptômes...

Allons bon, des palpitations maintenant... J'en avais déjà, moi, sans drogue miracle.

— Et qu'est-ce que ça signifie, en ce qui concerne le Berk?

— Ça peut signifier quelque chose ou bien rien du tout. C'est difficile à dire, il y a tellement de paramètres à considérer... le dosage, le mode d'administration, le cumul éventuel avec d'autres médicaments comme les antibiotiques ou des produits de cette sorte... Il y a un tel nombre de possibilités! Mais je suppose qu'il n'est pas impossible que, dans certains cas, des porcs aient eu, eux aussi, des alertes cardiaques. Il y a une race, particulièrement, les Pietrains, qui sont de toute façon particulièrement sujets aux accidents cardiaques, il se peut qu'ils en aient eu davantage, ou de plus sérieux... Et puis il y a autre chose... J'ai entendu dire qu'il y a plus d'un an, les laboratoires Vandamed avaient modifié la consistance de leur produit. C'était plutôt tard pour un remaniement de cette importance : il leur avait fallu déjà pas mal de temps pour le mettre au point, et s'ils voulaient empocher la cagnotte, ils étaient obligés d'accélérer la mise sur le marché, afin de faire un maximum de bénéfices avant que la licence d'exploitation ne tombe dans le domaine public. Quoi qu'il en soit, ils se sont arrangés pour réduire la proportion de poussière absorbée par le porc en mangeant l'aliment, afin d'empêcher l'animal de trop inhaler la drogue... Je ne suis pas sûr que tout ça soit en rapport. Et de toute façon, ce sont juste des cochons, alors tout le monde s'en moque, ce ne sont que des bêtes, hein? conclut-il.

Ben Maringo, que votre fils grandisse majestueux et beau comme un arbre de la forêt, qu'il couvre d'honneur la maison de son père et les idéaux végétariens!

Il me restait un certain nombre de questions à poser,

parmi lesquelles une, surtout, concernant les essais sur le terrain, et ce qui arrivait aux porcs une fois qu'ils étaient terminés. Mais je me doutais déjà de ce que seraient presque toutes les réponses.

Je rentrai chez moi à 2 h 45 du matin, bien trop énervée pour aller me coucher, mais cela ne me dérangeait pas. Il y avait longtemps que j'attendais de ressentir cette exaltation, et j'avais beaucoup à faire. Une machination est compliquée à démonter lorsqu'on l'aborde à partir du résultat.

Je m'assis à la table de cuisine et travaillai jusqu'au jour. Puis j'allai m'étendre et fermai les yeux. Je ne m'attendais pas à m'endormir, mais je me trompais.

Le téléphone me réveilla à 9h30. C'était le fleuriste de Finchley, qui m'indiqua le magasin de Golders Green d'où avait été transmise la commande la veille. Une commande très urgente, apparemment, mais il n'en savait pas plus. Golders Green? Pas exactement le quartier exotique où faire démarrer une intrigue, mais il faut bien se choisir une résidence de retraite quelque part.

J'appelai quelques vétérinaires du Suffolk, ainsi que l'officier d'état civil de Framlingham, que je n'avais pu joindre avant. De plus en plus satisfaite de moi-même, je me mis en route en faisant un arrêt dans un atelier d'impression rapide. Plus ou moins rapide, d'ailleurs, selon la qualité exigée et le prix que le client veut y mettre. Je fus obligée d'attendre, mais « si un travail vaut la peine d'être fait, alors il vaut la peine d'être bien fait ». C'est une des maximes favorites de Constant, et c'est un expert en faux papiers qui parle.

Trouver Golders Green fut facile, découvrir l'adresse de James H. fut un peu moins simple.

Normalement, j'aurais compté sur mon charme pour y arriver, mais ces temps-ci... Ma vie professionnelle étant en cause, j'étais retournée me planter devant le miroir de la salle de bains. Je n'avais eu aucun mal à lui tourner le dos : ce que j'y avais vu n'avait rien d'encourageant.

La lèvre et la joue gauche s'étaient améliorées, mais j'avais encore des points sous l'œil et le regard torve. Mon visage avait guéri plus vite dans ma tête qu'en réalité. Et ma ressemblance avec un être au portrait revu et corrigé par un couple de boxeurs n'encourageait guère aux confidences.

Enfin, le trajet me donna des idées, et la fable que je racontai à la fleuriste fut une de mes meilleures inventions. Si tragique que j'en avais presque honte : la veuve éplorée, survivante de l'accident qui l'avait envoyée dans le pare-brise et avait projeté son mari dans l'au-delà. D'où le message avec les roses : *À vous deux.* Tous nos amis avaient été prévenus, et bien que certains n'eussent pu assister aux obsèques, je n'arrivais pas, malgré tous mes efforts, à mettre un visage sur le nom de James H. Et donc une adresse sur ma lettre de remerciements.

Malheureusement, la vendeuse non plus. Mais elle regardait la mauvaise colonne parce que, finit-elle par découvrir, l'homme qui avait envoyé les fleurs l'avait fait sous un nom différent. Ce que j'aurais pu lui dire, mais il me sembla plus sage de le lui laisser découvrir toute seule. Elle finit par le trouver d'après son numéro de carte bancaire, bien que l'utilisation de deux noms l'ait un peu troublée. Mon histoire, si ingénieuse, prenait eau de partout.

Mais elle avait posé le livre de commandes ouvert devant elle, et si je suis nulle en arts martiaux, je suis championne de lecture à l'envers. Sans compter mon talent pour interpréter les pseudonymes.

— Ah ! bien sûr, Maurice Clapton ! m'exclamai-je avec soulagement. Beamish Drive, n'est-ce pas ?

— C'est bien ça.

— Ça explique tout... Il est vétérinaire, et mon mari était éleveur de porcs. Il avait surnommé Maurice James, d'après Herriot, vous comprenez.

Si ça fit tilt, je ne l'entendis pas. Peu importe, en fin de compte elle fut tout heureuse de pouvoir si facilement faire plaisir à une femme blessée et endeuillée. Je retournai à ma voiture et notai l'adresse, Maurice Clapton, 23 Beamish Drive, NW 10.

Parfait, sauf qu'en consultant le plan, je m'aperçus que Beamish Drive n'était pas dans Golders Green, mais trois pages plus loin au nord-ouest. La méthode Clapton pour commander des fleurs était vraiment compliquée, mais je suppose qu'il se sentait tenu à prendre certaines précautions.

D'après le plan, j'avais une bonne demi-heure de route. J'aurais pu m'épargner tout ce travail en m'informant auprès du service du personnel de Vandamed, ou du vétérinaire de Framlingham, mais quand on touche au but, on devient exclusif. Et je tenais à ce que ma visite soit une surprise.

Malgré son nom banal, Beamish Drive s'avéra être un quartier élégant, bien que je n'aie jamais compris pourquoi les gens dépensent tant d'argent pour venir habiter un endroit qui n'est ni en ville ni à la campagne. Il abondait en maisons cossues, entourées de vastes jardins bien entretenus.

La demeure des Clapton était une des plus originales, très colorée, avec des décorations de brique sur la façade, et des fleurs à foison : tulipes, jonquilles tardives, et même quelques massifs de jacinthes sauvages. Quelqu'un y avait consacré beaucoup de temps... et continuait.

Mme Clapton devait avoir une cinquantaine d'années, mais elle était bien conservée, avec des cheveux noirs (naturellement ou par quelque artifice) bien coupés, et le genre de teint qui ne se fane pas à la ménopause. Elle paraissait une maîtresse de maison efficace, parfaitement satisfaite de passer ses jours à regarder pousser les fleurs de son jardin.

Je pris ma serviette et entrai d'un pas décidé.

– Quel beau jardin ! Vous avez fait des miracles !

Elle me regarda et son visage prit une expression apitoyée, mais, en bonne Anglaise, elle était persuadée d'avoir su cacher ses sentiments.

– Ça doit être... quoi ?... Votre second printemps ici. Vous devez avoir la main verte !

Le plaisir de recevoir des compliments l'emporta un instant sur la curiosité.

– Oui, le jardin avait été plutôt négligé. J'y ai fait ajouter de la terre et je le nourris régulièrement... Euh... Excusez-moi, je ne...

— Gillian Porter, service du personnel de chez Vandamed.

Je lui tendis la main avec cette confiance en soi que donnent aux cadres supérieurs des stages à deux cents livres la journée.

— Nous ne nous sommes jamais vues, mais je sais tout sur vous et votre mari. Excusez l'état de mon visage, je viens d'avoir un accident de voiture, j'ai de la chance d'être encore ici.

— Oh! ma pauvre... Ne vous en faites pas, cela se remarque à peine.

— Merci... C'est M. Clapton que je suis venue voir, en fait. Il est ici?

— Oui, il est en train de lire à l'intérieur.

— Parfait. J'ai essayé de l'appeler, mais je n'ai pas pu avoir la ligne, et comme je passais par ici de toute façon... Voilà : nous avons mis en place un nouveau système de bons de loisirs pour nos retraités, et j'ai pensé que vous seriez peut-être intéressés, tous les deux. La première offre est une croisière en Méditerranée, au tarif spécial entreprises. Nombre de places limité. Marion Ellroy tenait absolument à ce que vous et M. Clapton soyez les premiers informés.

— Oh! c'est sûr, ça a l'air merveilleux...

— Comment va M. Clapton? demandai-je en baissant la voix et en prenant un air confidentiel et soucieux.

Elle hocha la tête et son auréole d'optimisme efficace perdit quelques paillettes.

— Vous savez... Mieux qu'il n'était, mais il n'est plus le même homme. Je crois que sa joie de vivre a été autant touchée que sa santé.

— Je comprends. Eh bien, si je pouvais vérifier quelques détails avant d'entrer, je n'aurais pas à l'ennuyer avec ça.

Je souris, elle en fit autant. Nous nous entendions comme larrons en foire, mais la journée s'était montrée si faste que j'avais envie de partager mon enthousiasme avec tout le monde.

Je sortis mon carnet et notai tout. Parmi les faits me tombèrent quelques petites informations juteuses.

C'était visible, elle se sentait un peu seule dans son jardin. Ils n'étaient pas dans le quartier depuis assez longtemps pour s'être fait des amis, il n'y avait que quinze mois depuis l'infarctus, et bien que, comme elle me l'avait dit, la santé de son mari se soit considérablement améliorée, il était, sur d'autres plans, un autre homme. Il était devenu si réservé, si solitaire... Enfin, ils auraient eu mauvaise grâce à se plaindre, la société Vandamed s'était montrée plus que généreuse. Et continuait. La pension était vraiment très substantielle, bien plus que ça, même... Ils en étaient vraiment très reconnaissants.

Naturellement, l'accident cardiaque de Maurice avait été un choc pour Vandamed, comme pour lui d'ailleurs. Il avait toujours joui d'une excellente santé. Il y avait quelques antécédents cardiaques dans la famille, mais cela remontait à longtemps, et Maurice s'était toujours montré raisonnable. Il avait bon appétit, mais il ne mangeait pas n'importe quoi et ne manquait pas d'exercice. Ça faisait partie de son travail, un vétérinaire de société commerciale est toujours sur la brèche. Surtout depuis le démarrage des essais sur le terrain de l'aliment pour porcs. Il y avait participé dès le début, surveillant la distribution de la nourriture, s'assurant que les bêtes étaient en bonne santé. Il était le bras droit de Tom Shepherd. Son travail était important et il réussissait très bien. C'était peut-être ça, le problème, trop de stress.

Et la terrible mort de Mattie Shepherd, et maintenant de son père, n'allaient pas aider à sa guérison. Maurice et Tom étaient d'excellents amis jusqu'à ce que le Dr Shepherd soit nommé à ce poste à Londres, juste après l'infarctus de Maurice. Ils avaient travaillé ensemble pour les tests et s'entendaient très bien. Shepherd appelait Maurice James, à cause d'Herriot, l'auteur de romans animaliers. Ils allaient à la pêche ensemble, le week-end, et elle-même invitait de temps en temps la petite Shepherd à goûter. Elle ne s'entendait pas si bien avec la mère, qu'elle trouvait un peu... bizarre. Mais la petite était adorable, bien que trop solitaire. Elle leur manquait à tous les deux, depuis qu'ils avaient déménagé.

— Mais vous étiez restés en contact avec le Dr Shepherd, n'est-ce pas?

— Oh! oui, bien sûr. Il est venu voir Maurice à l'automne, en octobre, je crois. Puis...

Elle s'interrompit. J'en aurais fait autant à sa place.

— Et depuis le décès de sa fille? Je sais qu'il s'est mis à avoir beaucoup de mal à parler aux autres. Nous nous sommes inquiétés pour lui, en fait, et nous espérions bien qu'il contacterait M. Clapton, juste pour parler. Entre vieux amis...

— Oui, c'est vrai, il a appelé, la semaine dernière il me semble.

— Je vois... Vous vous rappelez quand?

— Non... Je ne me rappelle pas quel jour exactement.

Bizarre, alors que, de toute évidence, elle s'en souvenait.

— Je veux dire... C'est moi qui ai décroché le téléphone, mais il n'a pas voulu me parler. Maurice m'a dit qu'il était en pleine déprime. Il se faisait du souci pour lui. Je crois que Tom...

— Myra?

Les fenêtres étaient ouvertes, et les voix portent loin dans l'air printanier.

— Myra? Avec qui bavardes-tu, là dehors?

Des femmes en train de papoter au soleil, ça n'avait rien d'extraordinaire. Nous échangeâmes un petit sourire de connivence, puis elle me fit entrer.

19

Par rapport à ses proportions extérieures, la maison des Clapton paraissait étonnamment sombre et exiguë. Les fenêtres du salon dans lequel Maurice lisait les journaux ouvraient sur un vaste jardin. Encore de la pelouse, avec moins de fleurs, mais des arbres fruitiers tout autour. Quand même beaucoup de travail pour une seule personne. À l'intérieur... allons, je pourrais vous faire perdre votre temps avec une longue description, mais si vous êtes comme moi, vous avez envie, maintenant que la partie est engagée, d'action plutôt que de décor.

Quant à Maurice Clapton, il vient seulement de faire son entrée en scène, mais c'est un personnage important, et cela peut vous intéresser de savoir comment il était. Pas du tout heureux de ma présence, cela crevait les yeux. Et moins crédule que son épouse en ce qui concernait les croisières en Méditerranée. Mais jusqu'à ce qu'elle se décide à aller nous préparer le thé, lui et moi étions bien obligés de jouer le jeu. Heureusement, je ne m'étais pas embarquée sans biscuits, et c'est avec une poignée de brochures touristiques serrées contre son cœur qu'elle partit à la cuisine, en faisant des promesses de scones juste sortis du four accompagnés de confiture maison.

— Pas plus de dix minutes, vous avez le temps, n'est-ce pas?

Il faut dans toute intrigue une épouse à l'ancienne mode pour veiller sur le foyer. Je la remerciai et la regardai sortir, puis portai mon attention sur Maurice.

Il était un peu plus âgé que sa femme, trapu mais pas gros, et son visage bonhomme devait très bien convenir pour jouer les pères Noël dans les goûters d'enfants. Ironie du sort... J'essayai de les imaginer, lui et Tom, assis en silence au bord d'une rivière, la gaule à la main. Une amitié reposant sur des cadavres de poissons, et, plus tard, d'êtres humains.

Nous nous évaluâmes du regard. De deux choses l'une : ou bien il savait tout sur moi et, en ce cas, je perdais mon temps, ou bien on ne lui avait dit que le strict minimum. D'après les rares indices dont je disposais, j'aurais plutôt parié sur cette seconde éventualité : s'il était bien l'homme que je croyais, on avait intérêt à lui éviter toute inquiétude, et à le garder sur une voie de garage bien isolée.

Je m'éclaircis la gorge. Allons Hannah, c'est l'heure de la perruque et des fausses moustaches. Feindre d'être quelqu'un d'autre fait partie de ton travail, et mieux tu joueras ton rôle, plus de satisfactions tu en retireras.

— Je suis désolée d'avoir eu recours à ce prétexte, monsieur Clapton, expliquai-je avec un sourire gêné, mais j'avais besoin d'une bonne excuse pour vous parler seul à seul. Je suis envoyée par Marion Ellroy.

Je sortis ma carte et la lui tendis. Il y jeta un rapide coup d'œil :

Gillian Porter.
Chef du service de surveillance.
Société Vandamed.

Elle avait l'air crédible. Elle pouvait, à ce prix-là.

— Je travaillais avec Marion, au Texas. Il m'a fait venir ici après la mort de Mattie Shepherd.

Certes, mon accent texan était loin d'être parfait, mais un homme qui traînait sur les mots comme un paysan du Suffolk ne devait guère avoir que *Dallas* comme point de comparaison. Et puis, il avait autre chose à penser. Dès le début, il se montra tendu comme une corde de violon. Cela faisait plaisir à voir.

— C'est juste que nous avons... euh... un petit ennui après la mort de Tom.

— Quelle sorte d'ennui?

— Il semblerait que la police ait découvert quelques documents. Rien de bien sérieux, mais elle est évidemment à l'affût de tout détail pouvant établir un rapport entre ce drame et la S.D.D.A., et... enfin, nous pensons que l'un d'eux mentionne certains problèmes avec la première version de l'aliment pour porcs.

— Je croyais avoir entendu dire que Tom avait détruit tous les papiers de son bureau avant... sa mort.

— Nous le pensions, effectivement. Mais il a dû oublier quelque chose... Une feuille datée de janvier de l'an dernier, une semaine après votre admission à l'hôpital. Marion pense que c'est le brouillon d'un mémo qui n'a jamais été envoyé. Nous ne l'avons pas vu, naturellement, c'est pourquoi nous aimerions en connaître le contenu, juste pour savoir à quoi nous attendre.

— Ttt! Si c'est un mémo sur l'aliment pour porcs, il concernait la quantité de poussière et ses dangers lorsqu'elle était inhalée. Mais je ne comprends pas pourquoi Tom aurait mis tout ça noir sur blanc, il m'a dit en avoir longuement discuté avec Ellroy, le lendemain de la visite qu'il m'a faite à l'hôpital.

— Il y a peut-être une erreur de date... Et selon vous, il y a fait mention de votre cas, ou bien il s'en est tenu aux porcs?

— Seigneur, comment le saurais-je? Je suppose qu'il a pu faire allusion à mon cas... Mais dans quel but aurait-il écrit ce mémo? Tout était déjà réglé, alors. Ellroy avait promis de donner immédiatement le feu vert pour les modifications nécessaires au niveau de la production de l'aliment. C'est l'unique raison pour laquelle Tom a quitté ce projet et accepté son poste à Londres.

Dans mes chaussures, mes orteils frétillaient de plaisir.

— Vous ne croyez pas qu'il aurait pu écrire ce document pour sa propre protection, une sorte de mesure de sécurité, au cas où cet incident s'ébruiterait plus tard? demandai-je négligemment.

Clapton secoua la tête.

209

— Il me l'aurait dit. Ou bien il m'aurait envoyé une copie, comme il a fait avec l'autre.

Orgasme cérébral. Encore plus excitant quand on est obligé de le dissimuler. J'acquiesçai gravement.

— Oui, je suis certaine que vous avez raison. Dans ce cas, nous n'avons pas à nous inquiéter.

Je le gratifiai d'un large sourire. La compagnie pouvait dormir sur ses deux oreilles. Mais lui, pourtant, n'était pas rassuré. En fait, il semblait même affolé. Mauvais pour un cœur qui a des ratés. Mais ça ne me concernait pas.

— Je n'aime pas ça, remarqua-t-il. Marion m'a juré que je n'aurais plus d'ennuis, maintenant que Tom... enfin, c'est le point final à tout ça.

— N'est-ce pas le cas?

Je regardai son visage s'assombrir encore plus. Il était temps de faire mon numéro d'Houdini. Moins spectaculaire qu'une séquence de *video-morphing,* mais bien meilleur marché.

Je me levai et m'approchai de la fenêtre du jardin.

— Vous allez avoir beaucoup de roses, cet été, Maurice, dis-je de ma voix habituelle, celle de quelqu'un n'ayant jamais approché le sud des États-Unis. Comme celles que vous avez envoyées pour la cérémonie funèbre, continuai-je en me retournant pour lui faire face. Vous aviez précisé des roses, ou bien c'est le fleuriste qui a choisi? Je suis sûre que Marion Ellroy n'aurait pas apprécié cet envoi, vous vous êtes trahi, quand même, avec cette carte. La police vérifie systématiquement, vous savez, ils interrogent même les donateurs. Mais vous n'avez pas à vous inquiéter, j'ai retiré la carte. Alors il n'y a que vous et moi qui sachions, maintenant.

— Je ne comprends pas...

Mais il n'eut pas besoin de réfléchir longtemps pour que tout s'éclaire. Son visage prit une drôle de couleur.

— Qui êtes-vous?

Je mis la main dans ma poche, et lui tendis ma vraie carte.

— Pardon, j'ai dû me tromper, tout à l'heure. Je m'appelle

210

Hannah Wolfe et j'enquête sur la mort de Mattie Shepherd. Et le rôle joué par son père pour étouffer l'affaire du BERK.

Pendant une fraction de seconde, j'eus peur de voir mon témoin numéro un succomber à une mort naturelle... un peu aidée par un produit de synthèse! Il se leva, porta la main à son cœur.

— Sortez de là! articula-t-il d'une voix rauque.

Je refusai d'un geste.

— Maurice? Tu m'a appelée, cria Myra de la cuisine.

Silence.

— Maurice?

— C'est à vous de décider, murmurai-je. Peu m'importe à qui je raconte tout.

Il me regarda fixement, et je lus dans ses yeux qu'il m'avait attendue dans tous ses cauchemars. La seule chose qu'il ignorait était sous quelle forme je me présenterais.

— Non, répondit-il en élevant la voix. Non, Myra, tout va bien...

Il s'assit lourdement.

— Je n'ai rien à vous dire...

— Oh, que si! Écoutez, je vais vous aider. Je commence et vous prenez la suite, O.K.?

Que faut-il encore que je vous révèle?Je suppose que ça dépend de vos capacités de déduction. Mais comme dans toutes les histoires, il faut un peu connaître l'arrière-plan pour comprendre l'action.

Après ma conversation avec Maringo, je m'étais informée plus en détail sur les modalités d'attribution des licences d'exploitation des produits pharmaceutiques. Ben avait dit la vérité: la société Vandamed était pressée par le temps. La mise au point du BERK, avant que Shepherd ne collabore au projet, avait déjà pris longtemps. Il avait bien fait avancer l'entreprise, mais il fallait quand même effectuer les essais précliniques, puis les tests sur le terrain. Même si le produit obtenait l'accord de la commission de contrôle, pour lequel, en principe, aucune date n'était fixée, il ne resterait aux laboratoires Vandamed que six ans d'exclusivité. Suffisant, bien sûr, pour rembourser les coûts et empocher de substantiels profits. Qui, dans l'utopie multinationale d'Ellroy, seraient réinvestis dans la recherche de médicaments contre le cancer et autres maladies majeures devant lesquelles la science était encore impuissante. Mais les laboratoires Vandamed ne voulaient pas laisser traîner davantage. Non, merci.

Vous comprendrez donc que Maurice Clapton avait bien mal choisi son moment pour être frappé, quinze mois plus tôt, d'une grave crise cardiaque qui le fit se retrouver d'urgence à l'hôpital. Dans la plupart des cas, un infarctus est une façon impérative qu'a la nature d'avertir un malade de surveiller son régime. Dans le cas de Clapton, ce n'était pas si simple. Du moins pour un chercheur lucide et intelligent. Ce qu'était Shepherd, de l'avis de tous.

Après l'infarctus de son ami, il avait commencé à se poser des questions, et dès que Clapton était sorti de l'unité de soins intensifs, il était allé lui dire ce qu'il avait trouvé : il y avait une possibilité pour que le BERK, ajouté à l'aliment pour porcs, se trouve, d'une façon ou d'une autre, inhalé par ceux qui distribuaient celui-ci. Or, de l'aveu de sa propre épouse, Clapton avait pris une part très active aux essais en milieu fermier. Selon les informations obtenues par Maringo, la consistance initiale de l'aliment était telle que sa manipulation dégageait beaucoup de poussière. Facile à respirer. L'un des fermiers, un certain Peter Blake, avait souffert de palpitations l'année précédente. Rien de grave, mais Shepherd en avait entendu parler et il avait, lui, une certaine honnêteté intellectuelle. Alors il alla voir les patrons. Quels que fussent ses arguments, il leur inculqua, pire que la peur du châtiment divin, la peur de l'échec. Il est probable qu'il leur recommanda l'arrêt des essais et le retour du projet au stade d'étude. Mais ils ne voulurent pas en entendre parler, et on se mit d'accord sur un compromis. Ellroy accepta de modifier la consistance de l'aliment pour réduire la quantité de poussière dégagée, et Shepherd... eh bien, il se laissa convaincre par de bonnes raisons... promotion à un poste de directeur de la recherche et un petit cadeau pour son ami le vétérinaire : une offre de retraite anticipée propre à vous mettre l'eau à la bouche (du moins si vous étiez au courant, ce qui n'était vraisemblablement pas le cas du reste du personnel de la société). Pas exactement de la subornation, juste une récompense pour services rendus. En échange d'une promesse de silence. Direction Londres pour Shepherd, et Beamish Drive pour Clapton.

Mais en dépit, ou peut-être à cause de ces compensations, Shepherd n'était pas un homme heureux. Selon sa femme, c'est à ce moment-là que Dr Jekyll s'était changé en M. Hyde, un homme hanté d'une monomanie, obsédé au point de ne pouvoir s'intéresser à rien d'autre. Se sentait-il coupable à cause des implications de son pacte avec le diable? Ou bien était-il épuisé par ses efforts pour accomplir un double travail, celui qui était le sien maintenant et l'ancien, qu'il était trop anxieux pour abandonner complètement? Pendant ce temps, la quantité de poussière dégagée par l'aliment avait beaucoup diminué, et les essais progressaient de façon satisfaisante. À part les petits incidents de la vie rurale...

Durant les huit mois qui suivirent, Shepherd garda ses antennes braquées sur Framlingham, et, à l'automne, quelques rumeurs de chiens expirant sans raison éveillèrent son flair de chercheur. Il était temps d'avoir une autre petite conversation avec son ami le vétérinaire.

Pas mal, hein, pour une fille qui n'est même pas plaisante à regarder? Seulement, à partir d'ici, tout devenait un peu flou.

— Alors, que vous a dit Shepherd lors de sa visite d'octobre dernier, monsieur Clapton?

Malheureusement, j'avais tant parlé qu'il s'était installé dans son silence. Il secoua la tête.

— Je ne sais pas de quoi vous voulez parler, je n'ai pas revu Tom depuis l'hôpital, il y a plus d'un an.

– Oh! allons, Maurice, ne me prenez pas pour une idiote! Je sais pertinemment qu'il est venu.

– Qui vous l'a dit?

Ce fut l'instant que choisit Myra pour demander si je prenais du lait et du sucre. Je laissai sa voix flotter entre nous deux, avant de refuser poliment. Puis je fis à son mari mon plus gracieux sourire.

– Nous avons juste bavardé un petit peu, échangé des nouvelles...

Il prit un air furieux. Trahi par sa tendre moitié...

– Il est juste venu pour une visite amicale.

– Alors il n'a pas mentionné la chienne de Malcolm Jones?

– Je ne vois même pas de quoi vous parlez.

– Remarquez, sur le papier, cette mort n'avait rien de suspect. La pauvre bête avait douze ans, elle n'était plus toute jeune. Mais on ne peut pas dire ça du chien de compagnie d'Edward Brayton, n'est-ce pas? D'après votre collègue de Framlingham, il jouait dans la cour, et une minute plus tard, il était mort. Il était très perplexe à son sujet, il me l'a dit lui-même. Mais il n'est qu'un vétérinaire de campagne, il n'a ni vos compétences ni votre expérience. Ni celles de Tom Shepherd.

J'attendis. Il finit par lever les yeux vers moi, et nous sûmes tous deux que les jeux étaient faits. Je n'avais même pas eu à évoquer les chiens de la meute d'Otley.

– Ce sont les chiens qui vous ont mis la puce à l'oreille, n'est-ce pas, Maurice?

Il me regarda, acquiesça.

– Mais cette fois, ça n'avait pas de rapport avec l'aliment en tant que tel.

– Non..., répondit-il à voix si basse que je pus à peine entendre.

– Parce que les chiens ne mangent pas d'aliment pour porcs. Par contre, ils avaient mangé la viande des porcs ayant servi de cobayes. C'est ça?

– Oui.

— Et ils n'étaient pas les seuls, quelques éleveurs en avaient fait autant. Vous aussi.

Je le voyais dans ses yeux, mais je voulais l'entendre me le dire. J'insistai.

— Je me trompe?

— Non...

— J'aimerais bien savoir pourquoi vous ne l'avez pas précisé à Shepherd après votre infarctus.

Il était rouge et gêné. Il faut avouer que ce n'était pas un aveu facile à faire.

— Je... je n'ai pas pensé qu'il puisse y avoir un rapport... Je n'étais pas le seul à l'avoir fait, c'était le cas de presque tous ceux qui participaient aux essais.

— Très juste. Vous et Peter Blake, pour n'en nommer que deux. Officiellement, vous n'auriez pas dû y toucher, elle aurait dû aller aux chiens ou à l'équarrisseur. Et si vous l'aviez dit, adieu cette grasse indemnité, sans compter cette pension encore plus substantielle.

— Je la mérite, j'ai travaillé pendant vingt-cinq ans pour les laboratoires Vandamed. Les médecins ont diagnostiqué un état de stress important.

— Je n'en doute pas. Et je parie que ça ne s'est pas amélioré. Ça n'a pas dû être facile de vous résoudre à ne pas avertir les éleveurs.

— En ce qui me concernait, le problème était dans l'aliment. La viande était parfaitement sûre. Ils avaient fait des essais.

— Oh! oui, ils en avaient fait. Mais pas assez. En tout cas pas suffisamment pour s'assurer que dans certains cas, quand leur produit est absorbé en conjonction avec certains antibiotiques, les hormones ne passaient pas dans la chaîne alimentaire. Parce que c'est ce qui arrive, n'est-ce pas? Et c'est ce que Tom Shepherd avait découvert lorsqu'il est venu vous voir à l'automne dernier.

Il soupira.

— À peu près, oui.

— Et que lui avez-vous dit?

215

— De laisser tomber, de ne pas faire de vagues... Il n'avait rien de concret, seulement des doutes, pas l'ombre d'une preuve. Les incidents avec les chiens pouvaient être de simples coïncidences. Et même si elles ne l'étaient pas, les chiens avaient mangé les abats, où les concentrations résiduelles sont bien plus élevées que dans la viande. C'était mon opinion de praticien, et ça l'est encore.

Il était bien obligé d'essayer de s'en persuader, mais il manquait un peu de conviction. J'attendis. Il ferma les yeux et continua :

— Vous savez combien Vandamed a dépensé pour en arriver à ce stade ? Plus de quatre millions de livres. Ils n'allaient pas tout jeter par la fenêtre pour quelques résultats contradictoires. Et ce n'est pas comme si Tom lui-même avait eu les mains parfaitement propres : s'il était allé les voir, ils n'auraient eu qu'à lui rappeler comment il avait eu sa promotion.

— Vous voulez dire qu'il a suivi vos conseils et n'a pas averti Ellroy ?

— Juste.

Ce n'était pas son premier mensonge, et ce ne serait pas le dernier.

— Il a donc gardé ses soupçons pour lui mais, pour sa propre protection, il a écrit un rapport, c'est ça ? Toute l'affaire, depuis le début jusqu'à la fin. Et il vous en a envoyé une copie pour que vous la lui gardiez.

Il ouvrit la bouche pour protester.

— Ne vous fatiguez pas à le nier, vous me l'avez dit vous-même tout à l'heure.

— Et alors ? Qu'est-ce que ça change ? demanda-t-il avec une agressivité nouvelle. C'était déjà trop tard. D'après la police, il avait reçu des lettres le menaçant de mort. (Il renifla.) La S.D.D.A... Pauvre vieux Tom, qui aurait pu penser ça ?

— Vous savez que vous êtes un piètre menteur, Maurice !

— Écoutez, je ne sais rien de ce qui s'est passé, vous comprenez. Rien du tout. J'ai travaillé dur toute ma vie, j'ai fait de mon mieux pour les animaux confiés à mes soins, j'ai failli mourir à cause de leur satané produit miracle. Mais je m'en suis bien tiré, en fin de compte. Je suis désolé pour Tom, et je suis désolé pour Mattie, mais mon chagrin ne concerne que moi. Et je ne le laisserai pas me retirer ce qui, en toute justice, est à moi. Et à Myra.

— Même après la mort de votre ami et de sa fille?

— C'est la S.D.D.A., pas moi.

Intéressante, la puissance de l'autosuggestion...

— Et les autres? Ceux qui, dans deux ou trois ans, achèteront un jambon et se retrouveront aussi morts que le porc d'où il venait?

— Même si c'était possible, ce que je conteste, il y a chaque jour des milliers de gens qui ont des infarctus. La plupart d'entre eux avaient cette épée de Damoclès au-dessus de leur tête depuis des années. Tom lui-même disait que les chances étaient infimes, moins d'un porc sur mille risquait d'être concerné par ce risque. Porc élevé au Berk ou non, cela ne fera sans doute aucune différence. Il faudrait se gorger de viande, et encore!

— Et que se passera-t-il si on découvre le pot aux roses?

— Et comment? Lorsqu'un gars aura un problème cardiaque, qui aura l'idée de lui demander combien il a mangé de rognons de porc ces derniers temps? Aucun médecin n'y pensera, à moins qu'il ne soit au courant.

— Ou que quelqu'un ne le lui suggère.

— Je vous l'ai dit, j'ai déjà failli mourir, je voudrais profiter de la vie un peu plus longtemps.

— Eh bien, vous ne vous y prenez pas si mal. Vous avez déjà survécu à tous ceux qui auraient pu compromettre votre heureuse retraite. On peut dire que leur mort vous arrange bien.

— La mort de Mattie Shepherd n'a aucun rapport avec cette histoire, c'est un coup de la S.D.D.A. Et Tom s'est suicidé, il s'est injecté du poison, tout le monde le sait.

— Oui, mais personne ne sait ce qu'il vous a dit quand il vous a appelé ce même après-midi.

J'attendis un instant avant d'enfoncer le clou.

217

— ... Mais on peut essayer de deviner... Il avait tout compris, c'est ça ? Il savait qui était le vrai responsable de la mort de sa fille. Vous a-t-il reproché votre rôle, je me le demande... Pas avec assez de véhémence, en tout cas.

— Vous ne savez pas de quoi vous parlez, protesta-t-il d'une voix absente, comme un somnambule au milieu d'une forêt de mensonges. Tom s'est suicidé, ça n'a rien à voir avec moi.

— Certes. Eh bien, espérons que l'effort de le croire ne provoquera pas une autre crise cardiaque.

Je me levai. Il y a un point de saturation au-delà duquel la présence d'un pleutre de cet acabit devient insupportable. Surtout quand on sent que le moment approche où l'on aura besoin de tout son courage.

— Cette petite conversation fut très instructive, monsieur Clapton. Je comprends maintenant pourquoi Tom Shepherd est si souvent revenu vous voir ; c'est si précieux, un ami sur lequel s'appuyer en cas de besoin. Je ne doute pas que vous aurez pour moi la même sollicitude. Toutefois, je dois vous avertir que, selon sa secrétaire, Marion Ellroy sera en réunion toute la journée, et impossible à joindre avant la réception de ce soir. Je me demande ce qu'on fête... Peut-être le saurez-vous en recevant votre prochain chèque.

Je pris mon sac et allai vers la porte. J'aperçus dans la cuisine Myra en train de mettre la dernière main à un plateau chargé de friandises.

— Oh ! un dernier détail... Votre ami, l'éleveur Peter Blake, a été enterré samedi dernier. Une simple cérémonie à l'église du village, très touchante d'après ce que j'ai vu. Un rognon de porc en trop, hein ? J'imagine que l'avis de décès n'a pas paru dans le bulletin des retraités de Vandamed, et puis, vous aviez bien insisté que vous ne vouliez plus entendre parler de tout ça. Mais vous n'avez aucun souci à vous faire, le certificat de décès porte la mention : *Mort naturelle*. Effectivement, il avait déjà eu des palpitations, et tout le monde sait qu'il avait bon appétit. Dites à votre femme que je n'avais pas le temps de rester pour les scones. D'ailleurs, ça contient trop de cholestérol.

20

J<small>E N'AVAIS QU'UNE ENVIE</small>, quitter cette maison au jardin englué de miracle printanier. Je descendis la rue et me garai sur un emplacement défoncé par des travaux de la Compagnie du gaz. Un peu plus loin, une fillette promenait un chien, à moins que ce ne soit l'inverse. L'animal était un labrador débordant d'énergie juvénile et d'enthousiasme pour les odeurs du monde, fasciné par chaque arbre et lampadaire, et la petite devait avoir douze ou treize ans, une autre future Mattie.

J'avais le cœur soulevé par ce que je venais d'entendre, et aussi par ce que j'avais fait. Mattie... je comprenais maintenant que je n'aurais jamais pu la sauver. Les papiers qu'elle tenait à la main, le coup de téléphone, la clef de contact, tout ceci formait les figures d'une danse de mort compliquée, orchestrée, et je ne m'étais même pas approchée de la piste. Mais ma responsabilité dans la mort de Tom était bien plus lourde que je ne l'avais pensé : en lui révélant la liaison de sa fille avec la S.D.D.A. et ses inspections des dossiers paternels, j'avais allumé une mèche qui ne pouvait mener qu'à lui-même.

Ce soir-là, dans son bureau, il savait exactement où chercher, et ce qu'il n'y trouverait pas. Qui pouvait-il appeler, sinon l'homme qui avait un double de son rapport, la seule personne à qui il pouvait se fier ? J'avais si longtemps été persuadée que c'était aux laboratoires Vandamed qu'il téléphonait pour les avertir de la disparition du document compromettant ! Il ne m'était pas venu à l'esprit que c'était la compagnie Vandamed qui le lui avait subtilisé. Et si, lui, il y avait pensé? Après tout, le poison injecté venait bel et bien de chez Vandamed. Alors, suicide ou meurtre?

Ça n'avait sans doute plus d'importance. Pauvre Tom Shepherd... Si seulement il avait pu se résoudre à parler, à moi ou à une autre... Ils avaient beau ne plus s'aimer comme aux premiers jours, elle avait été sa femme et elle l'aurait écouté, au moins.

Allons Hannah, ce n'est pas le moment de t'apitoyer!

Je consultai ma montre, presque 14 heures. Constant avait précisé qu'il serait de retour après le déjeuner. J'avais le plus grand besoin de lui parler, mais le temps m'était compté : ce cher Maurice, tel que je le connaissais, était déjà suspendu au téléphone pour joindre ses anges gardiens. S'il réussissait à se montrer vraiment persuasif, qui sait si on n'arriverait pas à joindre le patron, après tout? Quant à cette réception à laquelle devait assister Ellroy, elle semblait plutôt confidentielle. Si c'était pour fêter ce que je pensais, il était intéressant que Clapton n'ait pas été invité. Je n'étais sans doute pas la seule à avoir des doutes sur sa fiabilité.

Je retournai en ville et allai droit au bureau. Personne, mais quatre messages sur le répondeur. Je les écoutai : deux demandes de renseignements de la part de respectables citoyens, un message de la femme de Constant, et un d'Hannah. J'écoutai ma propre voix annonçant à mon patron mon rendez-vous nocturne avec la S.D.D.A. Que d'événements, depuis lors! Impossible de dire si Constant avait écouté ces messages à distance, mais, en tout cas, il n'avait pas laissé de réponse.

Je m'assis devant la machine à traitement de texte et lui rédigeai un résumé. Cela fut plus long que je m'y attendais, mais il y avait beaucoup à dire. Une mesure de protection, exactement comme pour Tom, un moyen de m'assurer que ceux qui devraient savoir ne resteraient pas dans l'ignorance. Le document n'était pas dépourvu de questions en suspens, mais, avec de la chance, Constant et moi aurions les réponses avant la fin de la journée.

J'imprimai le document et sauvegardai le fichier sous le nom « Cochonneries » car, à l'origine, c'était bien de cela qu'il s'agissait. Je glissai le tirage dans une enveloppe sur laquelle j'écrivis le nom de Constant en majuscules, suivi de cette recommandation : *À lire en priorité absolue.*

Puis j'utilisai le fax comme un téléphone pour laisser un cinquième message sur le répondeur :

Il y a une lettre sur ton bureau. Mais si tu écoutes ce message après 15h30, viens d'abord me rejoindre. À partir de 18 heures, je serai à l'hôtel Hortley, à côté de Framlingham.

Selon mes calculs, il me faudrait presque deux heures pour y arriver. Je n'avais pas, pour la suite, de plan établi. Je n'ignorais pas qu'il était déraisonnable de bouger tant que Constant n'était pas là, mais je savais aussi que je ne pouvais pas me permettre de trop attendre. De plus, si Vandamed avait quelque chose à célébrer, c'était manifestement le moment de se joindre aux festivités.

L'hôtel Hortley n'avait pas changé, mais le temps était moins clément que le week-end précédent. Les fleurs des arbres étaient déjà défraîchies, mouillées et éparpillées par les vents violents soufflant de la côte. Il y avait juste six jours, Nick et moi nous bécotions sous les frondaisons, et un avenir commun était encore envisageable.

Nick... Je n'avais guère pensé à lui, ces derniers jours. Je le laissai marcher, dans ma tête, retirer quelques vêtements... Mais l'image était pâle, estompée par les conséquences de la violence d'un autre homme et mon acharnement à payer mes dettes. Pourtant, le mal venait de plus loin. En fin de compte, je crois qu'en dépit de toute cette viande de porc trafiquée, notre liaison avait expiré de mort naturelle. S'il en faisait l'autopsie, Nick conclurait à un autre diagnostic : mon refus de m'impliquer, et mon attitude obsessionnelle, déséquilibrée, à l'égard de mon travail. Il n'aurait pas tout à fait tort. Cependant, je pourrais pour ma défense demander pourquoi des défauts typiquement masculins deviennent inacceptables lorsqu'ils sont le fait des femmes. Cela ne veut pas dire que je nie leur existence. Comme l'avait remarqué Nick, et d'autres avant lui, peut-être n'avais-je pas encore rencontré celui qu'il me fallait. Et si je trouve cette idée insultante (personne ne l'a jamais suggérée à Philip Marlowe), je ne la récuse pas d'emblée. Je vous tiendrai au courant... À ce moment-là, le seul homme que je mourais d'envie de voir apparaître était mon patron.

La première fois, j'étais tombée sur l'hôtel Hortley plus par hasard que par dessein : près, et cependant si loin. Mon choix me paraissait judicieux, l'endroit était assez public pour ne pas m'y faire trop remarquer, et assez retiré pour que j'y sois seule en semaine, où la clientèle, un jeudi soir, compterait plus d'habitants de la petite ville que d'éleveurs de porcs. Mais même ainsi, le week-end précédent était encore assez frais dans les mémoires pour que je jouisse d'une certaine célébrité. Alors je m'attelai à la tâche : un petit travail de peinture faciale.

Nick lui ayant sans doute mis dans la tête de guérir aussi notre amour, une infirmière de la clinique m'avait munie d'un produit de maquillage spécial, que je n'avais pas touché tant il me paraissait grossier. Toutefois, appliqué avec assez de générosité, il dissimulait effectivement les bleus. Je ne pouvais rien faire pour mon œil, mais les lunettes teintées sont un camouflage efficace. Elles ne contribueraient guère à me rendre invisible, mais quelle est la femme dont c'est le but?

J'arrivai là-bas juste avant 18 heures, et je m'assis avec un grand verre de jus d'orange pour contempler les jardins et l'étang en attendant l'arrivée de mon cher ex-flic.

Celui qui entra... je ne le vis pas, j'étais trop occupée à réfléchir et à ré-enrouler le fil d'Ariane en direction du centre du labyrinthe. Le premier signe de sa présence fut une voix étrangement douce et mélodieuse, très séduisante, sans aucun rapport avec l'âpre cri de vautour entendu de l'autre côté du ruisseau derrière le pub.

– Salut Hannah! Désolé d'être en retard.

Roméo, enfin!

Au moins, il était plus beau que Constant. Et il avait dû se donner du mal pour me retrouver, ce qui me ravit. L'étendue des dégâts sans doute laissés derrière lui était un peu plus inquiétante, mais je le découvrirais bien assez tôt. Pour l'instant, j'étais trop émue par cette rencontre.

Il avait certes beaucoup de présence, mais, surtout, j'avais des raisons spéciales de m'en souvenir. Il était plus âgé que ne le laissait supposer la photo d'identité du fichier de Vandamed, et faisait plus mûr que sur la photographie prise à la sauvette par Mattie. Il n'était donc pas tellement plus jeune que moi.

De face, son visage était un petit peu trop large pour être d'une beauté à couper le souffle, et il avait changé de coiffure. Il était brun, maintenant, avec des cheveux peignés en arrière, plus James Wood que James Dean. Mais toujours beau garçon, assez attirant pour que bien des femmes soient prêtes à entrer dans son lit... du moins tant qu'elles ignoraient d'où il venait.

Il inspecta mon visage avec une espèce de fierté, en artisan satisfait de son travail. J'avais envie de lui demander si me démolir lui avait procuré plus de plaisir qu'un épisode sexuel, mais je craignais sa réponse : ne serait-ce qu'à cause de Mattie, j'espérais qu'il était également compétent dans les deux activités.

Il posa la main sur la table, devant moi, et j'aperçus, imprimée dans la chair entre le pouce et l'index, une cicatrice petite, mais parfaite, de la taille d'une morsure. Recommence à mettre tes doigts dans ma bouche, mec, et je te les arrache à coups de dents!

C'est alors que la peur revint. Je sentis une écœurante vague de panique me serrer l'estomac, et quelque chose de pire tout contre moi.

— Vous êtes content de me voir, ou bien c'est juste un couteau dans votre poche? demandai-je d'une voix qui, quoique rauque, ne tremblait pas.

Le recours à l'humour, toujours utile lorsque les autres émotions sont impossibles.

– Eh bien, vous savez comment c'est, Hannah... Il y a des femmes dont on ne peut pas se passer! On sort maintenant, d'accord? Bras dessus bras dessous, comme deux amoureux incapables de se séparer. Si vous faites le moindre geste ou prononcez le moindre mot, je vous transperce avec quinze centimètres d'acier.

Je savais qu'il ne plaisantait pas. Nous nous levâmes et sortîmes. Son bras, passé autour de ma taille, me serrait contre lui, et je sentais le fil de la lame comme un éclat de glace contre mon flanc. Un homme occupé à lire le *Financial Times* leva les yeux à notre passage, puis retourna aux constatations économiques.

L'allée était déserte. Sa camionnette était garée au bord de la route, une Ford Transit de fournisseur, comme on en voit tous les jours des dizaines dévaler les routes de campagne. La porte arrière était déjà ouverte. En y arrivant, il me tordit le bras pour m'obliger à lui faire face... deux amants s'amusant à des jeux brutaux, une étreinte trop étroite pour que je puisse respirer, et encore moins lui enfoncer le genou dans l'aine. Pendant un instant, j'eus l'impression qu'il allait m'embrasser, mais une fois de plus, c'était du bluff. Là où auraient dû se trouver ses lèvres, les miennes rencontrèrent un chiffon malodorant. En route pour l'oubli... du chloroforme. Une compagnie de produits pharmaceutiques aurait pu faire montre d'un peu plus d'originalité.

J'étais dans le noir, mais l'odeur n'était pas celle de la Ford. Bienvenue au milieu de la puanteur douceâtre des porcs. Je les entendais tout près, des cris aigus et rauques, discordants, trahissant la peur et l'affolement.

Je bougeai, et de la paille crissa sous moi. Dans la crèche... Personne ne parle jamais de la merde des porcs, ni du bruit. Pas seulement animal, mais mécanique aussi, le cliquetis et le grincement de machines à l'arrière-plan. Je retins ma salive et la crachai sur le sol, m'essuyai les lèvres du dos de la main, puis me hissai sur le bord du parc.

À l'autre bout de la porcherie, les clôtures des parcs avaient été enlevées pour former un grand enclos. À l'intérieur, d'énormes masses de viande porcine bourrée d'hormones, serrées les unes contre les autres si fort qu'elles pouvaient à peine bouger, se pressaient devant une porte coulissante en bois fermant l'une des extrémités.

J'essayai de me souvenir de la disposition intérieure du bâtiment. Derrière la porte devait se trouver le petit corridor de ciment brut reliant les enclos. Je comprenais enfin à quoi il servait, et ce qu'était cette machine qui marchait au bout. Il n'y avait pas que moi qui savait... Pas étonnant que les porcs soient tous en train de glapir, les petits cochons n'étaient pas les seuls à aller au marché. On avait sans doute cessé de leur administrer des tranquillisants. Maringo m'avait bien dit qu'on supprimait les drogues quelques jours avant l'abattage pour éviter la saturation de la viande. Plutôt ridicule quand on savait ce que certains d'entre eux avaient dans les reins.

Leur vue me donnait envie de vomir, à moins que ce ne soit leur odeur. Ou bien l'effet du chloroforme. Je fis demi-tour et me laissai glisser assise sur le sol, appuyée à la clôture, le dos au spectacle.

Penché au-dessus de la clôture opposée, le directeur de Vandamed contemplait son gibier captif. Il avait beau porter un costume trois-pièces, il ne détonnait pas au milieu de la merde et des ordures. Hannah une fois de plus mise K.O. par un voyou pour revenir à elle sous le regard d'un homme trop courtois... L'expérience commençait à devenir lassante.

— Comment vous sentez-vous? demanda-t-il d'une voix assez forte pour être entendue au-dessus des cris.

— Mieux que vos porcs, en tout cas!

Il leur jeta un bref coup d'œil, puis son regard revint vers moi.

— Vous n'êtes pas réconfortée de penser qu'ils jouent un rôle de premier plan dans l'histoire de la science?

L'heure d'une conversation civilisée avait sonné. Dieu merci, il existe encore des hommes qui lisent des livres.

— Vous avez le feu vert, alors?

— Depuis deux jours. Les derniers essais ont été une réussite. Nous passons dorénavant à la production à grande échelle.

— Dommage que l'architecte ne soit pas ici pour voir son édifice terminé!

— C'est sûr... Nous aurions organisé davantage de festivités. Mais sans Tom... C'est seulement pour marquer le coup... quelques patrons de l'industrie de la viande, quelques journalistes...

— Et quelques pauvres petits cochons, interrompis-je tandis que leurs cris de terreur montaient autour de nous.

Il haussa les épaules.

— Tous envoyés *ad patres* de façon humaine, en suivant à la lettre la réglementation en vigueur, je peux vous l'assurer. Vous savez que c'est un grand moment pour nous, Hannah... À la fin de l'année, nous devrions être en mesure de réinvestir au profit des consommateurs une partie de nos bénéfices : nous envisageons de créer un centre de recherches Tom Shepherd. Un investissement important.

— Et quel sera le sujet de recherches?... Épidémie d'infarctus inexpliqués chez les mangeurs de porcs de la nation?

Il secoua la tête.

— Dommage, Hannah. Vous auriez pu prétendre l'ignorer...

— Avec tout ce que Clapton vous a raconté au téléphone? Il a réussi à vous joindre, j'imagine?

Il se tut un instant, l'air contraint. Autant que puisse l'être un homme devant lequel s'ouvre un avenir de promotions et de substantielles récompenses monétaires.

— ... Quelle touchante preuve de fidélité à la compagnie, de vous envoyer l'unique copie du rapport de Shepherd. Dès lors, il ne restait plus que le problème de l'original. Je dois reconnaître que votre plan était génial : l'envoi de quelques papiers compromettants pour mettre Shepherd dans le collimateur de la S.D.D.A., puis Mattie pour continuer l'intox.

Et le choix de votre pseudo-étudiant ex-militant pour la recruter a été un coup de maître. Passion plus politique, la combinaison était irrésistible pour une fille de cet âge. Dommage qu'elle n'ait pas pu trouver ce que vous cherchiez. Non que ça ait eu beaucoup d'importance : lorsque Shepherd a menacé de vous causer des ennuis, il suffisait d'envoyer une couple de lettres de menace rédigées dans le style S.D.D.A., de trouver le bon endroit, et boum ! Tom devenait un martyr de la science, Mattie confessait ses errements, et la police se lançait sur une fausse piste qui, de cités universitaires en parcs de pensionnats de jeunes filles, la ramenait à la S.D.D.A. L'existence du rapport secret n'étant connue que de vous, il ne vous restait plus qu'à offrir à la police votre aide pour trier les papiers de Tom, au cas où ils contiendraient des informations secrètes. Après tout, les Bons, c'était vous. Comme je l'ai dit, une machination géniale. Il n'y a qu'une chose que vous ne pouviez pas prévoir, c'est que Shepherd la saboterait en passant la nuit à son laboratoire, et en chargeant quelqu'un d'autre d'aller chercher sa fille à sa place. Et bien entendu, celle-ci n'étant au courant de rien, tout continuait comme à l'accoutumée : de retour au foyer, une petite descente au bureau de papa à la recherche d'un morceau bien croustillant à donner à Roméo. Seulement cette fois, la petite a décroché le gros lot. Si vous voulez le savoir, il était sous le tapis. Bon endroit pour y glisser le rapport d'une saleté. Malheureusement, Mattie était assez futée pour comprendre ce qu'était sa trouvaille, et pour savoir qu'elle avait en main une variété un peu spéciale de dynamite, suffisante pour rayer de la carte la compagnie Vandamed et lui assurer l'amour éternel de son jardinier...

Ellroy ouvrit la bouche pour objecter quelque chose, puis changea d'avis et la referma. Avec un long grincement métallique, une porte venait de s'ouvrir de l'autre côté du bâtiment. J'aperçus, debout sous la lumière d'une unique ampoule, l'homme qui avait tant hanté mes rêves, revenu participer à la fête.

« Ce n'est pas lui que je m'attends à rencontrer en

enfer... », avait dit Constant. J'aurais aimée pouvoir être aussi affirmative. Je l'accueillis d'un large sourire impudent : il y a des moments de la vie où il ne faut pas avoir peur de crâner.

— Salut, vous! Je commençais à me demander si vous ne m'aviez pas laissé tomber pour une autre!... Je suis sûre que le prix est acceptable, c'est généralement le cas avec les laboratoires Vandamed. Nous étions justement en train de parler de vous... de ce coup de téléphone à Mattie, le soir de sa mort. Vous vous souvenez?

Il s'approcha. Mes seules armes étaient les mots que je prononçais, comme de petits couteaux tranchants fendant l'air pour lui siffler aux oreilles.

— J'aimerais penser qu'il était motivé par des sentiments d'humanité, que vous aviez voulu vous assurer qu'elle n'allait pas monter par mégarde dans la voiture. Mais j'ai bien peur que, tout bien considéré, vous ne sachiez même pas ce que c'est, des sentiments d'humanité, n'est-ce pas? Aussi, quand elle vous a décrit ce qu'elle venait de trouver, il vous a fallu faire fonctionner les petites cellules grises, un exercice dont vous n'avez guère l'habitude... Maintenant qu'elle avait vu le rapport, il était hors de question de courir le risque de la laisser en parler avec son père. Ni avec qui que ce soit d'autre, d'ailleurs. Alors qu'avez-vous fait? Vous l'avez chaudement félicitée, et convaincue de prendre la clef de contact pour vous rejoindre et vous montrer sa découverte. Je dois reconnaître que c'était une excellente stratégie, propre à séduire la jeune rebelle aussi bien que l'amoureuse. Elle s'est donc creusé la cervelle à la recherche d'un prétexte pour sortir avec le rapport dans la poche de jeans. Très intelligent, si brillant même que j'ai du mal à croire que l'idée vienne de vous, qu'il n'y avait pas à vos côtés une personne d'expérience pour vous la souffler.

Ils étaient assez près l'un de l'autre pour avoir un peu l'air d'être père et fils. Qui sait? Peut-être se sentaient-ils un peu parents?... Hum, pas vraiment!

— Je n'ai pas..., commença Roméo.

– La ferme!

Le séducteur obtempéra. Quand il s'agissait d'insuffler à ses subalternes l'esprit de corps, il n'y avait pas meilleur que Marion Ellroy. Même s'il était un peu moins décoratif que Roméo. J'oubliai les plaisirs de la chair pour me concentrer sur les défis d'un duel de cerveaux.

– N'empêche... Vous avez pris un sacré risque, tous les deux, en tuant Mattie et en laissant son père en vie. Si Shepherd avait compris...

Ellroy hocha la tête.

– Mais ça n'a pas été le cas, n'est-ce pas? Du moins jusqu'à ce que vous alliez lui raconter ce que vous saviez... Vous savez, Hannah, on ne gagne rien à vouloir aller à tout prix au fond des choses. Vous avez vu Tom, il était écrasé par la mort de sa fille, une loque, trop déboussolé pour nous causer le moindre ennui, du moins pendant un certain temps. Jusqu'à ce que vous lui parliez de Mattie et de son petit ami l'activiste de la S.D.D.A., ex-employé aux laboratoires Vandamed. Et il est allé voir : son rapport avait disparu.

À mon tour. Une vraie course de relais. Qu'allait-il se passer sur la ligne d'arrivée?

– Alors Shepherd a téléphoné à l'unique personne en qui il avait confiance, son ami Clapton, qui l'a écouté, lui a promis de venir tout de suite, et vous a appelé. Ensuite... la Malkarine. Comment vous y êtes-vous pris?

– Vous refusez de comprendre, Hannah. Je vous ai dit que nous n'avons rien eu à faire. Vos révélations ont obligé ce pauvre Tom à reconnaître que c'était lui le responsable de la mort de sa fille. Après ça, il n'avait plus le choix. Vous vous sentiriez mieux si sa mort était un meurtre, n'est-ce pas? Mais vous savez bien que la chaîne de sécurité était mise, et qu'il n'y avait aucune trace de lutte.

Je m'obstinai.

– Le violeur de Notting Hill entrait bien par les fenêtres de derrière! Il vous a suffi de le persuader de vous ouvrir et de sortir par le jardin. Et ce n'est pas très difficile d'enfoncer une aiguille dans le bras de quelqu'un. Surtout si ce quelqu'un pense qu'il mérite la mort.

Il ne répondit pas, mais fit un mince sourire, comme s'il acceptait le compliment. Toutefois, il n'avait pas tort, vouloir croire est différent de vouloir que ce soit vrai. Profonde remarque, mais qui, à ce moment-là, ne m'était pas d'un grand secours.

— Eh bien, c'est le moment de vous déclarer que vous êtes une fille très intelligente.

— Une femme très intelligente, s'il vous plaît. C'est humiliant, d'être appelée « fille ».

— D'accord, une femme. Vous savez, Hannah, je donnerais beaucoup pour pouvoir vous inviter à vous joindre à notre équipe. Et je vous ferais une offre d'une générosité presque gênante. Mais je sais que l'argent ne vous intéresse pas.

— Erreur! Je voulais juste faire monter les enchères dans l'espoir d'une offre irrésistible. J'accepte!

Je souris et lui tendis la main. Nous nous regardâmes, il y eut une ombre d'hésitation de sa part.

— Et Constant? murmura-t-il.

— Il n'en saura jamais rien.

— Et pour ce qu'il sait déjà?

La question piège. La meilleure préparation au métier de détective privé est celle des concours d'entrée à l'École d'Administration... Voyons... Lettre sur le bureau, message sur le répondeur. Pour m'avoir suivie à l'hôtel Hortley, ils avaient trouvé l'une et sans doute l'autre. Les branches, mais pas nécessairement les racines.

— Grâce à vous, rien du tout. Un message sur un répondeur peut s'expliquer de mille façons, en supposant que vous ne l'ayez pas déjà effacé. Et comme ma lettre est entre vos mains, Constant ne l'a pas lue. J'aurai juste à lui dire que je me suis trompée, que je croyais avoir trouvé la solution. Ce n'est pas la première fois que ça arrive.

Ellroy m'adressa un long regard attristé. Puis il secoua la tête.

— « Cochonneries », murmura-t-il. Bel effort, toutefois. Même les Méchants s'y connaissent en technique, de nos

230

jours. Je me sentis soudain accablée par ce qui devait être de la peur, mais que je ressentis comme une furieuse envie de dormir, un désir incoercible de me rouler en boule dans un coin, et de tout oublier. Je m'obligeai à rester dans le monde des vivants.

— Vous ne pouvez pas me tuer, ça ferait trop de cadavres. Avec Shepherd, vous pouvez vous en tirer, mais pour moi, personne ne le croirait.

Il pinça les lèvres.

— Hannah, vous êtes obsédée par cette affaire, tout le monde le sait. Votre patron, votre petit ami, la police, personne ne l'ignore. Elle est devenue une idée fixe qui vous fait perdre complètement les pédales et vous a conduite à entrer en contact avec la S.D.D.A. C'est grâce à ce mouvement que vous avez pu retrouver la trace de la taupe qu'ils avaient placée aux laboratoires Vandamed, et qui avait persuadé Mattie de trahir son père. Vous étiez si déterminée à résoudre cette affaire toute seule que vous n'avez même pas parlé de lui à la police avant d'y être obligée. Et quand il vous a appelée pour vous fixer rendez-vous sur une aire de jeux d'Holloway Road à 1 heure du matin, vous avez accepté, en vous abstenant encore une fois d'avertir la police. Mais vous avez prévenu Constant, le message est toujours sur le répondeur. Et croyez-moi, aucun militant de la S.D.D.A. ne se présentera pour nous contredire... Et le lendemain soir, vous avez rencontré ce même militant au bar de l'hôtel Hortley, tout près du siège des laboratoires Vandamed. Et cette fois, ce ne sont pas les témoins qui manquent, des gens vous ont reconnus tous les deux, vous aviez même l'air de bien vous entendre, vous êtes sortis bras dessus bras dessous... Mais s'introduire dans le camp ennemi est une manœuvre dangereuse et aujourd'hui, la S.D.D.A. vous a demandé de payer votre écot, de participer à une petite mission, pour prouver votre bonne foi. Une épreuve assez facile, entrer par effraction chez Vandamed pendant que tout le monde fête l'accord du gouvernement pour le BERK, et placer une bombe incendiaire dans l'abattoir. Malheureusement, comme c'est parfois le cas dans ce genre d'opérations, il y a une anicroche, et l'un de vous deux n'est pas arrivé à sortir à temps. Je vous laisse deviner qui...

Celui qui a su mener une machination à bien peut recommencer. Faute de défaut rédhibitoire dans son raisonnement, je m'accrochai à un détail. Stratégie souvent efficace dans les histoires, petite bière dans la réalité.

– Pourquoi moi toute seule ? Pourquoi ne pas vous débarrasser de nous deux ? Tuez le tueur, et il n'y a plus aucun risque que la vérité soit jamais découverte. Avec son cadavre, tout serait bien ficelé d'un beau ruban rouge. Mais peut-être est-ce ce que vous avez en tête...

Je crus voir monter entre eux une brume de malaise.

– Vous voyez bien, criai-je à Roméo, vous n'avez pas lu les petites lettres sur le contrat !

Il se tourna vers Ellroy et ils eurent sans doute une seconde de distraction. Pas assez pour la classique évasion de dernière minute, mais que pouvais-je faire d'autre ? J'avais bondi hors du parc à cochons en direction de la porte. Il y avait deux clôtures à sauter pour me rattraper, et j'y arrivai presque. Si j'avais été complètement remise des effets du chloroforme... Enfin, peu importe, de toute façon, c'était mieux que de ne rien avoir tenté du tout. Mais je payai cher ma tentative, par la brutalité avec laquelle Roméo me saisit. Ce n'était plus de la frime, cette fois, il me tenait par les cheveux, très près de lui. Il y avait vraiment entre nous quelque chose de violent, même le patron s'en aperçut.

J'étais passée de l'homme de paroles à l'homme d'action. La fête allait continuer avec un autre programme. Ellroy nous regardait, dans les bras l'un de l'autre. Tout à fait lui, ça, celui-qui-préfère-contempler-de-loin. Et j'eus une vision soudaine du salon des Shepherd, avec Ellroy en train de regarder un homme qui n'avait plus rien à perdre s'enfoncer une aiguille dans le bras. Persuader son personnel d'exécuter les décisions prises par lui faisait partie de son travail.

– Ça ira, Joe ?

Un nom, enfin, mais beaucoup trop tard. Joe, me tenant serrée contre lui, acquiesça.

— À tout à l'heure, alors!

— Ne faites pas ça! hurlai-je à pleins poumons.

J'aimerais bien pouvoir vous dire que je continuais à jouer la comédie, mais je ne peux pas.

— Ne le laissez pas faire ça... Je vous en supplie!

Ellroy s'arrêta, parut méditer un instant, mais, sur les plateaux de la balance, il y avait d'un côté ma vie, de l'autre une licence d'exploitation exclusive, valable six ans, et deux cadavres. Il secoua la tête.

— Tu as quarante-cinq minutes, Joe. Veille à être sorti du bâtiment avant.

La porte claqua derrière lui. Joe commençait à me traîner en direction de l'enclos des porcs. Tandis que nous approchions, j'entendis mes cris se joindre aux leurs.

Nous sortîmes sous couvert de la nuit pour entrer dans le couloir de mort. L'air froid me frappa au visage. Roméo-Joe n'avait pas de main libre pour me la plaquer sur la bouche, mais à quoi aurait-il servi de crier puisqu'il n'y avait personne pour m'entendre?

La porte ouvrait sur un autre univers, et nous le savions tous les deux. La machine s'était tue, mais les porcs ne s'y laissaient pas prendre. Je les entendais toujours derrière moi proclamer leur révolte contre l'injustice du monde. Me tenant toujours serrée contre lui, il me poussa à travers une forêt de carcasses suspendues au-dessus de moi. De la mort des porcs en direction de la mienne. Pour garder l'esprit en éveil, je m'obligeai à m'intéresser à ce qui m'entourait.

Nous étions dans un vaste local nu, sur le sol duquel se croisaient une douzaine de rigoles d'écoulement. Au plafond dansaient, en une longue ligne, des crocs de boucher, suspendus comme des S géants à une bande transporteuse faisant le tour de la pièce, pour ressortir par un grand portail fermé de deux battants de plastique translucide, menant à... je le découvrirais bien assez vite!

Je portai de nouveau mon regard sur les crocs de boucher, dont l'image de mort avait été exploitée par de nombreux films. Ils avaient le mérite de la clarté. Montrez à un porc un paquet de bacon, il peut penser qu'il lui reste une petite chance. Pas en voyant cette installation.

Le lent défilé des crocs n'était pas arrêté depuis longtemps : il s'agissait d'une pause-champagne, pas de la fin de la journée de travail. On avait rincé au tuyau d'arrosage, mais pas à fond, il restait du sang par terre et sur les murs. Et de la vapeur s'élevait d'un gigantesque bac en tôle galvanisée placé à un bout, sur lequel était posé un engin semblable à une grande friteuse. J'ignorais ce que c'était, et je n'avais pas la moindre envie de le savoir. La chambre de la mort... mis à part le fait que, quand le porc entrait ici, il était déjà mort, lui. Il ne faut pas oublier que nous étions dans une unité de production de viande, pas dans une machine à cruauté gratuite. La seule cruauté était celle des appétits humains. De ce point de vue, les porcs avaient plus de chance que moi.

Durant notre pas de deux à travers la pièce, mes efforts pour me débattre avaient failli faire tomber Roméo-Joe et il se montrait tendu, impatient. Il me poussa brutalement entre les battants de plastique qui claquèrent contre mon visage, et l'odeur des porcs nous engloutit.

Une fois à l'intérieur, il me lâcha : il n'y avait plus aucun endroit où se réfugier. Nous étions dans un petit cube de béton pas plus grand qu'une salle de bains, au sol couvert d'excréments de porcs, dont la puanteur nous recouvrait comme une chape. La seule issue, hormis les crocs passant entre les battants de plastique, était une lourde grille métallique menant au corridor de ciment fermé par des portes coulissantes en bois, dont on pouvait régler l'ouverture. Avec, derrière, le piétinement désespéré des porcs.

Il serait temps de pleurer sur leur sort plus tard, pour le moment, c'était de sauver ma peau qu'il fallait que je m'occupe. Je cherchai des yeux une arme, mais Roméo-Joe était plus près que moi de la pince à électro-narcose suspendue à un crochet fiché dans le mur, une monstrueuse paire d'écouteurs aux extrémités plongées dans un seau d'eau sale. Électrocution en stéréo.

Quel sale petit trou où finir ses jours... Je m'écartai le plus possible, me collai au mur. Nous nous défiâmes du regard.

La concentration a de ces pouvoirs... J'arrivai à faire s'évanouir les murs et disparaître la pestilence, jusqu'à pouvoir presque respirer l'air d'une douce nuit de printemps sur une petite route herbeuse bordée d'un fossé, avec ma peau luisante de transpiration.

Au moins, cette fois, je le voyais et il me voyait. J'avais depuis longtemps perdu mes lunettes fumées, et au souvenir des gâteries endurées, je sentais des élancements dans ma coupure au-dessus de l'œil. Nous nous retrouvions enfin seuls. J'attendais depuis si longtemps cet instant d'ultime intimité, de folie partagée. Mais la vérité est que, en fin de compte, il n'était pas si fascinant que ça... Rien qu'un homme excité par la violence. Ces sombres ressemblances et coïncidences entre nous n'étaient peut-être que des prémonitions de ma mort.

Mais si je n'étais plus du tout attirée, il l'était, lui. Debout presque en demi-pointe, il me contemplait avec un intérêt intense et évident. C'était le printemps, il était jeune... Ainsi, tous ces vieux metteurs en scène fatigués ont raison : homme et femme, violence et passion. C'est une question de territoire, la lutte pour le pouvoir, à moins que ce ne soit un moyen d'oublier le travail. J'essayai d'en faire autant, je pensai à un voyage en automobile par un matin scintillant, aux questions qu'avait posées Mattie des années-lumière auparavant. « Vous avez couché avec combien d'hommes? »

Des aventures d'une nuit, ma spécialité, autrefois. Mais une nuit impliquait quand même la possibilité d'une autre. Dix-huit. Seigneur, faites que ce ne soit pas dix-neuf... Même si cet amant commun devait nous faire partager, elle et moi, autre chose que la mort.

D'un autre côté, si je voulais gagner du temps, je n'avais guère d'autres cartes en main. Et comme vous le dira n'importe quelle femme, un homme qui pense avec sa bite ne réfléchit pas avec sa tête. Il s'approcha de moi, je m'écartai, et lus dans ses yeux que mon mouvement de recul lui avait plu. Je m'en étais doutée. Je pris ma respiration.

– Tu es sûr qu'on a le temps, Joe?... Tu ne voudrais pas te retrouver pris par le feu alors que tu as baissé culotte?

Il lui fallut un peu de temps pour comprendre l'astuce, mais quand il y arriva, elle parut le réjouir énormément.

– Eh bien, toi, tu as une haute opinion de toi-même, au moins ! Ne t'en fais pas, je ne vais pas te baiser, tu n'es pas mon genre !

Non seulement j'allais mourir, mais encore on dédaignait mes charmes. C'était décidément le plus déplorable jour de ma vie.

Bon, alors il n'avait pas envie de moi. Dans ce cas, quel était ce désir que j'avais lu dans son regard vorace ? Allons, Hannah, ton unique chance est de le comprendre mieux qu'il ne te comprend. Et tu ne disposes de guère de temps... Tu n'es pas son genre... Trop vieille ?

D'un coup, la lumière fut.

– Mais elle l'était, elle, hein... ton genre, murmurai-je.

Il fronça les sourcils.

– Mattie ?

Quelque chose dans le ton de sa voix m'indiqua que j'avais touché la corde sensible.

– Oh ! oui... Mattie était adorable...

La réponse me coupa le souffle. Non seulement parce que j'étais tombée juste, mais aussi parce qu'il était clair que, malgré son pacte avec le diable, une partie de lui-même n'avait pas voulu que Mattie meure. J'avais vu juste, mais mon raisonnement était faux, c'était Ellroy qui avait prononcé la sentence, et Joe avait essayé de me le dire, tout à l'heure, quand son patron lui avait coupé la parole. Si j'avais su, j'aurais pu m'en servir pour les dresser l'un contre l'autre, mais il était trop tard pour des subtilités de cet ordre.

– Tu te trompes de victime, Joe, moi aussi je l'aimais bien...

Ma voix se fêla et je sentis que j'avais perdu. Je continuai, néanmoins.

– ... Laisse-moi partir, ne serait-ce que pour elle...

Il me regarda, j'aperçus l'étincelle au fond de ses yeux. Mattie s'évapora, remplacée par une émotion plus forte, plus sauvage. Je ne compris pas vraiment, tout d'abord, alors je m'accrochai à ce que j'avais.

– Tu veux que je te supplie, c'est ça ? susurrai-je assez bas pour que mon amour-propre n'entende pas.

Il me répondit par un large sourire enthousiaste. Sa démence m'effraya, ce dont il s'aperçut aussitôt, et cela le ravit encore plus. Il fit un pas vers moi.

– Tu as peur..., chuchota-t-il presque tendrement.

Ce n'était pas une question.

Il se lécha les lèvres à la pensée d'un autre plaisir. Quels étaient les mots de Constant? « Chacun son truc... » Compris, Roméo. Ce qu'il voulait de moi n'était pas un épisode sexuel, mais une autre jouissance, que j'avais encore moins envie de lui donner : la volupté de contempler ma terreur. Quelques marques de peur m'avaient déjà échappé et une partie de moi était toujours étendue sur cette route de campagne, pétrifiée à la perspective de la souffrance qu'il avait le pouvoir de m'infliger. Ma peur et son désir... notre communion d'âme avait eu son but, finalement.

Je me suis toujours posé des questions sur le masochisme, qui ne l'a fait? Toutes les femmes ont brièvement fantasmé sur *Histoire d'O*, ou les coins sombres de la pornographie. La victoire de l'imagination sur ce qu'une société considère comme acceptable. Mais il s'agit d'adultes consentants, qui veulent bien s'abandonner en échange du plaisir que leur procurera leur soumission. Ce n'était pas le cas maintenant, le marché était différent. À moins que... si j'arrivais à jouer le jeu...

Je descendis en moi-même jusqu'à ma peur, je regardai au fond du gouffre et j'essayai de résister. C'était une décision intellectuelle, mais le corps avait son rôle à jouer. Je me mis à pleurer, pas de simples larmes, mais de gros sanglots spectaculaires qui m'étouffaient et me coupaient la respiration. Je m'entendis aspirer l'air, jambes et bras agités de soubresauts. Une femme perdant tout contrôle, comme lors du plaisir.

Il le vit, et cela lui plut. À travers un voile de larmes et de morve, je le regardai s'approcher de moi, commencer à se détendre, à trouver son rythme. Sexe et mort. Tout ce que vous avez toujours voulu savoir, mais n'avez pas trouvé dans les films de Woody Allen.

– S'il te plaît...

Ma voix chevrota, comme au bord de l'orgasme.

J'étais collée au mur, et à moins de deux mètres, la pince à électro-narcose pendait à son clou, prête à servir. Je le vis y jeter un coup d'œil et je devinai la suite.

– Ne me fais pas de mal...

Il s'approcha du mur, et appuya sur un gros interrupteur. L'endroit ressuscita, la rangée de crocs trépida, la bande transporteuse commença son circuit. Une extraordinaire cacophonie de sons s'amplifia, à la fois chaise de dentiste et chambre de torture du baron de Retz. Les bruits de mort résonnèrent dans le passage reliant l'abattoir à l'enclos des porcs, traversèrent la porte coulissante. Les animaux hurlèrent et, poussés par une frénésie collective d'épouvante, se ruèrent contre le battant.

Il était à quelques pas de moi, je me jetai au sol, me roulai en boule. Maintenant, je savais ce que je faisais. Sans m'en rendre compte, je l'avais toujours su, depuis que, sur la route, il m'avait relevée avant de me frapper de nouveau, et depuis cet instant à l'hôtel où j'avais vu combien il avait envie d'effleurer ma cicatrice à l'œil. Le dernier acte d'un rituel de violence, la seconde d'intimité précédant l'action d'infliger la souffrance.

Debout, il me regardait sangloter. Je me mis à genoux, poussant un long gémissement rauque. Une comédie... pourquoi les femmes se refuseraient-elles cette stratégie?

Il fit un geste pour se pencher vers moi et posa la pince à terre. Elle tourna sur elle-même, avec un cliquetis amplifié par le ciment du sol. Mais il était trop absorbé par l'objet de son désir pour le remarquer. Je le laissai prendre mon visage entre ses deux mains et le lever doucement vers lui, tandis que ma main glissait sur le sol dans sa direction.

Avec une certitude que je n'avais jamais ressentie de ma vie, je sus que j'avais autant de pouvoir sur lui que lui sur moi. Je n'avais qu'à l'assumer et le changer en violence. Le contact de mon adversaire me fit frissonner, je m'abandonnai à l'excitation du moment et lui fis ainsi ressentir ce qu'il désirait si fort que pendant une fraction de seconde il abaissa sa garde.

Derrière nous, le vacarme des porcs, ponctué par le choc de leur énorme masse contre le bois de la porte, était assourdissant. Le mot « Joe » se forma sur mes lèvres, comme un baiser. Il se pencha pour l'entendre, et, dès qu'il fut assez près de moi, je refermai les doigts sur les poignées de la pince et me jetai dans ses bras. J'avais gardé la pince ouverte, au ras du sol, et, une fraction de seconde avant la fusion de nos corps, je la lui enfonçai dans l'aine en la fermant de toutes mes forces.

Son rugissement de douleur fut plus animal qu'humain. Plié en deux par l'intensité de la décharge, il roula à son tour au sol. En un éclair, je me revis sur la route, roulée en boule sur le goudron, l'estomac au bord des lèvres, et une énergie nouvelle coula comme un torrent dans mes veines. Je levai un pied pour le frapper, l'empêcher de se relever, mais le sursaut fut de courte durée, la soif de vengeance fut remplacée par de la répulsion, je me détournai.

Il était entre moi et le portail de plastique, aussi ne pouvais-je m'enfuir que dans une direction. J'ouvris la grille métallique et, chancelante, courus au corridor. Il tendit la main et me saisit la cheville, je dus hurler. Du moins je sais que quelqu'un poussa un cri. Cette fois, j'allongeai sans hésiter un coup de pied qui le toucha au menton. Il avait encore du mal à bouger, mais je ne pouvais être sûre que son ankylose allait durer, le combat n'était pas encore fini, je le savais. Je savais aussi que quel que dût être l'épisode suivant, il ne serait jamais terminé, pas vraiment. Le mieux que je pouvais faire était de mettre un point final au présent.

En face de moi, les portes de la porcherie commençaient à se fendre sous la poussée frénétique des porcs. Je courus dans leur direction, et, même maintenant, je n'ai aucun souvenir de ce qui me vint alors à l'esprit. Et si je me le rappelais, vous le dirais-je? Mais je sais ce que je fis : je me penchai pour ouvrir les portes coulissantes, maintenues en bas par deux gros verrous massifs. Puis je levai le bras, et fis de même en haut. Les battants me furent presque arrachés des mains. Il y avait, un peu plus loin, un anneau dans le plafond, où l'on pouvait fixer les portes pour rétrécir l'ouverture et réduire le nombre d'animaux qui y passaient. Mais vu la force de la poussée, je n'aurais jamais pu arriver à enfoncer la targette. Le fait est que je n'essayai même pas. À l'instant où les portes s'écartèrent, je m'élançai en haut de l'un des deux murets de ciment bordant le corridor. Les porcs chargèrent, en une débandade sauvage. Une muraille vivante de viande montée sur des sabots tranchants, une ruée de bêtes rendues folles par le bruit, les odeurs de la mort et les dimensions de leur propre corps.

Roméo-Joe était en plein milieu de leur chemin. Je n'eus d'autre choix que de le regarder essayer de se relever sur le sol souillé de d'excréments, puis, lorsqu'il retomba, de voir les porcs déferler, écrasant sous leurs sabots la pince et lui, pour débouler entre les battants de plastique jusqu'à la salle aux carcasses.

Je ne me souviens pas d'avoir éprouvé quoi que ce soit, sauf peut-être un sentiment de délivrance, parce que quelque chose d'emprisonné était maintenant libéré. Mais je ne pourrais dire s'il s'agissait des porcs ou de moi-même.

Ensuite, une fois le raz de marée porcin passé (à moins que ce fût quand j'en eus assez vu), je sautai du mur et sortis par la porte coulissante dans la porcherie. Le grand enclos était vide. Je me retournai pour un dernier regard aux bouches de l'enfer, mais le temps pressait. Un feu d'artifice était prévu pour ce soir, et si je ne voulais pas en faire partie, j'avais intérêt à m'enfuir à bonne distance. Pauvres porcs, du pays de Cocagne droit dans le feu.

Je me dirigeai vers la porte principale de la porcherie, en m'arrêtant en chemin pour ouvrir les parcs où il restait des animaux. Ils se précipitèrent derrière moi dans l'obscurité. Je traversai la pelouse et suivis la route en direction du bâtiment administratif.

J'avais parcouru moins de cinquante mètres lorsque se produisit l'explosion... Plus tôt que je ne l'attendais. Le temps, c'est connu, suspend son vol dans les moments de crise, mais même en en tenant compte, il était impossible que notre danse de mort ait duré quarante-cinq minutes. Malin, le père Ellroy, il pensait à tout. Ainsi Joe, dès le début, avait été un homme condamné. Peut-être lui serait-ce compté au moment du Jugement dernier.

Je continuai à marcher. Je sentais dans mon dos la chaleur des flammes, mais je m'abstins de me retourner. J'avais déjà vécu ça, je connaissais le choc de la boule de feu, son éclat aveuglant, son bruit, j'avais éprouvé son pouvoir et je m'étais retrouvée avec des lambeaux de vie hantant mes cauchemars.

Le hululement des sirènes se joignit au vrombissement des flammes, et, comme des cafards, des gardes surgirent de toutes les fentes.

J'étais arrivée aux bureaux. En haut brillaient les lumières de la salle de réception, sur la terrasse, où les manitous de l'industrie agro-alimentaire venaient d'entendre parler porcs.

Quelques-uns d'entre eux, verre et amuse-gueules à la main, étaient déjà sortis, anxieux. En homme accoutumé à prendre les devants, Marion Ellroy les précédait tous.

Il lui fallut quelques instants pour me reconnaître, peut-être avais-je changé, je l'ignore. Et quand il m'eut identifiée, son expression devint vide, désorientée. Il avait peur. Même à cette distance, je sentais la frayeur émaner de lui, et à moi aussi, l'odeur plut.

Il hâta le pas. Lorsqu'il arriva auprès de moi, il était très loin devant les autres, lui et moi étions seuls en scène, au centre de l'intrigue. L'endroit où rêvent de se retrouver tous les détectives.

Je grimaçai un sourire. Je devais avoir l'air d'une folle, du moins c'est ce que je lus dans ses yeux.

— Vous n'êtes pas sorti de l'auberge, Ellroy! m'entendis-je dire.

— Où est-il?

— Où vous vouliez qu'il soit, répondis-je gaiement, mon sourire dément toujours peint sur le visage.

Il me saisit le bras.

— Écoutez-moi, grinça-t-il. S'il a disparu, alors toutes les preuves sont anéanties. Shepherd est mort, ce qui signifie que, officiellement, son rapport n'existe pas. Et nous avons, nous, une bibliothèque pleine d'exposés dithyrambiques sur les excellents résultats de nos tests. Sans compter l'accord du gouvernement.

— Vous oubliez Clapton... Et il n'a rien d'un héros, croyez-moi.

Ce fut son tour de sourire.

— Il souffre gravement de stress. C'est mortel pour un cardiaque... Réfléchissez, Hannah. Tout ce que vous avez est le cadavre d'un extrémiste connu comme appartenant à la S.D.D.A. Le reste, c'est juste, contre ma parole, celle d'une détective hystérique qui a laissé son chagrin la pousser à de regrettables extrémités. Et qui, pour commencer, devra expliquer ce qu'elle faisait dans les abattoirs.

Marion Ellroy réfléchissait et prenait des décisions avec la rapidité de l'éclair. En fin de compte, il est plutôt rassurant que les Méchants les plus redoutables soient ceux dont l'esprit est assez brillant pour nous faire souhaiter les avoir de notre côté, avec leurs capacités, leur rapidité, leur assurance.

Nous n'avions plus le temps, les gardes nous avaient rejoints, ainsi que des invités. Et des porcs, surtout des porcs, tristes bêtes folles, errant à l'aveuglette comme des âmes en peine dans tout le parc.

J'imitai leur conduite : prendre ce que je pouvais, et au diable la suite. Dire la vérité, mais pas toute.

Je me tournai vers les invités.

— Il y avait quelqu'un dans les abattoirs, criai-je d'une voix ferme et non dépourvue de désapprobation. Je crois qu'il faisait partie de la S.D.D.A. Mais les porcs l'ont tué, j'ai vu comment c'est arrivé, ils sont devenus d'un seul coup fous furieux. Ils ont quelque chose qui ne va pas, une maladie...

Les mots retentirent dans la nuit et un frisson d'effroi passa sur l'assemblée.

Je regardai Ellroy droit dans les yeux. Point n'était besoin de lui épeler les termes du marché, il avait compris. Pas d'allusion à sa sanglante machination s'il disait la vérité sur les porcs. Mon silence en échange de ses révélations.

— Ce n'est qu'une question de gros sous, murmurai-je, vous trouverez d'autres moyens d'en gagner.

Il leva la tête, ferma un instant les yeux. Marché conclu.

Il se tourna vers le porte-parole de l'entreprise, debout à son côté.

— Hannah dit que les porcs sont atteints de troubles dangereux, articula-t-il. Vous feriez mieux d'évacuer tout le monde. Et d'appeler le ministère.

Je secouai le bras pour me dégager, me détournai et marchai vers la grande grille. Ce fut, je vous l'assure, ma plus spectaculaire sortie de scène.

Épilogue

Vous en vouliez un, allons, avouez-le. Toute performance a besoin d'être suivie d'une sanction, positive ou négative, surtout si, comme celle-ci, elle se termine par une orgie d'action. Trop d'émotion, trop peu de réflexion. On en sort tout retourné, et ça fait du bien à tout le monde de redescendre sur terre. L'électricité elle-même revient au sol.

Qu'y a-t-il encore à vous dire?

Eh bien vous auriez trouvé intéressante la journée passée au tribunal du coroner d'Ipswich, qui jugeait le cas de Joseph Petrie, vingt-sept ans, sans domicile fixe, dont on avait retrouvé le cadavre brûlé et piétiné dans les ruines des abattoirs de Vandamed.

Un cas en or, où tout s'emboîtait à merveille. Parce que, dans la cohorte des Méchants, Petrie tenait le haut du pavé. Un vrai bouillon de culture dans une boîte de Petri, celui-là. Le copain en *bomber* de Maringo s'était trompé (ou mentait mieux que je ne le croyais) : Petrie avait bel et bien fait partie de la S.D.D.A., mais cela remontait a un certain temps, et il avait toujours montré davantage d'enthousiasme pour perturber l'ordre public que pour sauver les animaux. Sa spécialité était les incendies et la violence, mais il s'était fait rapidement chasser du mouvement, à cause de son insouciance dans le choix de ses cibles. Alors il avait décidé de se venger... et de se payer du bon temps.

Il s'était introduit dans les bonnes grâces de Vandamed en vidant son sac à propos d'une certaine effraction dans les laboratoires, dix-huit mois plus tôt, et, à partir de là... un

245

homme de ses talents est d'une incommensurable utilité pour une compagnie comme Vandamed. Ellroy lui avait fourni de nouvelles identités, et même quelques améliorations faciales, à en juger par les photos de la police, et le reste, vous le connaissez. Mais vous faites partie d'un petit noyau de privilégiés, si vous voyez ce que je veux dire...

Remarquez que pour un compromis, il n'était pas si mauvais. Petrie était sans doute un cinglé de première, chassé de la S.D.D.A., mais on estime que sa mort fit prendre conscience des risques encourus en consommant de la viande à quatre pour cent de la population, qui devinrent végétariens. C'est ce que nous dit le *Sunday Times*, et ce n'est pas à nous de discuter ses statistiques.

En fait, on ne parle que du BERK, en ce moment, sans oublier les laboratoires Vandamed et le ministère qui avait donné le feu vert.

Un accord à l'amiable entre les fermiers (qui ne s'étaient sans doute pas gênés pour manger la viande des porcs d'essai, mais n'eurent qu'à jurer leurs grands dieux avoir seulement respiré la poussière dégagée par l'aliment) et les laboratoires Vandamed a coûté à ces derniers une partie relativement faible, mais néanmoins satisfaisante, de leurs bénéfices de l'an prochain. Sans compter les frais encourus pour la fondation de la Bourse de recherche Tom Shepherd.

Ellroy est bien sûr retourné au Texas, où il subit une sorte d'éclipse professionnelle. L'un des premiers courriers à lui adressé contenait la version intégrale de mon rapport (réécrit et révisé), dont une copie a été déposée dans une succursale de la banque Barclays. Ainsi, chaque fois que je me mets au volant, je tremble moins en mettant le contact.

En gros, c'est tout. Le triomphe du Bien sur le Mal n'est pas complet, mais est-ce que cela arrive jamais? Constant proclame que, vu les circonstances, j'ai fait de mon mieux. Ce qui implique qu'il aurait fait beaucoup mieux s'il avait pris l'affaire en main. Mais il est bien obligé de dire ça, hein, c'est lui le patron. Remarquez, maintenant, c'est presque toujours lui qui paie au pub, et il a abandonné les fritons de porc pour des chips allégées. À petites causes, grands effets.

Oh! et Nick a rapporté ma clef. Un soir où j'étais chez moi sans énigme à résoudre d'urgence. Je pensais préparer à dîner, lui aussi. Économie d'eau, vaisselle à quatre mains. Cela nous a semblé une façon plus civilisée de nous dire adieu.

Cet ouvrage a été réalisé par la
SOCIÉTÉ NOUVELLE FIRMIN-DIDOT
Mesnil-sur-l'Estrée
pour le compte des Éditions Calmann-Lévy
en janvier 1994